トリプルチョコレート・チーズケーキが噂する

ジョアン・フルーク

上條ひろみ 訳

TRIPLE CHOCOLATE CHEESECAKE MURDER

by Joanne Fluke

Translation by Hiromi Kamijo

TRIPLE CHOCOLATE CHEESECAKE MURDER

by Joanne Fluke

Japanese translation published by arrangement with Kensington Publishing Corp.
through The English Agency (Japan) Ltd.

Published by K.K. HarperCollins Japan, 2024

この本を友人のロイス・マイスターに
そして、美しくデコレーションされた
おいしいクッキーやケーキやカップケーキを焼いてくれる
キャシー・アレンに

トリプルチョコレート・チーズケーキが噂する

TRIPLE CHOCOLATE CHEESECAKE MURDER

おもな登場人物

ハンナ・スウェンセン――〈クッキー・ジャー〉経営者
アンドリア・トッド――ハンナのすぐ下の妹。不動産会社勤務
ビル・トッド――アンドリアの夫。保安官
ミシェル・スウェンセン――ハンナの一番下の妹
ドロレス・ナイト――ハンナの母。ロマンス作家
ノーマン・ローズ――ハンナの友人。歯科医
マイク・キングストン――ハンナの友人。保安官助手
ロニー・マーフィー――ミシェルのボーイフレンド。マイクの部下
リチャード・バスコム――レイク・エデンの町長
ステファニー・バスコム――リチャードの妻
ブルース・バスコム――リチャードの甥。大学生
ロバート・バスコム――リチャードの兄。ブルースの父親
マーガレット――ステファニーの姉
テリー・ニールソン――リチャードの秘書

1

バスコム町長のオフィスの外にある受付エリアの椅子は座り心地が悪く、ハンナ・スウェンセンは座り直した。ハンナは町長秘書のテリー・ニールソンのために自身が経営するベーカリー兼コーヒーショップ〈クッキー・ジャー〉の試食用クッキーを持ってきており、テリーは三枚目のチョコチップ・クランチ・クッキーに手を伸ばそうとしていた。

「ほんとにおいしいクッキーね、ハンナ」サクサクのお菓子をかじりながらテリーが言った。「もうやめておかないと、バスコム町長のぶんがなくなっちゃう」

「しつこいぞ、アンドリア！」バスコム町長の大きな声が受付エリアまで聞こえてきた。「何を言われても考え直すつもりはない。このままつづければ、もっと私を怒らせることになるぞ！　ビルはあの子を逮捕するべきじゃなかった、きみだってわかっているだろう！」

「あらあら！」町長のオフィスのドアが閉まっているにもかかわらず聞こえてくる怒りのことばを受けて、テリーが言った。「町長は今週ずっと機嫌が悪かったの。今やたいへんるといいけど」

な剣幕ね。とんでもなくひどいことを言われるまえに、妹さんが気をきかせて帰ってくれるといいけど」

ハンナはため息をついて首を振った。「アンドリアは帰らないわ。闘いに背を向けるのはあの子の流儀じゃないから。バスコム町長よりもがんこなくらいよ、夫を侮辱されたらとくにね。それに、ビルはどうすることもできない状態だったらしいの。たしかに彼は町長の甥を逮捕した。でも現場には州警察官がいて、今度ばかりはブルースに目をつぶるわけにはいかなかったのよ。これまで二回は大目に見てきたけど」

テリーはひどくすまなそうだった。「わかってる。お酒を飲んだブルースの運転は悪夢よ。町長にも伝えたんだけど、お兄さんの息子のこととなると聞く耳を持たないの。ブルースがお咎めなしになるように、ビルがなんとかするべきだったとまだ思ってるみたい」

「州警察官はブルースの血中アルコール濃度を調べなかったの？」

「調べたわよ、ブルースの血中アルコール濃度は基準値の二倍だった」

「もうやめてくれ、アンドリア！」町長の怒声が会話に割りこんできた。「心を変えるつもりはない。きみの夫はもうおしまいだ。私がレイク・エデンの町長でいるかぎり、野犬捕獲員の仕事にすらつけないだろう！」

ハンナもテリーも耳を澄ましたが、アンドリアの返答は聞こえなかった。ハンナは妹を誇らしく思った。これまでのところ、アンドリアは怒鳴り返していない。声が聞こえないということは、すばらしく理性的な話し方をしているということだが、それがいつまでもつづくはずがないことをハンナは知っていた。いずれアンドリアは自制心を失い、町長に本心をぶちまけるだろう！

「たいしたものね」テリーが感心して言った。「アンドリアはすごく冷静だわ」

「ええまあ……今のところはね。でも、あの子はすごく家族思いなの。この調子で言われつづけたら、いずれキレると思う」

「むしろキレてほしいくらいよ。町長がああなっちゃったら、何か言える神経の持ち主なんていないもの。昨日ビルが話をしにきたことはアンドリアから聞いてる？」

「ええ、町長はビルに会うのを拒否したそうね。アンドリアが今日ここに来たのはそのせいもあるの。冷静に話すとわたしに約束したけど、会うことを拒絶されたらオフィスのドアを蹴破ってやるとも言ってた」

「ほんとにそうしてたと思う？」

ハンナは笑った。「ええ、してたでしょうね。うまくいかなかったかもしれないけど。すごく頑丈そうなドアだもの。でも、できるかぎりのことはしたと思う。子供を守る母ライオンモードだから」

「いいかげんにしてくれ！」バスコム町長の声がさらに大きくなった。「哀れっぽい訴えや涙はもうたくさんだ。きみも夫と同じくらいばかだな！」

「言わせてもらいますけどね、バスコム町長」アンドリアの声が大きくなった。

ハンナはバッグとアンドリアの防寒コートを手にして言った。「そろそろだと思う」

「つまり、アンドリアが……」

「そういうこと」ハンナは最後まで言わせなかった。「わたしは妹をよく知ってる。そろそろ限界だと思う」

「哀れなのはあなたのほうだわ」アンドリアの声はバスコム町長と同じくらい大きくなった。「あなたはただのいじめっ子よ。だれかがあなたに反論したのはずいぶん昔のことなんでしょうね！」

「今、反論できているとでも思っているのかね、お嬢さん？」

「ばかにしないでよ！　ビルは紳士すぎてあなたと争うことはできないけど、わたしはちがう。いつか報いを受けるわよ、この豚野郎！」

ハンナは椅子から勢いよく立ちあがった。「コートを取って、テリー！　アンドリアがここに飛びこんできたら、三人いっしょにここから逃げるわよ」

「わかった！」テリーは自分のコートとバッグをつかんだ。ブーツに足を入れたとき、ぴしゃりという鋭い音が聞こえ、何かが床を打つ派手な音がつづいた。「町長をひっぱたいたのかしら？」

「そんな感じの音ね。平手打ちしたら、彼が椅子ごと倒れたんだと思う」ハンナは急いで部屋を横切り、廊下に出るドアを開けた。「先に出て、テリー。そして、じゃまにならないところにいて。アンドリアはすごく怒ってるから、ドアから飛び出してくるかも！」

テリーはハンナが持ってきたクッキーの皿をつかむと、ドアから走り出た。廊下に出たとたん、アンドリアがバスコム町長のオフィスから勢いよく出てきた。「うわっ！」テリーは息をのんで壁に寄り、走ってくるアンドリアをよけた。「待って、アンドリア！」

だが、アンドリアは待たなかった。飛ぶように階段を駆けおりて通りに出た。ハンナとテリーがなんとか追いついたときには、建物のまえにある古めかしいデザインの街灯にもたれて、息を弾ませていた。

「さあ、アンドリア」妹の防寒コートを持ってきたハンナは、アンドリアの肩にかけてやりながら言った。「落ちついて深く息をして。大丈夫よ。もう外にいるんだから」

「わ……わ……わたし……」

「聞いていたわよ」ハンナが言った。

「わたし……町長をひっぱたいた……」

「知ってる」テリーが言った。

「そしたら倒れて……」

「町長は椅子に座ったまま倒れたのね」ハンナは妹のことばを補った。「腕を通しなさい、アンドリア。ここは寒いし、あんたは熱くなりすぎてる」

「なんていやな……威張り屋なのかしら」アンドリアはなんとか言った。「あんなやつ、殺してやればよかった！」

「そう思ってる人はたくさんいるわ」テリーが言った。

「でも……わたしは……ひっぱたいただけよ！」

「それだって今までだれもしなかったことよ」テリーは言った。「みんなそうしたかったと思うけど、実際にやる勇気はなかったから」

防寒コートのファスナーをあげられるくらいアンドリアが落ちつくと、おのおの停めてある車のところまで歩いた。「それにしてもすごい音だったわ」ドアの鍵を開けて運転席に乗りこみながらテリーが言った。「椅子が壊れたんじゃないかしら」

「かもね」アンドリアは弱々しい笑みを浮かべた。「そうであってほしいわ。でも、ビルについてあんなことを言われたんだから、首を折ってやればよかった！」

2

「ほんとに大丈夫、アンドリア？」母の住む共同住宅のガレージに車を停めて、ハンナは尋ねた。膝の上でにぎりしめているにもかかわらず妹の手は震え、顔色は真っ青だった。

「ええ、でももっと強くひっぱたけばよかった！」

「充分強くひっぱたいた音だったわよ。星が見えたんじゃないかってくらい」

「そんな」アンドリアは言った。「でも、椅子ごとひっくり返るほどだったからたしかにそうかも」

「それも知ってる」ハンナはそう言って、ついくすくす笑ってしまった。「派手に尻もちをついたんだといいけど」

アンドリアは笑わなかったが、ハンナにかすかな笑みを見せた。妹は落ちついてきて、ユーモアのセンスを取り戻しかけている、とハンナは希望を持った。「じゃあ、ディナーの準備を手伝ってもらえる？」

「いいわよ、気がまぎれるから。お皿にチーズをならべるとか、サラダをあえるとか、そういう簡単なことを担当させてもらえるならね」

「シャンパンのボトルを開けるのはどう?」ハンナは提案した。ロケットのように飛ばさずにシャンパンのコルクを抜くことにかけて、妹が自信を持っているのをよく知っていたからだ。

「それならできるわ」アンドリアはすぐに承諾したが、ハンナは妹の手がまだ震えていることに気づいた。

「このままペントハウスに行きたくなければ、母さんに何か言い訳することもできるけど」

アンドリアは車を降りてハンナとともにエレベーターに向かうあいだ、その申し出について考えていたらしい。「もう大丈夫だと思う。少なくとも、ペントハウスに着くまでには大丈夫になっているはず。モシェとカドルズも来てるの?」

「まだよ」ハンナはエレベーターのボタンを押して腕時計を見た。「でも、あと二十分くらいでノーマンが来る。彼が二匹ともキャットキャリーに入れて連れてきてくれるわ」

「うれしい。モシェにはしばらく会ってなかったから」アンドリアは小さなため息をついた。「アパートにはいつごろ帰れそう? また姉さんのところにみんなで集まってディナーを食べたいな」

「わからないの」ハンナは本心を話した。「先週ノーマンと試してみたんだけど、ノーマンがモシェを抱えて階段をのぼろうとすると、あの子がぶるぶる震えるものだから、心臓発作でも起こすんじゃないかと心配になっちゃって」

「でも、姉さんはあそこに行っても大丈夫なのね？」アンドリアはハンナとともにエレベーターに乗りこんだ。

「ほかの人がいれば大丈夫だけど、ひとりになったらどうなるかはわからない」そこまで言うと、ハンナはごくりとつばをのんだ。「ただ……つねによみがえってくるのよ……記憶が」

「わかる。姉さんにとって恐ろしいことだったものね。姉さんを助けるためにわたしにできることはなんだろうと何度も考えたわ」

涙がわきあがり、ハンナはまばたきをしてこらえた。そして、これまで何度もしてきたように、自分に言い聞かせた。たしかに恐ろしい時間だったけれど、もうそれは終わったのだと。

「さあ着いた」ハンナは極力明るい声で言った。「あんたがうちに帰れるような言い訳を考えておかなくてほんとに大丈夫？」

「ええ。まだバスコム町長を許す気にはなれないし、すごく怒ってるから、トレイシーとベシーを怖がらせちゃうかもしれないでしょ。ビルはここにディナーを食べにくるし、あと一時間もしないうちにグランマ・マッキャンがハンバーガーを食べに娘たちをモールに連れていくことになってるの。そのあとは映画を見せてくれるのよ」

「わかった」古めかしいエレベーターがペントハウス階に着くと、ハンナは言った。「まずは母さんとグラス一杯のシャンパンを飲みましょう。メイン料理はスロークッカーのなかだから、あとはあらかじめ作っておいた前菜の、三種のチーズのベーコンボールを出すだけなの」

ハンナが自分の鍵で母の住まいのドアを開け、姉妹は室内にはいった。広々としたリビンググルームを抜けると、ドーム屋根つきの庭から話し声が聞こえてきた。

「もうだれか来てるの?」アンドリアが突然足を止めて尋ねた。

「そうみたいね。きっとドクがもう病院から帰ってきたのよ。だれなのか見てきてほしい?」

「お願い。前菜を持っていって、はじめてもらってて。わたしは落ちつくのにもう少し時間がほしいから。ほんとうはどう思っているか、町長に言ってやらなかった自分にまだ腹が立ってるの!」

ハンナはひそかに微笑(ほほえ)んだ。アンドリアがまさにそれを町長に言ったのを、彼女とテリーは聞いていたからだ!

「もっと強くひっぱたくべきだった」冷蔵庫からシャンパンを取り出しながら、アンドリアはまだ言っていた。「彼にお説教してやれるめったにないチャンスだったのに、ふいにしちゃった！」

「彼も学んだと思うわよ」

「そうであってほしいわ！　当然の報いよ！　あんなふうに怒鳴られたのは生まれて初めてだったんだから！」

ハンナは妹のほうを見た。アンドリアの目は怒りに燃え、明らかに興奮しているように見えた。「ほらほら！　落ちついて、アンドリア。もう終わったことよ！」

「だって、ほんとに頭にきたんだもの！」

ハンナは妹に近づいてこわばった肩を抱いた。「わかってる。わたしとテリーにも聞こえたわ。頭にきて当然よ。わたしだったら殺してたかも」

「殺すべきだったのよ、あんな最低のクズ野郎！　あいつ、女性を見くだすような態度をとるのよ！　そして、利用するだけ利用したら捨てるんだから……ごみみたいに！　ステファニーがどうしてがまんできるのかわからないわ」

「ほんとよね。シャンパンを開けるときは気をつけてね、アンドリア。今みたいに興奮してると、コルクを飛ばして天井に穴を開けちゃうわよ！」

これが効いた。アンドリアは笑った。「大丈夫よ。超高級シャンパンのペリエ・ジュエだもの。安いやつならそうしたくなるかもしれないけど、これはそうはいかないわ！」

ハンナは笑みを浮かべながら前菜のトレーを持ってペントハウスの庭に出たが、母のゲストを見たとたん笑みは消えた。「こんばんは、ミセス・バスコム」礼儀正しくそう言うと、母がゲストのために用意したテーブルに前菜のトレーを置いた。

「ステファニーと呼んでちょうだい、ディア」町長の妻は返した。「しょっちゅうおじゃましているんだから、かしこまらなくていいのよ」

ああ、なんてこと！　ハンナの頭のなかで理性的な声が言った。早くキッチンに戻って、町長の妻がここにいるとアンドリアに伝えないと！　だが、遅すぎた。アンドリアはコルクを抜いたシャンパンのボトルを手に、庭に足を踏み入れていた。

「こんばんは、母さん」ドロレスのそばのテーブルに銀のアイスバケットを置いて、アンドリアは言った。「こんばんは、ええと」アンドリアはドロレスの向かいの椅子を見た。

「ミセス・バスコム？」

「こんばんは、アンドリア」ステファニー・バスコムがあいさつした。「お母さまから聞いたわ、今日の午後夫に会いにいったそうね。首尾はどうだった？」

「ええと……あの……」アンドリアはパニック状態の顔でハンナを見た。

「うまくいきませんでした」アンドリアは最後まで言えそうになかったので、ハンナが代わりに言った。

「そうじゃないかと思っていたのよ。お母さまにも話していたところなの……リチャードは今週ずっと機嫌が悪くて、なんでもないことでかわいそうなテリーを怒鳴りつけてばかりいたの。うちに帰ってからもむっつりしていてね。座ってシャンパンをお飲みなさいな、アンドリア。わたしに言わせれば、リチャードがあなたの夫にしたことは言語道断です！　昨夜もあの人にそう言おうとしたんだけど、それはもうたいへんな剣幕で怒鳴りつけられたわ。愛人のせいで機嫌が悪かったのね。新しい愛人がだれなのか知りたいものだわ、彼をいらつかせたその人を褒めてあげたいから。さあ、何があったのか話してちょうだい。リチャードがあとでどんな暴挙に出るか予想できるように」

アンドリアとハンナはぎょっとして顔を見合わせた。「ええと……できるだけ落ちついて冷静でいようとしたんですけど……」アンドリアはそこまで言うと、またハンナを見た。

ハンナがあとを引き継いだ。「彼は妹を怒鳴りつけました。オフィスのドアは閉まっていましたけど、テリーとわたしにも聞こえました。アンドリアはほんとうに立派でした。長いことかんしゃくを抑えていました。わたしならばかだと言われてあんなに長く耐えられなかったでしょう」

ステファニーの顔に苦痛の表情が浮かんだ。「すぐに相手をばか呼ばわりするんだから」彼女はアンドリアを見た。「彼にそれ以上言わせずにオフィスを出たのよね？」

「それが……そうじゃないんです」アンドリアは白状したあと、また助けを求めてハンナのほうを見た。

「哀れっぽい訴えや涙はもうたくさんだ、きみも夫と同じくらいばかだなと町長に言われて、妹は……キレてしまって」

「あなたを責める気はまったくないわ、ディア！」ドロレスがアンドリアの肩を抱いた。

「そんなことを言われたらわたしだってかっとなっていたわよ」

アンドリアはうなずいた。「そう……かっとなって。あんまり頭にきたから、その……彼をひっぱたいてしまったんです！」

「それでいいのよ！」ステファニーは力強くうなずいた。「わたしでもまったく同じことをしていたでしょう。そのあとどうなったの？」

「あんまり強くひっぱたいたので、町長は椅子ごとうしろ向きにひっくり返りました」

「当然の報いよ！」ステファニーは言った。「よくやったわ、アンドリア。これまで彼に立ち向かう気力のある人はだれもいなかった。リチャードの問題は、いつも自分がだれよりもえらいと思っていることなの。しかも、とてつもなく傲慢で、座っているときまでふんぞりかえっているんだから。そんな人、彼以外に会ったことがないわ」

ハンナとドロレスは思わず吹き出した。アンドリアがそれに加わるとふたりはほっとした。

「いやな思いをさせてごめんなさいね、アンドリア」ステファニーは夫に代わって謝罪した。「リチャードは怒鳴り声が大きければ大きいほど、相手はおびえると思っているのよ」

「でも、あなたは平気なの、ステファニー？」ドロレスが尋ねた。

「ええ、今はね。ようやくわかったの、彼を怒らせるには家計に打撃を与えればいいってことが」彼女はアンドリアに向き直った。「シャンパンをひと口飲んで、あの人のことは頭から締め出してしまいなさいな。あなたの夫に悪いことは起こらない。リチャードはビルを解雇するとおどしたみたいだけど、彼にそんなことはできないわ。法律的に無理なの。ビルは正々堂々と選挙で勝ったんだし、リチャードが彼を首にするのを許すような町長は郡内にひとりもいない。ビルが怒って辞めないかぎり大丈夫よ。それこそリチャードが望んでいることだから」

「今夜ビルにそのことを話しても？」アンドリアが尋ねた。

「ええ、いいわよ。リチャードに会ったらわたしができるかぎり言って聞かせるからと伝えて」彼女はそこで腕時計に目をやり、立ちあがった。「さあ、もう行かなくては。今夜はリチャードが定時に帰ると約束したから、どんな口論にも立ち向かえるように武装して準備しないと」

「待って！　ミセス・バスコム……」アンドリアが口を開くと、ステファニーがさえぎった。

「ステファニーよ。あなたは何も心配しなくていいわ。リチャードの相手はわたしにまかせて。ビルを解雇するなんてこと、二度と言わせないから！」

「外まで送るわ、ステファニー」そう言ってドロレスが立ちあがった。「今日は来てくださってほんとうにありがとう」

ドロレスがペントハウスの庭を出ていったあと、ハンナとアンドリアは目を合わせた。

「母さんはわざと彼女をここに招いたのかしら？」アンドリアがきいた。

「そんな気がする」

「わたしではバスコム町長に太刀打ちできないんじゃないかと心配して？」

慎重にね、と理性の声がハンナに警告した。今妹がどんなにもろくなっているか、わかっているわよね。

ハンナは小さく笑った。「あんたなりにうまいことバスコム町長をやりこめたみたいだけど！　少なくとも、受付エリアで聞いたかぎりはね」

アンドリアは微笑んだ。「ひっぱたくつもりはなかったの。でも……認めるべきじゃないかもしれないけど、ひっぱたいたときはすごくいい気分だった！」

「ステファニーはすごく楽しそうに聞いていたわね」ハンナは言った。

「そう感じた？」

「ええ、彼女を見ていたけど、すごく感心したような顔をしてた」

アンドリアは思い返してみた。「たしかにそうね。それに、ビルの味方をしてくれるみたいだった。彼女、町長が帰ってきたらほんとに言って聞かせてくれるかしら？」

「まちがいないわ。でも、あんまり期待しすぎないほうがいいわよ、アンドリア。バスコム町長はがんこなことで有名だから」

失敗よ、理性の声がハンナに言った。また妹を心配させてどうするの。気をそらす方法を何か考えなさい。

「キッチンに行って、ディナーの出来具合を確認しましょう」ハンナは提案した。「シャンパンを持ってきて、残りはキッチンで飲めばいいわ」

「わかった」アンドリアはグラスを持ってハンナのあとからキッチンに向かった。母のペントハウスのキッチンは広々としていて、壁には二台のオーブンがあり、テーブルと椅子が置かれた一角には暖炉があり、食器洗浄器も二台あった。こんろは最高級品で、カウンターは美しいピンクの大理石製だ。

「ここのキッチン、大好き」アンドリアは暖炉のそばのテーブルについて言った。「ディナーに何を作ってるの、姉さん？　なんにしろ最高にいいにおいね」

「ストロガノフ・ライトよ」

「ストロガノフ・ライト？　あのおいしいサワークリームはなしってこと？」

ハンナは首を振った。「いいえ、牛肉を鶏胸肉(とり)に変えただけ。母さんが今夜は鶏肉料理がいいって言うから。ドクの体重を気にしているらしいの」

アンドリアは笑った。「つまり、マッシュルームとタマネギとサワークリームを使った普通のストロガノフなのね？」

「それで、どうにかして母さんにストロガノフは低カロリー料理だと納得させるつもりなの?」

「そうよ」

「あら、とんでもない。そんなつもりはないわ。料理をしたのはわたしだから、その役目はあんたにお願いしようと思って」

アンドリアは吹き出した。「それは無理だと思うけど、ストロガノフ・ライトのにおいをかいだら、きっと母さんはカロリーのことなんか忘れちゃうわよ」

携帯電話が鳴り、アンドリアはポケットから電話を取り出した。「ビルからだわ。きっとこれから保安官事務所を出ると知らせるつもりなのね」

冷蔵庫に戻ろうとしたとき、ハンナはアンドリアの表情に気づいた。

「どうかした?」妹に駆け寄ってきいた。

「わかったわ、ハニー」アンドリアは電話の相手に言った。「じゃあ、うちで待ってる」そして、電話を切ってハンナを見あげた。「正真正銘のネズミ野郎だわ!」

「ビルが?」

「いいえ、バスコム町長よ。保安官事務所に電話してきて、ビルたちが召喚や逮捕をした案件の、一年ぶんの詳細なリストがほしいとビルに命じたんですって!」

「でも、アンドリア……ひと晩でそれを作成するなんて不可能よ!」

「それはビルもよくわかってる。バスコム町長も知ってて言ってるんだと思う。ビルはがんこでプライドの高いミネソタ男でしょ。意地でも明日の朝までにリストをバスコム町長に提出するつもりなのよ」

ハンナは同情のため息をついた。「じゃあビルはディナーに来ないってこと？」

「ええ、リストを作成するにはひと晩じゅうかかるでしょうから。わたしは残って楽しむようにと言われたけど……うちに帰るべきだと思う。バスコム町長がビルに電話してこの実現不可能な仕事をさせることにしたほんとうの理由は……わたしが彼を殴ったからよ。事態を改善するために何かしたかっただけなのに」

「あんたはがんばったわ、アンドリア。最善を尽くした。そのことで自分を責めるのはやめなさい」

「でも、もしわたしが町長に会いにいかなかったら、ビルを放っておいてくれたかもしれないのに！」

アンドリアの声はヒステリー気味で、ハンナは妹を落ちつかせることを言わなければと思った。

「それはちがうわ！」ハンナは急いで言った。「正直に答えて。あんたが町長室にはいったとき、バスコム町長はすでにビルのことで怒っていた？」

「え……ええ。頭から湯気が立つほど怒ってた！」

「それなら、さっきのあんたの言い分は正しくない。あんたは彼を落ちつかせ、考え直してほしいとたのもうとしたけど、うまくいかなかった。今彼がビルに腹を立てているとしても、そのときにはすでに腹を立てていたんだから、あんたのせいじゃない」

アンドリアは少しのあいだ考えこんだ。「たしかにそうね。ありがとう、姉さん。かなり気分が楽になった」

「よかった」ハンナは巨大な冷蔵庫に歩み寄り、側面にバネ式の金具がついたスプリングフォーム型を取り出した。

「それは何?」アンドリアがきいた。

「デザートのトリプルチョコレート・チーズケーキよ。型からはずしてそれぞれデコレーションしようと思って」

「それぞれ?」アンドリアはそのことばに反応した。「チーズケーキはひとつだけじゃないの?」

「三つ作ったの、思いがけずにマイクが現れたときのために」

「やった! それなら充分みんなにいきわたるわね。しかも、トリプルチョコレートって言った? 三種類のチョコレートがはいったチーズケーキってこと?」

「ええ、層ごとにちがう種類のチョコレートがね」

「うーん!」アンドリアはよろこびのため息をもらした。「それって天国じゃない。上には何をのせるの？」

「甘いホイップクリームとけずってカールさせたチョコレートを。それでもまだ隙間が目立つようなら、彩りにラズベリーとスプリンクルを追加するわ」

アンドリアはハンナがチーズケーキを型から出し、デコレーションするのを見守った。

「わたしも少し食べてみたかったけど、シャンパンを飲み終えたらうちに帰るべきよね。今夜のわたしはだれにとってもいっしょにいて楽しい相手じゃないし」

「チーズケーキをひとつ持ってかえっていいわよ」ハンナは言った。「ディナーのデザートにはふたつあれば足りるでしょう。新しいレシピだから試食してもらいたいのよ。あんたとビルのためにストロガノフも取り分けてあげるから、保安官事務所に持っていくといいわ。ビルもそのうちおなかがすくでしょうし、食べ物で元気が出るかもしれない」

「きっと元気が出ると思う。姉さんのチーズケーキを大きく切り分けてあげたら絶対に。ビルはチーズケーキが大好きなの」アンドリアは立ちあがってハンナに近づき、軽くハグした。「ありがとう、姉さん」

「ひとりで家にいてほんとうに大丈夫？」

「ええ。チョコレートのエンドルフィンで気分がよくなるっていつも姉さんが言ってるから、チーズケーキをふた切れ食べることにする」

⑥ 清潔な手でボール状に丸め、ワックスペーパーの上に置く。

⑦ 残りのベーコンクランブルを浅めのボウルに入れ、
そのなかでチーズボールを転がしてまぶしつける。

⑧ チーズボールをワックスペーパーの上に戻し、押して軽くつぶす。
こうするとチーズプレートにクラッカーの盛り合わせとともに
置いたときすわりがよくなる。

⑨ 冷凍庫で少なくとも30分冷やし固めるか、
冷蔵庫で3時間冷やす。

⑩ チーズボールが固まったら、ラップをかけてテーブルに出す
15分まえまで冷蔵庫に入れておく。

前菜、4～6人分。
赤ワイン、白ワイン、シャンパンによく合う。

ハンナのメモその2：
母さんのディナーパーティにこのチーズボールを出したら、
アンドリアまでがレシピを知りたがった！
アンドリアは料理が得意ではないが、
このレシピはオーブンもこんろも使わないので作ってくれると思う。

三種のチーズのベーコンボール
(火を使わないレシピ)

材料

ベーコンクランブル……2 1/2カップ(わたしは〈ホーメル〉のものを使用)

やわらかくしたクリームチーズ……227グラム
(わたしは銀色のパッケージの〈フィラデルフィア〉のものを使用)

ほぐしたブルーチーズ……3/4カップ

極細切りの熟成ホワイトチェダーチーズ……227グラム

ブラウンシュガー……小さじ1

ホットソース……3滴(わたしはスラップ・ヤ・ママを使用)

ハンナのメモその1:
極細切りのチーズがなければ、フードプロセッサーか
チーズおろし器を使って極細にする。

作り方

① 耐熱ボウルにクリームチーズを入れ、電子レンジ(強)で
1分加熱する。そのまま1分おいてから取り出す。

② ほぐしたブルーチーズを加えて完全になじむまでかき混ぜる。

③ さらに極細切りのホワイトチェダーチーズを加え、
完全になじむまでかき混ぜる。

④ ブラウンシュガーを加えてよく混ぜる。

⑤ ベーコンクランブル1カップを加えてよく混ぜる。
ホットソースも加えてさらに混ぜる。

3

「すばらしいディナーだったよ、ロリ！」ドクはそう言うと、フォークを置いて妻に笑顔を向けた。「チキンにすると聞いていたから、てっきりフローレンスの店のローストチキンだと思っていたのに」

ドロレスは笑った。「その予定だったけど、今夜はハンナが料理すると言ってくれたのよ。あなたが病院から帰ってくるまでにすべての準備が整っているように、早めに来てスロークッカーをセットしてくれてね」

ドクはハンナを見た。「ありがとう、ハニー。これまで食べたなかでいちばんおいしいチキン料理だったよ」

ドロレスは眉をひそめた。「でも、あなたはフローレンスのローストチキンがあんまり好きじゃないみたいね。それならそう言ってくれれば、ハワイアン・ポットローストか簡単ラザニアを作ったのに」

ドロレスは明らかに気分を害しているようだったので、ドクが妻の肩に腕をまわすのを見て、ハンナは安堵(あんど)のため息をついた。ドクはその場にふさわしいことを言う名人なので、きっとまたドロレスが元気になるようなことを言ってくれるはずだ。

「きみが料理してくれるのはうれしいんだよ、ハニー」ドクは急いで言った。「だが、とても手間がかかるだろう。きみがたっぷり休んで元気でいてくれるほうが、私にはずっとうれしいんだ。一階の〈レッド・ベルベット・ラウンジ〉に電話して食べるものを注文してもいいんだし、〈レイク・エデン・イン〉に食べにいくこともできるんだから」

「ほんとに？」

「ああ、もちろんだとも。私はきみを愛しているし、きみにはもっと楽をさせたいんだ、苦労をさせるんじゃなくね。きみがそれほど料理を好きじゃないのは知っているし、料理をしなくちゃならない理由はどこにもないんだから。それに、結婚してからきみがおいしいものばかり作ってくれるせいで私は何キロか太ったようだし」

ドクの説明にドロレスが気をよくしたのは明らかだった。今や母はにこやかに微笑(ほほえ)んでいたので、ハンナはロニーのほうを見た。「ストロガノフ・ライトのお代わりは？」と彼にきいた。

「はい、いただきます」ロニーはハンナに皿をわたした。「これ、すごくおいしいです」

「同感だよ」ハンナがロニーのお代わりをよそったレードルを受け取って、自分もお代わりをよそいながらノーマンが言った。「ビーフを使ったオリジナルレシピよりも好きかもしれない」

ミシェルがうなずいた。「わたしもこっちのほうが好き。それに、たしかにライトよね。たくさん食べても食べすぎた感じがしないもの」

ハンナは微笑んだ。新しいレシピは大好評のようだ。メイン料理のレパートリーに入れることにしよう。「食事がすんだら、コーヒーを淹れてデザートにしましょう」

「デザートには何を持ってきてくれたの、ディア?」ドロレスが尋ねた。

「トリプルチョコレート・チーズケーキよ。ミルクチョコレートとホワイトチョコレートとセミスィートチョコレートが層になっているの」

「まあ!」ドロレスが叫んだ。「まるで天国ね、ハンナ!」

ハンナは笑った。「このケーキのデコレーションをしているとき、アンドリアもまったく同じことを言ってた。だからひとつあげたの。ビルとグランマ・マッキャンと子供たちのために」

「わたしたちのぶんもあるのよね?」ドロレスが少し不安そうにきいた。

ハンナは母を見た。「ええ、あとふたつあるから。もうコーヒーにする、母さん? ポットに用意するけど」

ドロレスは少し考えてからうなずいた。「ええ、お願いするわ、ディア。一杯のコーヒーこそまさに今必要なものよ」

「手伝うよ、姉さん」ミシェルが自分のディナー皿を手に立ちあがって言った。「わたしがコーヒーカップとデザート皿を運ぶね」

ロニーが笑顔になった。「キッチンでチーズケーキをつまみ食いするつもりだろう、シエリー？」

「シーッ！」ミシェルは唇のまえで指を立て、沈黙を求める昔ながらのジェスチャーをした。「つまみ食いなんてしないわよ。頭によぎったことは認めるけど」

みんなの笑い声を聞きながら、姉妹はテーブルを離れてキッチンに向かった。ハンナがキッチンのドアを開け、ミシェルが運んできた皿を水洗いするためにあとにつづいた。妹が皿を食器洗浄機に入れるあいだ、姉はトリプルチョコレート・チーズケーキを冷蔵庫から出した。

「きれいね」ハンナがケーキをキッチンテーブルに置くのを見て、ミシェルが言った。

「ふたつで足りると思う？」ハンナはきいた。

「うん、アンドリア姉さんにひとつあげてくれてよかった。今日バスコム町長とやり合ったって母さんに聞いたから」

「おだやかじゃなかったわ」デザートフォークと小さめのデザートナプキンを出しながらハンナは言った。そして、バスコム町長とアンドリアの対決の模様をすっかりミシェルに話して聞かせた。

「アンドリア姉さんがそんなに長いこと耐えていたなんて驚き」話を聞き終えてミシェルは言った。「ロニーについてそんなふうに言われたら、わたしなら五分でぶん殴ってたと思う。アンドリア姉さんはわたしよりずっとかっとしやすいのに！」

「たしかに」ハンナはキッチンテーブルのまえに座って言った。「ダイニングルームのテーブルを見てきてくれる、ミシェル？　みんなが食べ終えたところで、ディナー皿をさげて。わたしはアンドリアに電話して、あんなことがあったあとで少しは気分が上向きになったかたしかめる」

「それがいいよ」ミシェルはそう言って、キッチンのドアに向かった。「すぐに残りのお皿をさげて戻ってくる。それが終わったらコーヒーを淹れるね」

ミシェルが行ってしまうと、ハンナはそこに座ったまま少し休んだ。今朝は早くに〈クッキー・ジャー〉に行って、イースターのパーティのための追加のクッキーとカップケーキを焼いたのだ。今日はイースターのパーティが三つあったが、幸いハンナもリサもケータリングはたのまれていなかった。カップケーキはバーティ・ストラウブからの注文で、彼女はいつも自分でパーティを仕切る。彼女が経営するレイク・エデン唯一の美容室〈カットトン・カール〉の常連のご婦人たちのためのパーティだ。もうひとつはダニエル・ワトソンのダンス・スタジオで開かれるパーティで、これはバレエの初心者クラスの母親たちのためのもの。ダニエルも自分でパーティを仕切っており、昼間のパーティなのでとっくに終わっているはずだった。母親たちはダンス発表会に招かれ、発表会終了後に子供たちとともにロビーに集まってクッキーとレモネードを楽しんだことだろう。最後は自動車修理工場を営むシリル・マーフィーからの注文で、終業後にイースターのカップケーキとアイリッシュコーヒーを修理工たちにふるまうのだという。

ハンナはキッチンの椅子のひとつに置いてあったバッグに手を伸ばし、携帯電話を探した。見つけて取り出し、電話がかかってきていないか確認すると、アンドリアの番号を呼び出すまえに電話が鳴った。

「もしもし?」ハンナは電話に出た。

「姉さん！　た……助けて、姉さん！」

アンドリアの声だ。ハンナは眉をひそめた。妹の声はパニック状態だ。「どうしたの、アンドリア?」急いで尋ねた。

「あの……ええと……いいからすぐ来て！」

「わかった」ハンナは極力なだめるように言った。「今どこ、アンドリア?」

「こ……ここよ！」

「そこね。そこがどこなのか教えてくれれば行くから」ハンナはできるだけ冷静に言った。

「町役場よ！　彼……彼が死んでるの！」

「町役場で死んでる人がいるのね?」

「そうよ！　死んでるのはたしかだと思うけど……さわりたくなかったから……わかるでしょ？」

「死んでるのはだれだかわかる？」おそらく暖をとるために町役場のロビーにはいりこんだホームレスだろうと思いながら、ハンナは尋ねた。

「え……ええ！　早く来て、姉さん！　わたし怖くて……どうすればいいかわからない！」

「ロビーにいるの？」

「ううん」アンドリアは泣いていた。「今いるのは……彼のオフィスよ！　彼が死んでるの！」

恐ろしい疑いがハンナの頭に浮かび、つぎの質問をした。「バスコム町長のオフィス？」

「そうよ！」

「そこに死んだ人がいるのね？」

「そうだってば！」

「それは知ってる人？」ハンナは息を止めて答えを待った。

「ええ！　バスコム町長よ！　彼が死んでるの！」

ハンナは思わずうめき声をあげてしまい、アンドリアに聞こえていなければいいがと思った。冷静さを維持しながら、アンドリアを危険な状況から救い出さなければならない。

「そこにはほかにだれかいるの、アンドリア？」

「いいえ……彼だけよ！」

「受付エリアにいるの？」

「ちがう！　彼のオフィスよ」

「よく聞いて、アンドリア。ドアまで歩いて受付エリアに出て。電話は切らないで今すぐやって。出たら教えるのよ。できる？」

「う……うん……わかった」

だいぶ待たされたあと、ようやくアンドリアが口を開いた。「出たわ、姉さん。つぎはどうすればいい？」

「廊下に出て。階段の上まで歩いて、壁際の椅子のひとつに座るの。わたしのためにやってくれる、ハニー？」

「うん！」

「じゃあ今すぐやって、椅子に座ったら教えてちょうだい」

今度もアンドリアが椅子まで歩くのには永遠とも思える時間がかかったが、ついに電話口に戻ってきた。「着いた。ありがとう、姉さん。さっきは動けないと思ったけど、今はましになった。このあとはどうすればいい？」

「そこに座ってじっとしてて。すぐに行くから。何分かかかるけど、かならず行く。約束する」

「わ……わかった。でもわたし……まだ怖くて！」

「あたりまえよ。目を閉じていなさい、一、二分で行くから」

「約束してくれる？」

「神に誓って約束する」ハンナは父親がこれから言うことを信じてもらいたいときにいつも言っていたことばを口にした。

「うん……わかった。いったん切るね。もう電話を持っていられないの」

ぷつんと音がして、アンドリアが電話を切ったのだとわかった。ハンナは通話を終了し、何があったのかをみんなに伝えるためにダイニングルームに急いだ。

ストロガノフ・ライト
(4.7～5.7リットルのスロークッカー用レシピ)

材料

タマネギのみじん切り……1/2カップ

鶏胸肉（皮なし）……6枚

濃縮マッシュルームクリームスープ……2缶（1缶297グラム）

濃縮チキンクリームスープ……1缶（297グラム）

マッシュルーム水煮（軸つきでもよい）……2缶
（わたしは〈シグネチャー〉の1缶113グラム入りのものを使用）

ニンニクのみじん切り……小さじ2（わたしは瓶入りのものを使用）

サワークリーム……1カップ（227グラム。わたしは〈クヌーセン〉のものを使用）

クリームチーズ……227グラムを2パック
（わたしは〈フィラデルフィア〉のものを使用）

植物油またはオリーブオイル……小さじ1

チキンブイヨンのキューブ……2個

幅広のエッグヌードル……680グラム入り1パック

有塩バター……大さじ1

塩コショウ……少々

お好みでホットソース……少々（わたしはスラップ・ヤ・ママを使用）

作り方

① スロークッカーの内側に〈パム〉などのノンスティックオイルをスプレーし、タマネギのみじん切りを敷いた上に鶏胸肉を置く。

ハンナのメモその2:
吹きこぼれないように気をつけること。
わたしはこんろのそばに座って
柄の長いスプーンでかき混ぜながらヌードルをゆでる。

⑫ ゆであがったらコランダーか大きめのざるでお湯を切ったあと、
有塩バターであえてからお湯を捨てた鍋に戻し、ふたをしておく。

⑬ ストロガノフ・ライトが完成したら、塩コショウで味を調え、
最後にひと混ぜする。ホットソースを使う場合はここで加える。

ハンナのメモその3:
ストロガノフとヌードルはキッチンで皿に取り分けてからテーブルに運んでもいいし、
レードルを添えたストロガノフのボウルと、
ヌードルのボウルをテーブルに置いて、各自取り分けてもらってもいい。

少なくとも8人分。
残ったらストロガノフとヌードルを
別々のふたつきの容器に入れて冷蔵庫へ。

ハンナのメモその4:
ヌードルを温め直すにはざるに入れ、
そのざるを沸騰した塩入りの湯につけて温める。

ハンナのメモその5:
ストロガノフが残ってヌードルがないときは、キャセロールとして温め直すとよい。
キャセロール容器の内側に〈パム〉などのノンスティックオイルをスプレーし、
冷凍のハッシュブラウンを敷いた上に残ったストロガノフをレードルで広げる。
アルミホイルをかぶせ、175度に温めたオーブンでちょうどいい熱さになるまで焼く
(まずは30分焼いてみて。焼き時間は内容量によって変わる)。
充分に温まったら、底のおいしいハッシュブラウンとともに
大きめのスプーンで取り分ける。

② 濃縮マッシュルームクリームスープ、濃縮チキンクリームスープの中身を大きめのボウルに入れてかき混ぜる。

③ マッシュルームを缶汁ごと②のボウルに加える。

④ ①の鶏胸肉の上に③をかける。

⑤ 低温で5時間調理する。

ハンナのメモその1:
仕事をしていて5時間後に帰れなくても、低温にしておけば大丈夫。
低温なら最高9時間まで調理可能。

⑥ 食卓に出す1時間まえに鶏胸肉を取り出し、
まな板の上に10分おいて冷ましたあと、ひと口大に切る。
それをスロークッカーに戻す。

⑦ ニンニクのみじん切りとサワークリームを加える。

⑧ クリームチーズ2パックをそれぞれ8等分に切り、
耐熱ボウルに入れて電子レンジ(強)で1分加熱したあと
そのまま1分おいてから取り出す。

⑨ かき混ぜてなめらかになったクリームチーズを
スロークッカーに加える。

⑩ 全体をよくかき混ぜてからふたをし、高温にセットして
さらに30分調理する。

⑪ ストロガノフを調理しているあいだにヌードルをゆでる。
大鍋に水(必要な量はヌードルのパッケージを参照のこと)、
植物油またはオリーブオイル、チキンブイヨンのキューブを入れ、
強火にかける。コーヒーなど気分転換のための飲み物を
飲みながら、座ってお湯が沸くのを待つ。
沸いたらよくかき混ぜてからヌードルを入れ、
パッケージに従ってゆでる。

4

町役場まではほんの一ブロックで、通りは閑散としていた。ロニーは建物のすぐまえの駐車スペースに車を停めた。ハンナたちがロニーの車から降りようとしたとき、一台のパトカーが目のまえに停まった。

「待たせたね」マイクは声をかけて、ロニーに合図をした。「先にぼくたちだけで行こう。ドクとハンナにはぼくたちが呼びにくるまで待っていてもらって」

「いやよ！」ドアを開けて後部座席から降りてきたハンナが反論した。「アンドリアはわたしに電話してきたのよ。わたしもいっしょに行く」

「私も行くよ」ドクも車から降りてきて言った。「町長の息があったら、命を救うためにできることがあるかもしれないからね」

「ビルには知らせたんですか？」ロニーがマイクにきいた。

「ああ、でも事務所に残ってもらった」マイクは答えた。

「どうして？」とハンナ。「彼ならアンドリアを落ちつかせることができるのに」

「アンドリアが死体発見者だからだ」マイクが説明した。「彼女は容疑者ということになる。ビルは彼女の夫だから、どんな形にしろこの捜査に関わることはできない」

ハンナは小声でうめいた。「アンドリアがバスコム町長を殺したと思ってるの？」

「そうじゃないけど、彼女は今日の昼間に彼と口論したあと、また町長室に戻った。そして今、彼は死んでいる。アンドリアがどうして今夜また町長室に行ったか知っているかい、ハンナ？」

ハンナは首を振った。「いいえ、わからない」

「きみに話さなかったのか？」

「ええ、電話ではすごく動揺していて、くわしいことは何も」

マイクはうなずいた。「町長に謝って怒りを鎮めてもらうために戻ったのかもしれない。今日の昼間、町長はアンドリアに腹を立てて、ひどいことを言ったらしいし」

「どうして知っているの？」ハンナがきいた。

「アンドリアは保安官事務所のビルに電話してきて全部話したんだ。そして彼がぼくに話した。ぼくは町長がビルに命じた、あのばかげたリスト作りを手伝っていたんだ」

石の階段をのぼると、ロニーはさっとまえに出てみんなのためにドアを開けた。まずハンナがはいった。アンドリアのそばに行って、昼間の不幸な出来事についてマイクはすべて知っていると伝えたかった。階段を二段ずつ駆けあがり、二階についたときはわずかに息があがっていた。アンドリアは階段をのぼったところに座っていた。

「ああ、姉さん！」アンドリアは叫び、勢いよく椅子から立ちあがって姉に駆け寄った。

「最悪よ、姉さん。もう最悪！」

「たいへんだったわね」ハンナはアンドリアの肩に腕をまわして抱きしめた。「もう大丈夫よ、アンドリア。マイクとロニーとドクが来たから」

「ビルは来てくれないの？」アンドリアはがっかりしているようだった。

「ええ、マイクが止めたみたい。マイクとロニーがあんたに質問することになると思う。どうやってバスコム町長を見つけたかとか、彼に何があったと思うかとか」

アンドリアは信じられない様子で目を見開いた。「わたしが殺したと思われてるの？」

「まさか。でも、あんたは第一発見者で、だれであれ殺人の被害者を見つけた人は、疑いが晴れるまでは容疑者なのよ」

アンドリアの顔にさまざまな表情が浮かんでは消えた。「でも、わたしが着いたとき、もう町長は死んでたのよ。少なくともわたしはそう思った。ぴくりとも動いていなかったし、うんともすんとも言わなかったから。それに……血があった。血を見たらすごく怖くなって、わたし……姉さんのチーズケーキを落としちゃったの！」

アンドリアの目に涙があふれ、ハンナは妹をきつく抱きしめた。「大丈夫。チーズケーキはまだあるから」そのことばを発した直後、ハンナはくすっと笑った。「あんたはわたしのチーズケーキをわいろに使って、町長の機嫌をとろうとしたのね？」

「ええ、でもホールじゃないわよ。ひと切れだけ持ってきたの。血を見たせいで、結局床に落としちゃったけど！」

「犯罪現場チーズケーキに名前を変えたほうがいいかも」ハンナは言ってしまってから、ちょっとふざけすぎだったと反省した。アンドリアの目からあふれた涙が頬を伝いはじめたからだ。「こんなこと言うべきじゃなかったわね」ハンナはあわてて言った。

「でもわたし、姉さんのおいしいチーズケーキを台無しにしちゃった！」アンドリアはそう叫んで本格的に泣きはじめた。「もう二度と姉さんのチーズケーキを食べられなくなるんだわ。思い出すに決まってるから……彼のことを！」

ハンナは驚いて一、二度まばたきしたが、賢明にも何も言わなかった。アンドリアは少し理性を失っているが、妹が動揺するのも当然だった。彼女の話からすると、町長室の様子は見目のいいものではなかっただろうから。殺人現場というものはたいていそうだ。今回の現場はこれから何週間も妹の悪夢に出てくるだろう。「家を出るまえに少しはチーズケーキを食べたの？」ハンナはなんとか話題を変えようとして尋ねた。

「ええ、食べたわ！　すごくおいしかった。だからひと切れ持っていくことにしたの……町長のところに」

「母さんのところに来ればもうひと切れ食べられるわよ」ハンナは言った。「チョコレートを摂取すれば気分が落ちつくわ」

「待たせたね、娘たち」ドクがドアから出てきて言った。「もうすぐロニーが出てきてきみたちをペントハウスに送ってくれる。現場班が到着したらすぐマイクも合流することになっている」

「じゃあ、バスコム町長は……」アンドリアはそこまで言うと、吐き気をもよおしたようだった。

「ああ、死んでいた。アンドリア、きみにリラックス効果のあるものを処方してあげよう。帰ったら、お母さんや姉妹たちと庭にいるといい。マイクとロニーがきみの供述をとり終えたら、マイクがビルを呼んでくれるよ。供述をとるのにそれほど時間はかからないということだった」

「ああ、よかった」アンドリアはほっとしたようだった。「わたしは大丈夫よ、ドク。ほんとうに。ここに座っていたらどんどん気分がよくなってきた。最初はすごく……怖かったけど！」

「もちろんそうだろう」ドクは持ってきたかばんから注射器を取り出し、わずかに向きを変えて薬品を満たした。「ハンナのほうを見ていなさい、アンドリア。これでもっと気分がよくなるから」

ドクはあっという間に処置を終え、かばんに注射器をしまった。「シャンパンはグラス一杯。それ以上はだめだ」彼はハンナに言った。「それで充分だろうし、マイクとロニーが供述をとるまえに眠ってしまっては困るからね」町長室のドアが開き、彼は顔をあげた。「ああ！　ロニーが来た。彼がペントハウスに送ってくれるからね」

「でも……わたしは車で来てるのよ」アンドリアが言い返した。「通りの向こうに停めてあるの」

「大丈夫ですよ」ロニーが言った。「キーをください。ぼくがペントハウスに移動させておきます。その車でビルと帰るといい」

「チーズケーキのこと、ほんとうにごめんなさい、姉さん」アンドリアはそう言って、もうひと口食べた。「町長室に持っていくべきじゃなかった」

「いいのよ、アンドリア」ハンナは安心させるように言った。「こんなことになるなんて知らなかったんだから」

「そうだけど……これ、ほんとうにおいしい！」

「うん、おいしいね」ノーマンも自分のケーキをもうひと口食べて言った。「こんなにおいしいチーズケーキは食べたことがないよ」

「同感よ」ドロレスも口をそろえた。

ミシェルもうなずいた。「わたしも」そして、ハンナを見た。「あとでマイクとロニーがここに来るけど、ふたりのぶんは残ってる？」

「もちろんよ。母さんもドクのために何切れか残しておきたいだろうし」

「よかった！」ドロレスはほっとしたようだ。「病院から戻ったら、残っていないかときかれるはずだから」

暗黙の合意で、マイクとロニーが事情聴取をするまでは、だれもがアンドリアに町長室での出来事についてきかないことにしていた。

「今ほしい人のぶんを切り分けたら、残りは冷蔵庫に入れておくからドクと食べて」ハンナは母にそう言って立ちあがり、キッチンに向かった。キッチンに着くと、すぐにドクに電話した。彼にしなければならない大事な質問があった。

「ドク！」ドクが電話に出るとハンナは言った。「どうしてもききたいことがあるの」

「バスコム町長のことなら、答えられないよ、ハンナ」

「いいえ、そのことじゃないの。アンドリアにどんな鎮静剤を使ったのか知りたいのよ。あの子はもうすっかり普段どおりに戻ってるわ。注射をするまえはあんなに打ちひしがれていたのに」

「ほんとうに知る必要があるのかな、ハンナ」

ハンナはその質問について一瞬考えた。「いいえ、ないと思う。でも、知りたいのよ。アンドリアにシャンパンのお代わりをあげていいかどうかも」

「マイクとロニーはもう事情聴取に来たのかい？」

「いいえ、まだよ」

「そうか。アンドリアは何か食べたかね？」

「ええ、トリプルチョコレート・チーズケーキをひと切れ。バスコム町長に持っていくまえにも食べたと言ってた」

「わかった。それならシャンパンは二杯まで飲んでいい。それ以上はだめだ」

「二杯？　注射をしたあとは一杯だけだと言ってたのに？」

「そうだよ。二杯飲んでもどうってことはない」

「でも……鎮静剤を打ったらアルコールは飲んじゃいけないんだと思った」

「そうだね。飲酒は禁止だ」

ハンナは眉をひそめた。「でも……アンドリアに鎮静剤を打ったんでしょう？」

「彼女は落ちついたかな、ハンナ？」

「ええ、注射をしてもらってすぐに。ペントハウスの庭に出るころには、完全に落ちついてた」

「そんなにうまくいったとはうれしいね。実は、あれは暗示だったんだよ、ハンナ」

ハンナの眉間のしわが深くなった。「どういう意味、ドク？　アンドリアに何か鎮静剤を打ったんでしょう？」

「いいや、だが彼女は打ったと思っている。すべては巧妙なトリックだったんだよ、ハンナ」

「偽薬を与えたってこと？」

「いや、注射そのものを打っていないんだよ。ちょっとつねって、一、二秒あとにその場所をもんだ。アンドリアは鎮静剤を打たれたと思っただろうが、実は芝居だったんだ」

「でも……効いた」ハンナは認めた。やがて、疑い深い心が背中を押した。「これまでわたしにも同じようなことをした、ドク？」

「いいや、きみには通用しないだろう」

「どうして？」

「きみは生まれつき好奇心が強くてなんでも質問するからね。きっと何を与えたのかときくだろう。量はどれくらいか、どんな効果があるのかと。きみのそういうところは感心に値するよ、ハニー。好奇心旺盛なんだね」

ハンナは何も言わなかったが、ずいぶんと褒められたような気がして笑顔になった。

「もう切るよ、ハンナ。階下の病棟から呼ばれたんだ。チーズケーキを私のためにひと切れ残しておいてくれたかな？」

「ええ、たっぷり残ってるわよ、ドク」

「マイクには見せるんじゃないぞ。さもないと食べられてしまう！」

ハンナは笑った。「見せないわ。ロニーはもうメイン料理を食べてるから、残りのヌードルとストロガノフはマイクとビルにあげるつもり。ふたりにはそのあとでコーヒーとチーズケーキを出すわ」

「マイクにお代わりを探させないでくれよ」

「探しても見つけられないと思う。残ったチーズケーキは、ラップをかけて冷蔵庫の野菜室に入れておくから」

「さすがハンナだ！」ドクはほっとしたように言った。「ストロガノフとチーズケーキを食べ終えても、マイクはうちの野菜室を開けないだろうからね。どろどろにとけたキュウリかしなびたセロリの茎しかないんだから」

トッピング:

サワークリーム……2カップ

グラニュー糖……1/2カップ

バニラエキストラクト……小さじ1

デコレーション:

甘いホイップクリーム

けずってカールさせたチョコレート

エディブルフラワー

ラズベリーまたはイチゴ

準備:

① 底が抜けるタイプの直径20〜23センチのスプリングフォーム型を用意する。それを置ける大きさの縁つきのジェリーロール型か天板も必要。ドリップを受けるためのアルミホイルを敷いておくこと。

② スプリングフォーム型の内側に〈パム〉などのノンスティックオイルをスプレーする。

③ クッキングシートを丸く切って型の底に敷いておく。

作り方

① クラストを作る。小さめのボウルに砕いたバニラクッキー、とかしたバター、バニラエキストラクト小さじ1を入れてフォークで混ぜる。用意しておいたスプリングフォーム型の底に入れて均等になるように広げ、側面にも2.5センチほど広げる。チーズケーキ生地とトッピングの準備をするあいだ、冷凍庫に入れて冷やしておく。

トリプルチョコレート・チーズケーキ

●オーブンを175℃に温めておく

材料

クラスト：

砕いたバニラクッキー……2カップ
（わたしは〈ナビスコ〉のバニラクッキー、ニラウエハースを使用。砕いてから量ること）

有塩バター……大さじ6

バニラエキストラクト……小さじ1

チーズケーキ生地：

グラニュー糖……1 1/2カップ

室温でやわらかくしたクリームチーズ……1パック227グラムのもの3パック（わたしは〈フィラデルフィア〉のものを使用）

マヨネーズ……1カップ
（わたしは〈ベストフーズ〉のものを使用。東部では〈ヘルマン〉の名で知られる）

卵……大6個

バニラエキストラクト……小さじ2

ミルクチョコチップ……1カップ（わたしは〈ネスレ〉のものを使用）

ホワイトチョコチップ……1カップ
（わたしは〈ネスレ〉のホワイトベーキングチップを使用）

セミスィートチョコチップ……1カップ（わたしは〈ネスレ〉のものを使用）

注意：
なめらかで完全な層を作るのはとてもむずかしいので、
三種のチョコレートが混ざって渦状になってもまったく問題ない。
バターナイフを最初の層まで刺し、そのままいくつか円を描くようにすると
三種のチョコレートの渦ができる。

⑬ 175℃のオーブンで55〜60分焼く（わたしは60分かかった）。
チーズケーキが焼けたらオーブンから取り出すが、
オーブンは切らないこと。

⑭ 冷蔵庫からトッピングのボウルを取り出し、
最後にひと混ぜしてから、焼けたチーズケーキの上にかける。

⑮ オーブンに戻してさらに10分焼く。焼くとトッピングが固まる
（ひびがはいるかもしれないが、ホイップクリームなどで
デコレーションすればまったく問題ない）。

⑯ トッピングが焼けたら天板ごと取り出し、ワイヤーラックなどに置く。
室温まで冷めたらアルミホイルをふんわりとかぶせ、
冷蔵庫で少なくとも24時間冷やしてから型から出し、
デコレーションする。

このチーズケーキはそのままでもおいしいので、
型から出して切り分けるだけでいい。
お好みで甘いホイップクリームなど
リストにある材料でデコレーションしても。

だれもが好きになるリッチでクリーミーで
チョコレートたっぷりのチーズケーキ、
8〜12人分。

② トッピングを作る。小さめのボウルにサワークリーム、
グラニュー糖1/2カップ、バニラエキストラクト小さじ1を入れて
混ぜる。冷蔵庫で冷やしておく。

③ チーズケーキ生地を作る。電動ミキサーのボウルに
グラニュー糖、細かく切ったクリームチーズを入れ、
低速にしたミキサーでかくはんする。
中速まで徐々にスピードを上げながらよくかき混ぜる。

④ ミキサーを低速に戻し、マヨネーズを加えてかくはんする。

⑤ 卵を1個ずつ加え、その都度かき混ぜる。

⑥ バニラエキストラクトを加えて全体をよくかき混ぜる。

⑦ ボウルをミキサーからはずし、ゴムべらなどでひと混ぜする。

⑧ 容量3カップのボウル3個に生地を均等に流し入れる。

⑨ ミルクチョコチップを耐熱容器に入れ、パッケージの指示に従って
とかす。粗熱が取れたら1個目のボウルに混ぜ入れる。

⑩ 冷凍庫からスプリングフォーム型を出し、用意した天板の上に
置いて、クラストの上にミルクチョコ入りチーズケーキ生地を
流し入れる。天板ごと冷蔵庫に入れてつぎの層の
準備ができるまで冷やしておく。

⑪ ホワイトチョコチップをとかし、粗熱が取れたら2個目のボウルの
生地に混ぜ入れる。冷蔵庫からスプリングフォーム型を出し、
ミルクチョコ入りチーズケーキ生地の上にホワイトチョコ入り
チーズケーキ生地を流し入れ、また冷蔵庫に戻す。

⑫ セミスィートチョコチップをとかし、粗熱が取れたら3個目の
ボウルの生地にに混ぜ入れる。冷蔵庫からスプリングフォーム型を
出し、ホワイトチョコ入りチーズケーキ生地の上にセミスィート
チョコ入りチーズケーキ生地を流し入れる。

ピーナッツバターチップ……1カップ
（わたしは〈リース〉のピーナッツバターカップを使用）

トッピング：

サワークリーム……2カップ

グラニュー糖……1/2カップ

バニラエキストラクト……小さじ1

デコレーション：

甘いホイップクリーム

けずってカールさせたチョコレート

〈リース〉のミニピーナッツバターカップ

準備：
① 底が抜けるタイプの直径20～23センチのスプリングフォーム型を用意する。
それを置ける大きさのジェリーロール型か天板も必要。
ドリップを受けるためのアルミホイルを敷いておくこと。
② スプリングフォーム型の内側に〈パム〉などのノンスティックオイルをスプレーする。
③ クッキングシートを丸く切って型の底に敷いておく。

作り方

① クラストを作る。小さめのボウルに砕いたチョコレートクッキー、とかしたバター、バニラエキストラクト小さじ1を入れてフォークで混ぜる。用意しておいたスプリングフォーム型の底に入れて均等になるように広げ、側面にも2.5センチほど広げる。チーズケーキ生地とトッピングの準備をするあいだ、冷凍庫に入れて冷やしておく。

ダブルチョコレート・ピーナッツバター・チーズケーキ
(マイクはきっとこれも気に入るはず)

●オーブンを175℃に温めておく

材料

クラスト:

砕いたチョコレートクッキー……2カップ
(わたしは〈ナビスコ〉のチョコレートクッキー、フェイマス・チョコレートウエハースを使用。砕いてから量ること。クリームがサンドされたチョコレートクッキーは使用不可!)

有塩バター……大さじ6

バニラエキストラクト……小さじ1

チーズケーキ生地:

グラニュー糖……1 1/2カップ

室温でやわらかくしたクリームチーズ……1パック227グラムのもの3パック(わたしは〈フィラデルフィア〉のものを使用)

マヨネーズ……1カップ
(わたしは〈ベストフーズ〉のものを使用。東部では〈ヘルマン〉の名で知られる)

卵……大6個

バニラエキストラクト……小さじ2

ミルクチョコチップ……2カップ(わたしは〈ネスレ〉のものを使用)

ピーナッツバター入りチーズケーキ生地の上に2度目の
ミルクチョコ入りチーズケーキ生地を流し入れる。
ピーナッツバターの層をミルクチョコの層でサンドした
チーズケーキになる。

注意:
なめらかで完全な形の層を作るのはとてもむずかしいので、
チョコレートとピーナッツバターが混ざって渦状になってもまったく問題ない。
バターナイフを最初の層まで刺し、そのままいくつか円を描くようにすると
チョコレートとピーナッツバターのおいしい渦ができる。

⑬ 175℃のオーブンで55〜60分焼く(わたしは60分かかった)。
チーズケーキが焼けたらオーブンから取り出すが、
オーブンは切らないこと。

⑭ 冷蔵庫からトッピングのボウルを取り出し、
最後にひと混ぜしてから、焼けたチーズケーキの上にかける。

⑮ オーブンに戻してさらに10分焼く。焼くとトッピングが固まる
(ひびがはいるかもしれないが、ホイップクリームなどで
デコレーションすればまったく問題ない)。

⑯ トッピングが焼けたら天板ごと取り出し、ワイヤーラックなどに置く。
室温まで冷めたらアルミホイルをふんわりとかぶせ、
冷蔵庫で少なくとも24時間冷やしてから型から出し、
デコレーションする。

このチーズケーキはそのままでもおいしいので、
型から出して切り分けるだけでいい。
お好みで甘いホイップクリームなど
リストにある材料でデコレーションしても。

だれもが好きになるリッチでクリーミーなチョコレートと
ピーナッツバターのチーズケーキ、8〜12人分。

② トッピングを作る。小さめのボウルにサワークリーム、グラニュー糖1/2カップ、バニラエキストラクト小さじ1を入れて混ぜる。冷蔵庫で冷やしておく。

③ チーズケーキ生地を作る。電動ミキサーのボウルにグラニュー糖、細かく切ったクリームチーズを入れ、低速にしたミキサーでかくはんする。中速まで徐々にスピードを上げながらよくかき混ぜる。

④ ミキサーを低速に戻し、マヨネーズを加えてかくはんする。

⑤ 卵を1個ずつ加え、その都度かき混ぜる。

⑥ バニラエキストラクトを加えて全体をよくかき混ぜる。

⑦ ボウルをミキサーからはずし、ゴムべらなどでひと混ぜする。

⑧ 容量3カップのボウル3個に生地を均等に流し入れる。

⑨ ミルクチョコチップ1カップを耐熱容器に入れ、パッケージの指示に従ってとかす。粗熱が取れたら1個目のボウルに混ぜ入れる。

⑩ 冷凍庫からスプリングフォーム型を出し、用意した天板の上に置いて、クラストの上にミルクチョコ入りチーズケーキ生地を流し入れる。天板ごと冷蔵庫に入れてつぎの層の準備ができるまで冷やしておく。

⑪ ピーナッツバターチップをとかし、粗熱が取れたら2個目のボウルの生地に混ぜ入れる。冷蔵庫からスプリングフォーム型を出し、ミルクチョコ入りチーズケーキ生地の上にピーナッツバター入りチーズケーキ生地を流し入れ、また冷蔵庫に戻す。

⑫ 残りのミルクチョコチップをとかし、粗熱が取れたら3個目のボウルの生地に混ぜ入れる。冷蔵庫からスプリングフォーム型を出し、

5

ハンナはアンドリアのシャンパングラスにお代わりを注ぎ、ペントハウスの庭に運んだ。アンドリアにグラスをわたし、庭にある銀のアイスバケットにシャンパンボトルを入れると、アンドリアとノーマンとミシェルと母の仲間に加わろうと座った。そのとたん、玄関ベルが鳴った。「わたしが出る」と言ってすぐに席を立ち、ほかの者たちに動く暇も与えずに玄関に向かった。

「どうぞ」ロニーとマイクとビルが立っているのを見てハンナは言った。「アンドリアはミシェルと母さんとノーマンといっしょに庭にいるけど、あなたたち三人はキッチンに来て。先に食事を出すわ」

「ありがたい！」マイクはそう言って、ハンナに満面の笑みを向けた。「夕食を食べそこねたから、腹ぺこなんだ」

「ぼくもだよ」ビルも言った。「ロニーからマイクに呼び出しがあったとき、ぼくはすぐにもここに来たかったけど、アンドリアの事情聴取が終わるまで待つことにしたんだ。先に来ていたら、アンドリアはぼくに全部話したがっただろうし、マイクとロニーが先に事情聴取したいだろうと思って」

「そのとおりだよ」マイクはビルに小さくうなずいて言うと、ハンナを見た。「ディナーは何かな？」

「ストロガノフ・ライトをヌードルにかけたものよ」ハンナは教えた。

「ライト？」マイクはいささか落胆したようだった。「低カロリーという意味？」

「いいえ、ビーフの代わりにチキンで作ったストロガノフなの」

「へえ」マイクは言った。「チキンは好きだよ。ビーフで作るときと同じように、サワークリームとマッシュルームもはいってる？」

「ええ、はいってるわよ」

「ヌードルはバターであえた？」

「ええ、もちろん」

「それならよかった」マイクは椅子を引いてキッチンテーブルについた。「さあ、いいよ。運んできてくれ」

ハンナは笑いをこらえながら、二枚の皿にヌードルを盛り、その上にストロガノフ・ライトをたっぷりかけた。マイクにはこれでも足りないだろうが、ビルには充分だろう。

「ロニーは？」彼女はロニーを見て尋ねた。「もう一杯食べる？」

「いいえ、けっこうです。マイクとビルが食べるあいだここにいて、デザートになったらぼくももらいます」

「デザートは何かな?」マイクがハンナにきいた。

「トリプルチョコレート・チーズケーキ」

「それははずせないな!」マイクがすぐに返した。「チーズケーキは大好物なんだ」

「楽しみだ」ビルも言った。「アンドリアはもう食べたのかな?」

「ええ。ほかのみんなはもう食べたわ」

マイクとビルがメイン料理を食べ終えるのに時間はかからなかった。予想どおりビルはひと皿で満足したが、マイクはたちまちふた皿ぶん平らげた。ハンナはコーヒーを注いで三人にチーズケーキを出すと、自分は庭に戻るので、コーヒーのお代わりはご自由にと告げた。「アンドリアの事情聴取の準備ができたら庭に来て。それか、あの子にキッチンに来てもらって、わたしたちが庭にいてもいいけど」

「そうしてもらえるとありがたい」マイクが言った。「事情聴取のときはビルが同席するわけにはいかないから、ビルはみんなと庭にいてもらったほうがいいだろう」

ビルはうなずいた。「そうだね。つらいけど、そういう決まりだから」彼はマイクを見た。「お手やわらかにたのむよ」

「もちろんだよ」マイクはビルを安心させた。「庭に行って彼女を抱きしめてキスしたら、ここに連れてきてくれ。終わったらいっしょにうちに帰るといい。そうすれば彼女は好きなだけきみに話ができる」

もちろんアンドリアはビルを見てよろこび、椅子から立ちあがると、彼の腕のなかに飛びこんだ。ビルとアンドリアが抱き合うと、ドロレス、ノーマン、ミシェル、ハンナはたちまち幸せな気分になった。ふたりが愛し合っているのはまちがいない。妹が幸せでまだ夫とラブラブなのを見てハンナはうれしかったが、この先自分がだれかに対してそんな気持ちになることはあるのだろうか、と考えずにはいられなかった。

「マイクとロニーはきみもアンドリアの事情聴取に来てほしいそうだよ」ビルがハンナに言った。

「わたしも?」ハンナは驚いた。通常、マイクとロニーは事情聴取のあいだハンナを近寄らせない。

「うん。保安官という立場上、ぼくはアンドリアのそばにいてやれないが、きみならいてやれる」

「いいけど」ハンナは急いで答えた。「アンドリアが死体を見つけたとき、わたしはそばにいなかったわよ」

「それはわかってる。でも、彼女はだれよりも先にきみに電話したから、マイクたちはきみに助けてもらえることを期待してるんだよ」

　まだ納得できなかったが、ハンナはうなずいた。「わかった。わたしでよければアンドリアのそばにいる」

「じゃあ来てくれ」ビルが言った。「きみたちをキッチンに連れていったら、ぼくはここに戻る」

「あなたはいっしょにいてくれないの？」アンドリアが少しおびえたような声できいた。

「ああ、でもハンナがいっしょにいてくれる。ぼくは同席することができないんだよ、ハニー。夫は妻に付き添えないんだ、妻が……今回のような状況で聴取を受けるときは」

　アンドリアはビルのためらいに気づかなかったが、ハンナは気づいた。ビルはアンドリアに言いたくないのだ。彼女がバスコム町長殺しの容疑者になるかもしれないとは。

　ハンナはアンドリアがひどく不安そうなのに気づいた。「キッチンに行ったら、もうひとつのポットにコーヒーを淹れるから手伝って」その作業に手伝いは必要なかったが、ハンナはアンドリアに言った。

「うん。わかった」アンドリアはほんの少し緊張を解いたらしく、ビルに向かって言った。「事情聴取のあいだ、ずっと姉さんはいてくれるの？」

「ああ、いてもらうよ。ハンナはきみが最初に報告した人だからね。彼女も質問されるはずだ」

「そう。それならよかった」アンドリアは言った。だれかがそばにいてくれるのがうれしいのだろう。

「すぐにはじめられるけど」ビルに導かれてキッチンにはいるとハンナは言った。「よかったらそのまえにわたしとアンドリアでコーヒーを淹れるわ」

「いいね」マイクが言った。「もう一杯ほしかったんだ。さっきのチーズケーキはもう残ってないのかい、ハンナ？」

「ごめん」ハンナは直接答えるのを避けて言った。「たぶん近々また作ると思うから、あなたのためにかならず一、二切れ取っておくようにするわ」

「ワンホール取っておいてくれよ」マイクは言った。「今きみに注文して、できたら取りにいく」一瞬おいて、少し心配そうな顔をした。「いや、二ホール買おうかな。事務所のみんなにふるまえるように」

「いいわよ」ハンナは急いで言った。ドクのために取ってあるチーズケーキについて、マイクに直接きかれなかったのでほっとしていた。そして、アンドリアに言った。「コーヒーを淹れてくれる？　それともお皿を軽くゆすいで食器洗浄機に入れるほうにする？」

「お皿を洗うわ」アンドリアが急いで言った。「ここのコーヒーメーカーはうちのとはちがうから」

　みんなにコーヒーがいきわたると、ハンナとアンドリアはマイクとロニーがいるテーブルについた。アンドリアは緊張しているようだ。膝の上で両手を組み合わせていたが、その手はかすかに震えていた。

「今夜きみが見たことをすべて思い出してほしいんだ」マイクが口火を切った。「どこでも好きなところからはじめてくれ。きみのことばで話してほしい」

アンドリアはうなずいたが、なかなか話しはじめようとしなかった。ハンナはテーブルの下でマイクを軽く蹴り、アンドリアに微笑(ほほえ)みかけた。

「母さんのペントハウスを出て、家に帰ったところからはじめたら、アンドリア？」

「そうね」アンドリアはすぐに反応した。「ありがとう、姉さん。それならできそう！ええと……車のなかは寒かった。体が震えて、もっと厚手の防寒コートを持ってくればよかったと思ったのを覚えてる。うちに着くと、だれもいなかった。グランマ・マッキャンと子供たちは、ハンバーガーを食べて映画を見るためにもうモールに出かけていた。トレイシーとベシーとグランマ・マッキャンがいないとすごく静かだと思ったのを覚えてる。ビルがいっしょにいてくれたらなと思った。でもわたしは家でひとりきり、寂しくて怖かった」アンドリアは涙をこらえてまばたきをした。「タイムループのなかにいるみたいだった。同じシーンが何度も何度も繰り返されるの」

ハンナは妹がそのときに戻っているのがわかった。自宅のリビングルームのソファに座って、あったことを思い返しているのが。

アンドリアはリビングルームのソファに背中を預けてため息をついた。なぜか手のひらが痛んで、一瞬当惑した。そして、バスコム町長をひっぱたいたせいで少し赤くなっているのに気づいた。もう片方の手で手のひらを包み、またため息をついた。ひとりでこの家にいたくなかった。車でペントハウスに戻って、みんなといっしょにディナーを食べようかとも考えた。だが、家族や友人たちとはいえ、だれかといっしょにいたい気分でもなかった。ひとりでもいたくないし、人と関わりたくもない。いったいどうすればいいのだろう？　しばらく考えても気分がよくなるような答えは出なかった。

「チョコレート」頭に浮かんだ考えが声に出た。朝食のヨーグルトと、ペントハウスの庭で三種のチーズのベーコンボールを塗ったクラッカーを数枚食べた以外、何も食べていない。考えてみればおなかがすいていた。きっとチョコレートを食べれば気分も落ちつき、頭が働くようになるだろう。

急いでキッチンに行って、冷蔵庫からトリプルチョコレート・チーズケーキを取り出した。ハンナがしたような豪華なトッピングはしていなかったが、かまわなかった。姉が作ったものなら、チョコレートがたっぷりはいっているに決まっている。それこそがアンドリアを幸せな気分にし、寂しさを埋めてくれるものなのだ。

「うーん！」最初のひと口を食べて、アンドリアはため息をついた。姉の新作のチーズケーキはすばらしくおいしかった！　不安と絶望を見事に吹き飛ばしてくれた。彼女はまたたく間にひと切れを平らげた。

「気分がよくなってきた！」と声をあげ、電子レンジで温め直したコーヒーとともにリビングルームのソファに戻った。チョコレートに含まれるエンドルフィンは人間の気分に効果がないと考えるなんて、ドクはどうかしている。少なくとも百倍は気分がよくなった気がした。

　コーヒーをちびちび飲みながら、午後の町長室での衝突について考えた。絶対にかんしゃくを抑えておけるという自信があった。かなりの時間耐えることができたが、町長が挑発してきたので怒りが限界を超え、思わずひっぱたいてしまった。その結果、町長は椅子ごとひっくり返った。

「あんなことをするべきじゃなかった」アンドリアはだれもいないリビングルームでつぶやいた。「きっと今はもっとビルに腹を立てているわ」事態を改善し、バスコム町長にビルを気に入ってもらうために何かしなければ。自分がしでかしたことを埋め合わせ、ビルに信頼が戻る方法はないだろうか。

「チョコレート！」思いついた瞬間、アンドリアはまた声をあげた。ハンナのすばらしいチーズケーキをもうひと切れ、今食べたぶんの二倍の厚さに切って、町長室に持っていくのだ。昼間したことについて何度も謝罪しなければならないだろうが、それぐらいはできる。ひっぱたいたことを後悔する涙の何粒かだって絞り出してやる。簡単ではないだろうが、気力を取り戻した今なら、かっとなったことを心から悔やんでいること、町長の甥を逮捕するにあたってビルに選択の余地はなかったのだということを、町長に信じてもらえるような気がした。

トリプルチョコレート・チーズケーキをもうひと切れ切って皿にのせ、ラップで覆うのにそれほど時間はかからなかった。小さなクーラーボックスを出してきて、そのなかにケーキの皿を入れた。あとから思いついてプラスティックのフォークも入れた。オフィスにも食器はあるかもしれないが、用意していくに越したことはない。

つぎに、今着ている服を見おろした。謝罪の訪問にはふさわしくなかった。クローゼットに急ぎ、フェミニンだがビジネス風にも見える服を選ぶと、町役場に着くまで暖かくいられるようにラックから防寒コートを取った。そして、クーラーボックスを持って車に向かった。

路面は凍結していて、アンドリアは慎重に運転した。車はスノータイヤを履いているが、危険を冒したくはなかった。これはビルのため、夫が仕事を失わないためにやっていることだ。そのミッションの途上で路上駐車している車にぶつかってしまってはまずい。

町役場が近づいてくると、アンドリアは安堵のため息をついた。町長室にまだ明かりがついている。バスコム町長はまだいるようだ。姉のチーズケーキを添えて謝罪のことばを述べよう。町長は抵抗できないはずだ。大のチョコレート好きで、姉の店〈クッキー・ジャー〉のお菓子はなんでも好きなのだから。

建物の正面に駐車スペースがあったので、そこに車を停めた。勇気を出すために深呼吸をし、チーズケーキを持って車から降りた。歩道を歩いて建物の正面に向かい、入り口をはいった。

町役場は閑散として、普段活気のある建物ならではの静けさに満ちていた。アンドリアは大理石の床にうつろな足音を響かせながら階段に向かった。右手にバッグを持ち、左手に持ったチーズケーキの皿のバランスをとりながら慎重に階段をのぼる。そして、町長室目指して廊下を進んだ。

まずは受付エリアだ。ノブを回してドアを開け、なかにはいった。一瞬立ち止まって決意を固め、町長室のドアに向かった。

わたしにはできる、とアンドリアは自分に言い聞かせた。ビルはいつも言ってるわ、きみは鳥さえ魅了して木から落とすことができると。バスコム町長を魅了して、ビルは史上最高のウィネトカ郡保安官だと思わせればいいのよ。

まだかすかに震える手で町長室のドアをノックした。返事がないので、もう一度深呼吸をして勇気を奮い起こし、声をかけた。

「バスコム町長？　アンドリア・トッドです。ハンナの新作のチーズケーキをお持ちしました」

ドアの向こう側は静かなままで、静寂はアンドリアが経験したこともないほど長くつづいた。返事を待ちながら、いくつかの考えが頭に浮かんだ。名乗るべきではなかったかもしれない。まだわたしにそうとう腹を立てているという可能性もある。正体を明かしたのは失敗だったのだろうか？

一分がすぎ、二分になった。弱気になっている場合ではないと、もっと大きな音をたててノックした。それでも町長からの返事はなかった。

「バスコム町長？」アンドリアは声を張りあげた。「わたしに腹を立てているのはわかりますけど、ハンナのチーズケーキを持ってきたんです。わたしに会いたくないということなら、あなたのデスクに置いて帰ります」

アンドリアはさらに待ったが、やはり町長からの返答はなかった。デスクでうたた寝をしているのかしら？　もしそうなら、静かにはいって、謝罪のメモを添えたチーズケーキの皿を置いてこよう。ハンナのチーズケーキは好きなはずだし、ビルが職を追われないようにする効果があるかもしれない。

テリーのデスクに皿を置き、まんなかの引き出しからメモ帳を見つけ出した。デスクの上のペンを借りて、簡単な謝罪のことばをしたため、すべてを元あったところに戻した。そして、町長室のドアのまえに戻り、もう一度大きな音でノックした。

このノックも効果なしだった。室内からは何も聞こえず、はいれという声もない。帰るときに明かりを消し忘れてドアに鍵をかけてしまったのだろうか？　それを知る方法はひとつしかない。アンドリアは町長室のドアノブに手をかけた。ノブが回ったので、ドアをわずかに開けてみた。そして、さらに広く押し開けて室内をのぞいた。

バスコム町長はいた！　デスクをまえに座って、デスクマットの上に頭をのせている。居眠りをしているのだろうと思い、起こさないことにした。デスクに近づいてメモとチーズケーキの皿を置いたら部屋を出よう。

デスクまであと二歩というところで、それが目にはいった。町長の頭が黒っぽく濡れている。そのとき、デスクマットに点々と黒っぽい液体がたれ、シャツの襟のうしろにはさらに大量の液体がたれて乾きつつあるのに気づいた。

その光景の意味を理解するのにしばらくかかった。理解すると、混じり気のない恐怖の叫びをあげ、敷物の上にチーズケーキの皿を落とした。血だわ！　バスコム町長が血を流している。その血は頭頂部から出ているように見える！

固まっていた数秒間が百年にも思えた。動けなかった。白いカーペットの上に立ち尽くし、ほんの数時間まえに彼女をばかと呼んだ男性を見つめていた。

どうしたらいいのだろう？　アンドリアの頭にとっさにその疑問が浮かんだ。彼に近づくべきか、距離を置くべきかわからず、途方に暮れた。でも、もし彼が死んでいなかったら？　何かしないと！

アンドリアはなんとか頭をはっきりさせようとしたが、耳鳴りがしてふらふらした。どうすればいいのだろう？　もし姉のハンナがここにいてこの状態のバスコム町長を見つけたらどうするだろう？

ハンナなら脈を調べるはずだ。そしてそのあとだれかを呼ぶはずだ。アンドリアは意志の力で脚の震えを止め、町長の脈をとるために手首に近づこうとしたが、体が言うことを聞いてくれなかった。彼に触れたくない！　もし彼が死んでいて、わたしの指紋がついてしまったら？　わたしが彼をひっぱたいて椅子ごとひっくり返したことはみんなが知っている。でも、もし死んでいなかったら？　彼がまだ生きていたのに、助けを呼びそこねたとしたら？　彼を殺したのと同じことになってしまうのでは？

アンドリアはポケットから携帯電話を出した。指が震えて敷物の上に落としてしまった。ゆっくりとかがんで電話を拾った。だれかに電話しなきゃ、でもだれに？

ビル。ビルに電話するべきよ。ビルは保安官だ。彼ならどうすればいいかわかるだろう。一瞬電話を見つめたが、頭のなかがからっぽで、どういうわけか保安官事務所の番号が思い出せなかった。

ハンナ。ハンナに電話しよう。ハンナは近くにいる。まだ母さんのペントハウスにいるはずだ。ハンナならどうすればいいか知っているだろう。

6

「大丈夫、アンドリア？」ハンナは妹をペントハウスの庭に連れていきながらきいた。

「だいぶましになった」アンドリアは姉に弱々しい笑みを向けて言った。「さっきはどうしてあんな状態になったのか、自分でもわからない。すべてをもう一度体験しているみたいだった。ほんとうに怖かったわ」彼女はハンナの腰に腕をまわして抱きついた。「姉さんがいてくれてどんなに心強かったか。それに……」そこまで言うとまた笑顔になった。「こんなこと言ったら頭がおかしいと思われるかもしれないけど、何があったか話してよかったみたい。すごく落ちついたから」

「よかった」ハンナはビルの横にあるからっぽのグラスを示した。「あんたにもう一杯シャンパンを持ってくるついでに、ビルのグラスに赤ワインのお代わりを注いでくるわ」

「もう一杯シャンパンを飲んでも大丈夫？　ドクが町役場に来たとき鎮静剤を注射してくれたでしょう」

「絶対大丈夫だから」ハンナは妹を安心させた。「さっきドクと話したとき確認したの。

いいから、ビルの隣に座って、アンドリア。そうすればますます気分がよくなるわよ」

「たしかにそうね。じゃあそうさせてもらうわ」

ハンナがアンドリアのシャンパンとビルの赤ワインを運んできたとき、ドロレスの携帯電話が鳴った。着信メロディは、ラスベガスのチャペルでおこなわれたドロレスとドクの結婚式で演奏されたエルヴィス・プレスリーの曲、〈ラブ・ミー・テンダー〉だ。ハンナはすぐにそれに気づき、母のほうを見た。

「出たほうがいいわ」と母に言った。「ドクが病院からかけてきたみたい」

「あら、ほんと、ドクからだわ」ドロレスは携帯電話の画面を見て立ちあがった。「ちょっと失礼するわ」とゲストたちに言う。「電話に出ないと」

ドロレスは電話を聞かれないようにプールの反対側に移動した。そのとき、マイクとロニーが庭にいたグループに加わり、みんな必死にバスコム町長の死とは無関係の話題を探そうとした。なかなか骨の折れる作業だった。ミシェルとノーマンとビルは、アンドリアが事情聴取で話したことに興味津々だったからだ。マイクとロニーはふたりともコーヒーを飲んでおり、アルコール飲料を勧めてはいけないことをハンナは承知していた。ドクの検死報告書が届くまでは勤務中だからだ。

ドロレスの電話は短かった。庭の椅子に戻ってきた彼女は、深いため息をついてからビルを見た。「ドクからの伝言で、まちがいなく他殺だそうよ。検死報告書をタイプするためにヴォニーが来てくれたから、帰る途中ドクが保安官事務所に届けるって」

「担当するのはきみたちだ」ビルはマイクとロニーに言った。

「わかってる」マイクはそう言うと、ポケットから携帯電話を出して画面をチェックした。

「飲み終わったか、ロニー?」電話をポケットにしまい、コーヒーを飲み干す。「ドクからメールが来た。保安官事務所に検死報告書を届けて、これからミセス・バスコムに会いにいくらしい。現地でぼくたちに会いたいそうだ」

「了解」ロニーはそう答えると、ミシェルのほうを見た。「ぼくの車をアパートに移動させておいてくれるかい、シェリー? たぶんあと二時間ぐらいかかる。そのあとマイクに送ってもらうから」

「いいわよ」ミシェルが言った。「今夜は指導計画を立てないといけないし。帰りを待ってる」

「玄関まで送るわ」ハンナは急いで言うと、庭を出るマイクとロニーについていくために立ちあがった。

玄関まで来ると、ハンナはマイクの腕に手をかけて止めた。「今夜ステファニー・バスコムと話すのよね?」

「そのつもりだ」

「わたしもいっしょに行くわけにはいかない?」

マイクは首を振った。「今回はだめだ、ハンナ。規則を破ってアンドリアの事情聴取に同席してもらっただろう。二度目はない」

「わかった。連れていってもらえるとは思ってなかったけど、一応きいてみたの。でもお願い、ご主人のことはご愁傷さまでしたとステファニーに伝えて」

「わかった」マイクはそう言って、ハンナの肩をたたいた。「もう行くよ、ハンナ。できるだけ早くまた会おう」

庭に戻りながら、ハンナは涙ぐんだ。ステファニーは夫にひどく腹を立てていたが、夫が殺されたと知ったら動揺するだろう。もちろん、夫を殺したのが彼女ならすでに知っていることだろうが！

そのあともミシェルは少し残っていたが、帰ると言って立ちあがった。「例の指導計画に取りかからないと。母さんは大丈夫よね？」

「大丈夫よ、ディア」ドロレスはそう答えてからハンナを見た。「あなたとノーマンはドクが帰ってくるまでいてくれるわよね？」

「もちろんいますよ」ノーマンが急いで言った。「下のガレージまで送るよ、ミシェル」

ミシェルは彼に微笑(ほほえ)みかけた。「ありがとう、ノーマン。すごく助かる。こういう寒い日は、ロニーの車のエンジンがかかってくれないときがあるの。そういうときの対処法もロニーから聞いてるけど、いつも忘れちゃって何度もエンジンをかけようとするから、キャブレターをあふれさせちゃうのよね」

「ぼくが代わりにエンジンをかけてあげよう」とノーマンが申し出た。そしてハンナに「すぐに戻る」と声をかけた。

みんなが出ていくまで、ドロレスとハンナは黙って座っていた。やがて、ドロレスはハンナを見た。「わたしと同じことを考えてる？」

「たぶんね。ステファニーが今日の午後言っていたことでしょう？」

「ええ、彼女はリッキー・ティッキーがビルにしたことに激怒していた。アンドリアへの仕打ちについてはそれ以上に怒っていた」

ハンナは同感してうなずいた。「たしかに。町長が言ったことをアンドリアから聞いたときは、頭から湯気が出るほど怒っていた」

「そうね。ステファニーは彼と対決するのを待てなかったんじゃないかとつい考えてしまうわ」

「彼女はあのあと町長室に行ったと思う？」

「わからない。もし行ったとすると……」ドロレスは話すのをやめ、ごくりとつばをのみこんだあと、口をすべらした。「怒りのあまり、彼を……」

「殺した？」ハンナは母が口にしにくい考えを代弁した。

「ええ！」ドロレスは膝の上で両手をきつくにぎりしめた。「こんなふうに考えたくないけど、ステファニーはかんしゃく持ちでしょ。それに……あんなに怒った彼女は見たことがなかったし」

「わたしもよ」ハンナが言った。

「ふたりともずいぶん深刻そうですね」ノーマンが庭に戻ってきて声をかけた。

「町長のアンドリアへの接し方についてステファニーがすごく怒っていたことを話していたの」ハンナが答えた。

「そう」ドロレスも言った。「それで、ステファニーが……ということもありえるんじゃないかと」

「もちろんありえますよ」ノーマンは言った。「夫に裏切られた女の怨念は恐ろしい、と言いますからね」

三人はしばし座して、ステファニーと、もし彼女が夫のオフィスに行っていたらどうなっていたかに思いを馳せた。数分後、ついにドロレスが深いため息をついた。「今夜はもうこのことについて考えたくないわ」

「わたしも」ハンナは同意してノーマンを見た。「母さんに蝶の庭の話をしてあげて、ノーマン。わたしは食器洗浄機の様子を見て、もう少しコーヒーを淹れてくる。ドクが戻ってきたら飲みたいでしょうから」

ノーマンはわかったとばかりに笑顔を見せた。自宅に作った蝶の庭の話をしてドロレスの気をそらしてほしいという願いに気づいてくれたようだ。ハンナは急いでキッチンに行き、コーヒーメーカーをセットした。庭に戻ろうとしたとき、玄関ドアの開く音が聞こえた。

「お帰りなさい、ドク」キッチンにはいってきた継父に声をかける。「コーヒーメーカーをセットしたところだから、あと二分でできるわ」

「ありがとう、ハンナ。チーズケーキはどうなった？　マイクに見つかってしまったかな？」

「いいえ、〝レバー&オニオン〟というラベルを貼って冷蔵庫の奥に入れておいたから」

すぐにハンナの作戦に気づいてドクは笑った。「マイクはレバー・アンド・オニオンが嫌いなんだね？」

「ええ、そうなの。お父さんの大好物だから、お母さんは毎週木曜日にレバー・アンド・オニオンを作っていたんですって。だからマイクは就職したとたん、家で夕食を食べずにすむように残業してたらしいわ」

「内臓肉が嫌いな人は多いからね」

ハンナはレバー・アンド・オニオンが好きだったが、小さく身震いした。「そういう言い方はしないでほしいわ。レバーは好きだけど、内臓肉だと思ったことはないもの」

「レバーが好きな人はたいていそうだね。そういう人たちにとって内臓肉といえば、チキンやターキーの心臓や肺や砂肝あたりなんだろう。ブラウンシュヴァイガー（レバーのソーセージ）はレバーヴルストと呼ばれているのを、マイクは聞いたことがあるんだろうか？」

ハンナは笑った。「聞いたことないと思う。あったらきっと得意料理の〝忙しい日のパテ〟を作らないだろうから」

「たしかに。そうなったらすごく残念だよ。大好きな前菜だからね」ドクは冷蔵庫からチーズケーキの残りを取り出した。「きみに切ってもらったほうがいいだろう。私が切ったら大きく切りすぎてしまうし、朝食用に少し残しておきたいんだ」

「健康によくないんじゃありませんか、ドク？」ハンナがからかう。

「まあね。だが、明日は忙しい日になる。午前中にオペが二件あるし、午後はずっと外来診療の予定がはいっている。エネルギーをたくわえておかないと」

ハンナはまた笑った。「うまい言い訳ね、ドク」

「ありがとう」ドクはハンナからデザート皿を受け取った。「コーヒーはもうできたかな？」

「もしできていなくても、抽出途中のコーヒーをカップ一杯ぶんかすめ取ってあげる」ハンナはそう言って、コーヒーメーカーのところに行き、そのとおりにした。「ところで、ステファニーは大丈夫？」

「今のところはね。鎮静剤を打ったから、事情聴取は朝まで待ってほしいとマイクとロニーに言っておいた」

「鎮静剤は効いた？」

「ああ、代わりにテリー・ニールソンの聴取をすることになった」

「アンドリアに聞かれなくてよかった。きっとテリーは今日の午後アンドリアが町長に会ったことを話すだろうし、そうするとアンドリアがあやしいということになるから」ハンナはドクのデザート皿を見おろして驚いた。「もう食べちゃったの、ドク？」

「あんまりおいしくてね。まっすぐ庭にいるロリに会いにいくべきだったのに、ここに来てしまったから、急いでいたのもあるし」

「大丈夫よ、ドク。ノーマンがいっしょにいて、蝶の庭の話をしているところだから。あなたが帰ってきたこともまだ知らないと思う」

「助かった。チーズケーキを食べたことはないしょだよ、ハンナ。ついでに、私が使ったデザート皿を洗っておいてくれるかい？　最高においしいきみのチーズケーキを、今夜もうひと切れ食べることになるかもしれないから」ドクはふくみ笑いをした。「いや、絶対にもうひと切れ食べたくなると思うけどね。ロリがつねに私の体重を気にしているのを知っているだろう。すでにひと切れ食べていることを知ったら絶対許してくれないよ」

7

「疲れたかい、ハンナ?」ノーマンはドライブウェイにはいり、家の横に車を停めた。

「イエスでもありノーでもあるかな」

「どういうこと?」ノーマンは車から降り、助手席側にまわってドアを開けた。

「疲れたけど、まだ眠れそうにないってこと」

「バスコム町長殺害事件のことが気になって?」

「それもある。今日の午後アンドリアと町長がもめていたことを、テリー・ニールソンが洗いざらいマイクとロニーに話すことはわかってるし。アンドリアにはアリバイがないのよ、ノーマン。ビルが母さんのところの食事会に来られないとわかって、うちに帰ったでしょう。でも娘たちはうちにいなかった。グランマ・マッキャンが食事と映画のためにモールに連れていったから」

「そして、バスコム町長を見つけたのはアンドリアだ。何が問題かはわかるよ、ハンナ。なんとしてでも彼女のアリバイを証明しないとね」

「あるいは町長殺しの真犯人を見つけるか。そうすればアンドリアのアリバイは必要なくなる」

ノーマンは玄関ドアを解錠し、開けるまえにハンナを見た。「きみがモシェを受け止める？　それともぼくが？」

「あなたが受け止めて」ハンナはすぐに答えた。「午前中ひたすら厨房で働いたから、ちょっと腕が痛くて。慣れていると思われるかもしれないけど、ときどき腕の筋肉が反乱を起こすのよ」

「新しい小麦粉の袋を開けたんだね」ノーマンが言った。

「そのとおりよ！　どうしてわかったの？」

「新しい小麦粉の袋を開けてカウンターまで運んで、パントリーの棚にしまうために小さめの容器に移し替えるとき、いつもきみは腕が痛くなるから」

「それで腕の筋肉が痛かったのね、気づかなかった」ハンナは言った。「でもどうしてあなたが知ってるの？」

「今日は何をしていたのといつもきみに尋ねているだろう。小麦粉の新しい袋を開けるたびにそうなることは知っていたよ」

ハンナは無言のままだった。ノーマンにそれほど自分のことを知られていると思うと、なんだか落ちつかなかった。彼の質問にわたしがどう答えたか、彼はすべて記憶しているのだろうか？　もしかしたら、ちょっと知りすぎているのでは？

「不快にさせてしまったようだね」ノーマンは言った。質問ではなかった。

「ちょっとね」ハンナは正直に言った。

「きみの生活にはいりこもうとしているわけじゃないんだよ、ハンナ。すごく大切に思っているから、きみが口にしたささいなことまで記憶してしまうんだ」

ハンナはほっとせずにはいられなかった。一瞬、プライバシーがすっかり奪われてしまったような気がしていたのだ。「それならよくわかるわ、ノーマン。わたしもあなたのことをとても大切に思っているから」

「わかってるよ。ぼくが〈クッキー・ジャー〉でひと息つくとき、いつも調子はどうかときいてくれるよね」

ハンナはそういうひとときを思い浮かべ、いつも自分がノーマンにデンタルクリニックでの仕事について尋ねていることに気づいた。「そう言われるとそうね。わたしといないときのあなたが毎日何をしているか知りたくて」

ノーマンはうれしそうな笑みを浮かべてドアノブをつかんだ。「さがって、ハンナ。廊下を駆けてくる足音が聞こえた」ノーマンは身がまえながらドアを押し開けた。そして、ハンナの体重十キロの愛猫を抱き留めると「うっ！」と声をあげた。「やあ、モシェ。楽しい一日だったかい？」

彼はモシェのことも大切なのね、と理性的な声が言った。どうしてわかるの？　いつもモシエにそう言ってるじゃない、と疑い深い声が言い返す。ハンナはどちらの心の声も無視して、ただ微笑みながらノーマンの猫のカドルズを抱きあげた。「ただいま。寒いからなかにはいりましょう」

廊下はリビングルームにつづいており、ハンナはドアを閉めて施錠すると、モシェの三分の一の大きさしかないカドルズを抱いたままリビングのソファに向かった。ソファの背にカドルズをおろし、その横にノーマンがモシェをおろすのを見守る。つぎにコーヒーテーブルの上の容器を開けて、猫用のおやつをひとつかみ取り出し、猫たちに与えた。

「防寒コートを貸して、掛けておくから」ノーマンが言った。「階上に行ってローブに着替えたら、階下の書斎に来ない？　暖炉に火を入れて、シャンパンのミニボトルを開けてあげるよ。夕食のときはシャンパンを飲まなかっただろう？」

「ええ。ひと口も飲まないうちにアンドリアから電話がかかってきたから。ありがとう、ノーマン。すてきだわ。眠れるようにリラックスしないといけないものね。今は頭が時速百万マイルで働いているみたい！」

階段をのぼり、主寝室のドアを開けて、いちばん暖かいパジャマとローブを出した。着替えながら、ノーマンの家に滞在するのはなんて快適なのだろうと思った。彼はいつもとても思いやりがあって、至れり尽くせりの世話をしてくれる。彼が客用寝室で寝ているのに主寝室を使わせてもらっているのは申し訳ないと思うが、とても心地よくて……甘やかされている気分を表現するのに母なら使いそうなことばを思いついて、ハンナは微笑んだ。〝おんば日傘〟。とても古めかしいことばだが、まさにそういう気分だった。

ベッドの縁の下にあったヘラジカ革の室内履きに足を入れた。ローブを羽織ってベッドサイドにある小さなランプをつけ、ほかの明かりを消してから部屋を出た。

「ちょうどよかった！」ハンナが階下の書斎にはいると、ノーマンが言った。「きみのシャンパンを開けようとしていたところだよ」

「ありがとう、ノーマン」ハンナは彼に微笑みかけ、暖炉のまえのレザーソファに座った。

ノーマンは微笑みながらシャンパンのミニボトルを開けた。「それこそがこの部屋の家具を選ぶにあたってぼくが求めていたものだよ。忙しかった一日から離れてリラックスする場所だからね」

「ここはいつも心が休まって居心地がいいわ」

「ええ、完璧」ハンナはシャンパンのグラスを受け取ってほんの少しだけ飲んだ。そして、ソファのまえにある丸い木のテーブルに置いた。「猫たちは？」

「キッチンだよ。サーモンの缶を開けて、えさ用ボウルのドライフードの上に少しのせてやったんだ」

「あら、すてき。息がサーモン臭くなるってことね！」

「サーモンはあげないほうがよかった?」ノーマンはすぐにきいた。

「ううん、ただの冗談よ。サーモンが嫌いだったら問題かもしれないけど、わたしは好きだし。ねえ、明日の朝食にレーズン入りのシナモンロールを作ってもかまわない?」

「もちろんかまわないよ！　でもすごく手間がかかるんだろう?」

「そうでもないの。〈クッキー・ジャー〉を出るまえに生地を作ってロール状に形成しておいたから。あとは明日の朝、二倍にふくらむのを待ってオーブンで焼くだけよ」

「そうなんだ！〈クイック・ストップ〉で買ってくるものはある?」

ハンナは首を振った。「いいえ、粉砂糖のドリズルに必要なものも持ってきたし。朝になってから作るわ」

「生地は〈クッキー・ジャー〉で作ってきたと言ったね。車に取りにいった型にはいっていたのがそう?」

「ええ、すぐに焼けるようにね！」

ノーマンは顔をほころばせた。「焼きあがったらすぐに食べられるの?」

「すぐじゃないわ。少し冷ましたら、粉砂糖でドリズルを作って上にかけるの。それが固まったら食べられるわよ」

「いいね！　きみのシナモンロールは大好物だよ、ハンナ」

「わたしもよ。ふたつでやめておくようにしなくちゃ」

「どうして制限するの？」

「服が少しきつくなりはじめてるから。冬になるといつも太るから、今年こそは太らないようにしようと毎年思うの。でも、クリスマスがおいしいクッキーやキャンディを運んでくるから、十二月の一週目に食事制限をやめるのよ」

ノーマンは笑った。「ぼくも同じ問題を抱えている。やっぱり冬になると体重が増えるんだ。おいしいものを食べすぎて充分な運動をしないことに大いに関係があると思う。まあ、今はこの話はやめておこう、せっかくきみが明日の朝食にぼくの大好きなシナモンロールを焼いてくれるんだから。でもね、ハンナ。きみにそんな忙しい思いをさせたくないんだ。ぼくにも朝食を用意させてほしい」

「そんなことしてくれなくても……」ハンナはそこまで言って口をつぐんだ。せっかくノーマンが朝食を用意すると言ってくれているのだから、うれしいと伝えるべきだろう。「わかったわ、ノーマン。ほんとうにそうしたいと思ってくれるならうれしいし、あなたの作るものならなんでもおいしいと思う」

「よかった！」ノーマンはそう言うと、満面の笑みでソファから立ちあがった。

ハンナが見ていると、ノーマンは書斎の小型冷蔵庫からジンジャーエールを出して、自分のグラスに注いでソファに戻ってきた。ノーマンはほんとうにいい人だ。ハンナがほとんど毎朝朝食を作っていることを気にして、働きすぎなのではと心配しているのだ。

「あなたのために朝食を作るのは苦じゃないのよ、ノーマン」彼がソファに戻ってくると、ハンナは言った。「新しいレシピを試せて、わたしと同じくらい食べるのが好きな人に食べてもらえるんだから」

「きみよりもっと好きかもね」ノーマンは言った。腕を伸ばしてハンナを軽くハグする。「きみがここにいてくれるのがほんとうにうれしいんだよ、ハンナ。モシェとカドルズは幸せだし、ぼくも幸せだし、きみも幸せならいいなと思っている」

「幸せよ。でもときどき、あなたの主寝室を使わせてもらっているのが申し訳なくなるの。部屋を交換したほうがいいんじゃないかしら。わたしが客用寝室で寝るわよ。そうすればあなたは寝室を取り戻せる」

「その必要はないよ。ぼくは客用寝室で快適だから」

「でも、暖炉がないし、あなたは暖炉が好きでしょ。いっしょにこの家の設計をしたとき、ずっと寝室に暖炉を作りたかったと言ってたじゃない」

「まあね。冬には快適だ。でも、ハンナ……今はきみが楽しんでくれていると思うほうがずっとうれしいんだよ」

ハンナは深いため息をついた。「ときどきあなたは人がよすぎると思うことがあるわ、ノーマン」

ノーマンはくすっと笑った。「きみは最高の話し相手だ！　きみも人がよすぎるよ」

「あなたのほうがいい人よ！」

「いいや、ちがうね。きみのほうがいい人だ」

「そんなことない。あなたはだれよりもいい人！」

ノーマンはしばらくハンナをじっと見てから笑いだした。「どっちのほうがいい人かで初めてのけんかをするの？」

「けんかをしてるわけじゃ……」口論のばかばかしさに気づいてハンナはことばを切った。「ええ、そうよ。これがわたしたちの唯一のけんかの種なら、わたしたちはものすごくいい関係ってことね！」


それはすてきな夢だった。申し分のない夢だ。ハンナは目覚めたくなかった。夜のあいだに寒くなった部屋で、だれかが彼女を抱きしめ、温めてくれていた。身をすり寄せ、隣で生きて息をしている人に慰めを求めた。そのとき、自分に心地よさを提供している人が〝人〟でないことに気づいた！

「モシェ」ハンナは小声で眠そうに言った。「ようやくベッドに来てくれたのね」

毛むくじゃらの相棒はのどを鳴らして答え、ハンナは闇のなかに微笑みかけた。モシェはここにいて幸せそうだ。ノーマンの家でカドルズと暮らすことが気に入っている。しかしハンナはノーマンの主寝室を占拠していることでどうしても罪悪感を覚えてしまうのだ。

とはいえ、毛深い親友をお気に入りの場所から引き離し、彼がひどく恐れるかつての住まいに戻ることを思うと、やはり罪悪感を覚えるのだった。

少し考えて、自分もアパートに戻るのを恐れていることに気づいた。記憶はあまりにも鮮明で恐ろしかった。彼の血で汚れたラグ。彼の死んだ姿。かつて愛した人が死んで床の上で動かなくなっている光景。ふたりですごした最後の夜に彼に抱きしめられた記憶。

ハンナは深いため息をつき、それらの記憶を頭のなかから追い出した。彼はもういない。ロスのことは心から愛していたが、愛は裏切られた。自分をまた信じられるようになるには時間がかかるだろう。裏切られたことによる傷は深く、まだ癒えていない。自分の判断に疑問を抱くことなく、またまちがいを犯すのではと不安になることなく、ふたたびだれかを心から信じられるようになるには、何日も、何カ月も、何年もかかるかもしれない。

考えると眠れなかった。もう遅い時間で、翌朝は早起きしなければならない。焼かなければならないお菓子が大量にあった。〈クッキー・ジャー〉にはイースター休暇の注文が大量にはいっているのだ。

とても疲れていたにもかかわらず、突然はっきりわかった。眠れないのは翌朝の仕事のせいではない。ノーマンに歓待されることへの罪悪感のせいでも、またアパートに住めるようになるかわからないせいでもない。アンドリアのことがあるからだ。妹のことと、バスコム町長の死亡推定時間に彼女のアリバイがないことが心配でたまらなかった。

そのことが頭に浮かんだ瞬間、ベッドサイドテーブルの引き出しを開けてペンと速記用メモ帳を取り出した。〝殺人事件ノート〟と呼んでいるこのメモ帳に、バスコム町長殺害事件の容疑者をリストアップしよう。フェアに徹するために、最初のページにアンドリアの名前を書いた。もちろん、アンドリアがバスコム町長を殺したとはほんの一瞬も信じていなかったが、冷静に分析することを求める精神は、動機のある容疑者をすべて書き出せと促した。二ページ目にはステファニー・バスコム、三ページ目には町長の甥(おい)のブルース・バスコムの名前を書きこんだ。そのあと、町長の仕事ぶりに不満をもらしていた町議会議員、六人全員の名前がつづいた。つぎはステファニーの父親だ。そもそも彼は娘とリチャード・バスコムの結婚に反対で、長年町長の悩みの種だった。そして、だれかは知らないが町長の現在の愛人と、レイク・エデン・ゴシップ・ホットラインで名前のあがった元愛人たち。つづいて、その夫たちと、独身なら捨てられた恋人たちも。

　メモ帳を見おろして、これほど容疑者の多い殺人事件は初めてだと気づいた。バスコム町長に恨みを抱いている人びとはたくさんいて、ここに書いたのはハンナが知っている人たちだけだった。容疑者はもっといるはずだ。これから町長の死を願った人たちをもっと知ることになるだろう。建築許可を与えなかったり、なんらかの食いちがいがあったり、さまざまな理由で町長が怒らせた可能性のあるレイク・エデンの有権者はいないか、テリー・ニールソンと話して聞き出す必要がある。

「ハンナ?」寝室のドアをそっとたたく音がした。「何かあった?」

「いいえ、眠れないだけ」ハンナはすぐに返した。「よかったらはいって、ノーマン」

すぐにドアが開き、ノーマンがはいってきた。「二階に来たら明かりがついているのが見えたから。ホットチョコレートか軽食でも作ろうか?」

「大丈夫」ハンナはふたたびノーマンのやさしさに思いを馳せた。ベッドの自分の横をたたいて彼に微笑みかける。「それほど疲れていないなら、しばらく座って話さない?」

「そうすると、たぶんカドルズも来ることになるよ」

「いいわよ。大きなベッドだもの」ハンナは殺人事件ノートを閉じて、ベッドサイドテーブルに置いた。「バスコム町長殺害事件の容疑者リストを作っていたの」

「容疑者は多いの?」

「ええ、ざっとあげてみただけでも。テリー・ニールソンと話して、わたしが見落とした人がいないかたしかめるつもり」

「それがいい。テリーならきっと、ほかにだれが町長に恨みを持っていたか知っているよ」

「わたしもそう思う。リストはかなり長くなったけど、これだけじゃないはずだから」

「たぶんぼくの母を見落としているんじゃないかな」

「あなたのお母さま?」ハンナは驚いた。「キャリーに動機があるの?」

「たっぷりとね。実のところざっと六百はある。母によると、バスコム町長と父のあいだにはずっと確執があったらしい」

「なんのせいで?」

「町長の父への負債のせいで。ぼくはまったく知らなかったんだけど、町長はとんでもないけちで、歯の治療費を払おうとしなかったらしいんだ。広告費として計上しろと父に言ってね」

「広告費?」

「自分は町長だから、〈ローズ・デンタル・クリニック〉の歩く広告塔だと」

「何それ!」ハンナは唖然(あぜん)とした。「それで、お父さまはどうなさったの?」

「父は母に話した。母は、大丈夫、わたしが治療費を回収するから、と言った」

「それで、回収したの?」

「うん、町長のところに行って、あなたが新しい入れ歯の支払いを拒否していると町じゅうの人たちに話すとおどしたんだ」

「町長が入れ歯だったなんて知らなかった」

「入れ歯じゃないよ。彼は輝く白い歯が自慢だった。母はそれを知っていたんだ。見た目をひどく気にしていたから、歯がほんものじゃないと思われるのだけは避けたかったはずだ」

「つまり、治療費を払ったの？」

「うん。母がこれまでの利子を含めて請求しても、文句を言わなかったらしい」

ハンナは愉快になった。「それならキャリーは容疑者としては失格ね！　母さんはこのことを知っているのかしら」

「もちろん知ってるよ。母が話したから。それに、入れ歯だと言いふらすというのはドレスのアイディアなんだ」

ハンナは笑った。「さすが母さん！　こういう問題の対処法をよくわかってるわ！」

トンと音がしたかと思うと、カドルズがベッドに飛び乗ってきて、ハンナのもうひとつの枕とモシェのあいだに落ちついた。モシェがわずかに動いて彼女のために場所をあけると、ハンナは微笑んだ。「この子たち、ほんとに仲がいいわね。モシェはわたしが押しても絶対動いてくれないのに」

「ぼくも仲間だ。カドルズもぼくには場所をあけてくれないよ」

二匹の猫はほぼ同時にのどを鳴らしはじめ、ハンナはようやくリラックスできた。突然たまらなく眠くなり、目を閉じてうとうとしはじめた。

「おやすみ、ハンナ」ノーマンの声はとても静かで、ハンナは彼がベッドの脇から立ちあがって出ていくのをぼんやりと感じた。やがて、のどを鳴らす猫たちのデュエットの子守唄を聞きながら、おだやかな眠りへと落ちていった。

8

ハンナは目覚めて時計を見た。午前五時になろうというところで、充分に休養して、一日をはじめる準備ができていると感じた。ベッドを出て、すぐさま近づいてきたモシェに枕を譲り、さっとシャワーを浴びにいく。数分後には、階段をおりてキッチンに向かっていた。

「仕事をはじめるわよ」キッチンまでいっしょについてきた猫たちに言う。

「にゃあああ！」モシェが同意した。カドルズもハンナの足首に体をこすりつけて同意を示した。

「ふたりとも、朝ごはんがほしいの？」答えはわかっていたが、ハンナはきいた。

これには二匹ともが鳴いた。ハンナはこれを満場一致の同意と解釈し、ノーマンがキャットフードをしまっている戸棚に向かった。「ツナ？　それともサーモン？」ときいたが返事がないので、代わりに決めさせてもらうことにしてツナ缶を開けた。

カドルズとモシェが見るからにうれしそうにがつがつ食べているあいだ、ハンナはコーヒーメーカーをセットして、抽出が終わるまえにカップ一杯ぶんのコーヒーをかすめ取った。そして、キッチンテーブルにつき、シナモンロールと粉砂糖ドリズルのレシピを再読した。

シナモンロールの生地を温めて発酵させるのに時間はかからないだろう。生地がほどよくふくらんできたところで、急いでオーブンを予熱した。設定温度になるころには、生地の準備ができていたので、オーブンに入れた。

オーブンのタイマーをセットすると、元気をくれるコーヒーをもうふた口飲んでから、ノーマンのパントリーに置かせてもらっていた袋を開けた。分量を量っておいた粉砂糖を取り出し、持参した牛乳とバターを冷蔵庫から出した。

粉砂糖ドリズルを作るのは簡単で、ハンナは材料を混ぜてちょうどいい硬さにすると、ボウルから容器に移して乾かないようにラップで覆い、テーブルに戻ってシナモンロールが焼きあがるのを待った。

ハンナのシナモンロールのレシピはこれまで作った朝食用ロールパンのなかでいちばん簡単なもので、早朝に〈クッキー・ジャー〉を訪れる常連客に好評だった。レイク・エデン住民の多くが朝食に甘いパンを食べるのが好きで、ハンナかリサかナンシーおばさんがこれを作るとだれもがよろこんだ。ナンシーおばさんのことを考えていたら、まだ解決していない問題を思い出した。リサのおばのナンシーが六月に昔からの友人で恋人のヘイティと結婚するので、結婚披露宴のケータリングをたのまれていたのだ。まだ時間はあるが、披露宴で何を出すか、そろそろ考えはじめたほうがいいだろう。

今はよくばっているときじゃないでしょ、と理性的な声が警告した。それは考えなくていいから。まずはバスコム町長殺害事件を解明しなくちゃ。

たしかにそのとおりなので、ハンナは声に従うことにした。殺人事件ノートを開き、ページをめくっていると、ノーマンがキッチンに現れた。

「いいにおいだね！　何時に起きたんだい、ハンナ？　ぎりぎりまで寝ていてもらって、朝食は〈コーナー・タヴァーン〉で食べてもいいかなと思ったんだけど。シナモンロールの生地は〈クッキー・ジャー〉で焼いてお客さんに出せばいいし」

「もう遅いわ」オーブンのタイマーが鳴ったので立ちあがりながらハンナは言った。「五時まで寝たから充分だし、これはどうしてもあなたのために焼きたかったの」なべつかみを取ってシナモンロールの天板をオーブンから取り出し、冷ますために冷たいこんろの上に置いた。

「そういうことならありがたくいただくよ」ノーマンはそう言ってシナモンロールを見にきた。「見事だね、ハンナ」

「ドリズルをたらすともっときれいよ」ハンナはノーマンのコーヒーを注ごうとコーヒーメーカーに急いだ。「冷ましているあいだ、座って、わたしとコーヒーを飲んだら？　ドリズルが乾いたら食べられるわよ」

「ありがとう、ハンナ」ハンナがコーヒーを運んでくるとノーマンは言った。「ずいぶん早い時間に目覚ましをセットしたんだね」

「セットしてないわよ。自然に目が覚めて、とても気分がよかったから、着替えて階下で朝食を作ることにしたの。オーブン仕事をすると頭がすっきりするのよ。リラックスできるし」

「知ってる。感謝してるよ、ほんとうに。そのシナモンロールだけど、冷ましているあいだもどんどんいいにおいがしてくるね。あとどれくらいで食べられるの？」

ハンナはキッチンの壁の時計を見た。「十五分ぐらいね。口にやけどをせずに食べたければ」

「わかった。それぐらいなら待てると思う」ノーマンは言った。彼はコーヒーをひと口飲んで、ハンナが主寝室から持ってきた殺人事件ノートのほうを見た。「あれから容疑者は追加できた？」

「まだよ。今日やらなければならないすべてのことを考えるのに忙しくて。それにもちろん、アンドリアのことが心配で」

「わかるよ」ノーマンはそう言って彼女の手をそっとたたいた。「あんまり心配しすぎないようにね。頭を明瞭にしておくにはそれしかないよ」

「あなたがそう言うのは簡単でしょうよ！」と言い返したあと、半分冗談だと知らせるためにハンナは彼に微笑みかけた。「アンドリアはあなたの妹じゃないもの」

「でも友だちだよ。それに、きみのことも心配なんだ。容疑者リストをいっしょに見直してみる？」

ハンナは首を振った。「あとでね。今はドリズルを……」そこでタイマーが鳴った。「かけなくちゃ」と言ってすばやく立ちあがる。「おいしくできているといいけど。冷蔵庫で寝かせた生地を使うのは初めてなのよ」

「きっとおいしいよ」ノーマンが言った。「においをかいだだけでおなかがすいてくる」

ハンナは笑った。「マイクみたいなことを言うのね。もう少しがまんして、ノーマン。完成したらすぐにテーブルに持っていくから」彼女はシナモンロールのひとつに触れて眉を寄せた。「ドリズルをかけるにはまだ少し熱いわ。もう少しコーヒーを作りましょうか、ノーマン？」

「いいとも！」ノーマンはすぐに答えた。「もっとコーヒーを飲みたいということだよね？」

「ええ。見たところ残りは――」ハンナはコーヒーメーカーを見た。「カップ半分というところね。半分こする？」

ノーマンは微笑んだ。「いいね。ぼくが注ぐよ、ハンナ。ぼくが四分の一、きみが四分の一。これだけあれば、つぎのサーバーにコーヒーが抽出されるまでのあいだもつだろう。ぼくがやるから、きみはシナモンロールの仕上げをしていてくれ」

「あら、コーヒーもわたしが……」

「ハンナ」ノーマンはハンナをさえぎって言った。「きみは自分のやることをやって、ぼくは自分のやることをやる。ぼくはキッチンできみの手伝いをするのが好きなんだよ。もういいかげんわかってくれないかな。ぼくに給仕する必要はないんだよ。そんなことは期待していないし、求めてもいない。むしろいっしょに作業したいんだ。わかった？」

「わかった」涙ぐんでいるのをノーマンに気づかれまいとして、ハンナは急いで言った。ミシェルに手伝ってもらうことや、〈クッキー・ジャー〉でリサやナンシーおばさんの手を借りるのには慣れていたが、キッチンで男性と作業をすることには慣れていなかった。ロスが何かの手伝いを申し出たことはなかった。おそらくそれがロスとノーマンとの大きなちがいのひとつだろう。

「〈クッキー・ジャー〉まで送ろうか？」

ハンナは驚いてノーマンを見た。「ありがとう、でも、自分の車で行くわ。昨夜母さんのところで電源につないできたから、エンジンは問題なくかかるはずだし」

「でも寒いよ」

「たしかにそうだけど、大丈夫よ。〈クッキー・ジャー〉まではほんの三ブロックだし、あとで配達に車が必要になるから」

ノーマンは角を曲がって、ドクとドロレスの住む分譲マンション付属の改装されたガレージに車を入れた。ガレージ自体に暖房設備はなかったが、ロビーの暖房設備とつながっている通気口がいくつかあり、充分な暖気が送りこまれるので、ガレージ内部は冬でも凍えるほど寒くならないのだ。

「あとで店にコーヒーを飲みにくる?」ハンナは助手席側のドアを開けてくれたノーマンに尋ねた。

「うん、数日はドク・ベネットが患者さんを受け持ってくれることになって、事務仕事をする時間ができたからね」

「それならシナモンロールをひと皿持っていって」ハンナは言った。「ドク・ベネットが食べるかもしれないし、もし食べたければあなたも食べられるわよ」

「もし食べたければ?」ノーマンは笑って言った。「食べたいに決まっているだろう、ハンナ。朝食に三個食べたけど、請求書を作成しながらあと二個は食べるだろうな」

ハンナは探るようにノーマンを見た。「ドク・ベネットに代診をたのむなんて言ってなかったけど」

「まあね。今朝お願いしたんだ。ドク・ベネットはカリブ海クルーズに行きたがっていて、この冬はもっと仕事を入れたいらしくて」

「新しい恋のお相手がいるの？」愛車のところまでノーマンに送ってもらいながらハンナは尋ねた。

「それが理由だと思うけど、はっきりとは言ってくれないんだ」

「わたしの調査を手伝う時間がとれるように、彼に仕事を代わってもらったの？」

ノーマンは少しやましそうな顔をした。「それもある。でも、ほんとうに事務仕事をする時間が必要なんだよ。請求書の作成がだいぶたまっているし、歯科学会の定期刊行物にも目を通したいしね。この二カ月はとても忙しかったから、そのための時間がなかったんだ」

ハンナはノーマンが運転席のドアを開けてくれるのを待って、彼をハグした。「ありがとう、ノーマン。あなたが手伝ってくれていつもありがたいと思ってるのよ」

「知ってる」ノーマンはハグを返した。「ぼくはやりたくてやってるんだよ、ハンナ。きみはぼくにとてもよくしてくれるから、お返しができると思うと気分がいいんだ。じゃあ、コーヒーブレイクにまた会おう」

「ええ」ハンナは運転席に乗りこんで、イグニッションキーを回した。すぐにエンジンがかかり、ハンナは笑顔でノーマンに手を振りながら、バックで駐車スペースから出るとガレージをあとにした。三ブロック走って〈クッキー・ジャー〉の裏の小路にはいり、厨房の裏口のまえのいつもの場所に車を停めた。まだかなり暗かったが、東の空は明るくなりはじめていた。塀にならんだコンセントに車のエンジンをつないで裏口に向かった。

ドアを開けて厨房の照明をつける。明るさに目がくらんで何度かまばたきをした。ドアの横のラグの上にブーツを置き、防寒コートを掛け、コーヒーを淹れるためにコーヒーメーカーに急ぐ。一日のうちいちばん好きな時間だ。これが彼女の仕事であり、生計を立てる手段であり、自分ではじめた事業だった。うまくいくか、多くの個人事業主が陥りがちなように失敗するかはわからなかった。ベーカリー兼コーヒーショップを開くことは彼女の夢であり、ずっといつかはやりたいと思っていたことだった。〈クッキー・ジャー〉は繁盛していた。ハンナはそれを誇らしく思いながらも謙虚さを忘れていなかった。彼女を信じ、起業に協力してくれたドロレスと、彼女のクッキーを愛してくれるお客さんたちと、最初は従業員だったが今では共同経営者であるリサに感謝していた。感謝している人びとはほかにもいた。マージとジャックとナンシーおばさんは、〈クッキー・ジャー〉のすばらしい助っ人スタッフだ。

厨房の壁の時計を見た。そろそろ仕事をはじめる時間だ。照明をつけてすぐにオーブンを予熱しておいたので、そろそろ焼きはじめられるだろう。あとは最初に何を焼くか決めるだけでいい。

ハンナは自分のためにコーヒーを注いで、ウォークイン式冷蔵庫に向かい、昨日の午後にリサとナンシーおばさんといっしょに作ったクッキー生地を見わたした。冷蔵棚にはステンレスのボウルにはいったクッキー生地がならび、その上にはきちんとプリントアウトしたレシピがのっていた。

心を決めるのにそれほど時間はかからなかった。試したい新作レシピがあるので、まずそれを焼きたかった。レシピを取って重いボウルを持ちあげ、ステンレスの作業台に運んだ。

念のため、ハンナと助っ人たちはいつもレシピを印刷し、材料を加えるたびにチェックマークをつけていた。〈クッキー・ジャー〉で働く全員が、注意しないと材料を入れ忘れる可能性があるのを知っていた。そんなことがないように、チェックリストでたしかめるのだ。

ハンナはコーヒーをひと口飲んで材料リストのチェックマークを見た。このクッキー生地を作ったのはリサで、材料はすべてはいっていた。リサは慎重なお菓子職人なので、彼女を疑うのはばかげている気もするが、ハンナ自身は材料を入れ忘れたことがあるし、入れ忘れた材料によっては、もう一度やり直さなければならないような大惨事になる可能性もあった。

天板の準備をしてクッキー生地を丸めながら、バスコム町長と昨夜作りはじめた容疑者リストについて考えた。マイクとロニーはバスコム町長の秘書のテリー・ニールソンの話を聞いているはずなので、今ごろはリストに加えるべき容疑者がさらに出てきているかもしれない。

生地の形成は順調に進み、すぐに六枚の天板がいっぱいになった。天板をオーブンに運んで、均等に焼くために回転する棚の上にすべらせ、クッキーが焼ける時間にタイマーをセットした。

作業台のスツールに腰掛けようとしたとき、コーヒーカップがほとんどからなのに気づいた。「もっとコーヒーが必要だわ」と声に出して言い、作業台の表面をきれいに拭いてから、コーヒーのお代わりを注ぎにいった。持ち帰ってテーブルに置き、お気に入りのスツールに座って、香り高いコーヒーの最初のひと口を飲んだ。

「おいしい」ハンナは幸せのあまり微笑んだ。朝のコーヒーはなんておいしいのだろう！これがなかったら生きていられないかもしれない。

作業台の奥に立てかけてある殺人事件ノートを取り、容疑者リストのページを開いて、そこに書かれた名前を読んだ。だれかを忘れているような気がするが、いったいだれだろう？

「ロバートよ！」ハンナは声をあげた。バスコム町長の兄は、息子のブルースが飲酒運転でつかまって動揺したかもしれない。調べてみる必要があるだろう。

バッグに手を突っこんでペンを見つけると、容疑者リストにロバート・バスコムの名前を追加した。ロバートは今ウィスコンシンに住んでいるが、ブルースから電話をもらって、町長と対決するために車でレイク・エデンに来ることは可能だ。

オーブンのタイマーが鳴ったので、ハンナはほっとした。クッキーができたか確認するほうが、殺人事件について考えるよりずっと楽しい。オーブンに走り寄り、ボタンを押して棚の回転を止め、なかをのぞきこんだ。クッキーは焼きあがっていた。

オーブンから天板を一枚ずつ取り出し、壁際の業務用ラックに移した。すばらしくいいにおいで、ひとつつまんで味見をしたい衝動をやっとの思いで抑えた。冷まさないと口をやけどするのはわかっていたが、ひと口食べられるならそれだけの価値があるかもしれない。

すべてのクッキーをラックに移したハンナは、作業台に戻ってコーヒーを飲み干した。カップがからになると、つぎに何を焼くか決めるためにウォークイン式冷蔵庫に向かった。

9

それから二時間のうちに、ハンナは二台の業務用ラックのスロットを埋め、町長殺害動機のある容疑者の名前をさらに四人書き出していた。ふたたび作業台のまえに腰をおろそうとしたとき、裏口のドアをノックする音がした。

聞き覚えのあるノックだった。アンドリアだ。ハンナは壁の時計を見た。まだやっと午前八時だ。今日妹に会うとしても、十時か十一時をまわってからだと思っていた。

「おはよう、姉さん」ドアを開けるとアンドリアがあいさつした。持っていた箱を姉の手に押しつけて言う。「これ、姉さんに」

「わたしに？」ハンナは驚いた。「何かしら？」

「イースターバニー・ホイッパースナッパー・クッキー。昨夜ビルとうちに帰ってから焼いたの。味見してみてくれる？」

「もちろん」ハンナは急いで返事をし、コートを掛けているアンドリアに言った。「作業台のまえに座ってて。コーヒーを持ってくるから」

アンドリアはスツールに腰掛け、ハンナはふたつのマグにコーヒーを注いで、もう一度コーヒーメーカーをセットした。アンドリアは疲れた顔をしており、昨夜妹は眠れなかったのではないかとハンナは心配になった。

「昨夜帰ってから焼いたって言ったわね？」アンドリアにコーヒーを運んできながらハンナは尋ねた。

「ええ。ビルとうちに帰って、子供たちの様子を確認したあと、最初はまっすぐベッドに行ったの。ビルはすぐに眠ってしまったけど、わたしはなんだか落ちつかなくて。どうしても考えてしまうのよ」アンドリアはごくりとつばをのみこんだ。「あのことを」

ハンナは何も言わなかった。うなずくだけにした。

「それで、ローブを羽織ってスリッパを履いて、階下に行った。眠れそうにないのにベッドにいるのはばかばかしいでしょ。キッチンテーブルに座っていろいろ考えたあと、姉さんが動揺したときいつもやることをやろうと思ったの……お菓子作りを！」

ハンナはうれしかったが、困惑してもいた。アンドリアはオーブン仕事が得意ではない。これまで上手に焼くことができたのはホイッパースナッパー・クッキーだけだ。「効果はあった？」ハンナはきいた。

「ええ、とっても！　天板二枚ぶんのクッキーを焼くころにはもうくたくたで、テーブルに突っ伏して眠りこみそうだった。二階のベッドに戻ったらすぐに眠れたわ」

「よかった」ハンナは箱のふたを開けてなかをのぞきこんだ。「まあきれい！　これがイースターバニー・ホイッパースナッパー・クッキー？」

「そうよ。キャロットケーキミックスを使ったの。ウサギはニンジンが好きでしょ。イースター用に粉砂糖の上にジェリービーンズでデコレーションしたけど、デコレーションなしなら一年じゅう使えるわよ」

「ほんとね」ハンナはクッキーをひとつ取ってかじった。妹が不安そうに見つめているので、ハンナはにっこりしてクッキーをのみこみ、もうひと口かじった。「おいしい！」もぐもぐと食べながら言う。「すごく気に入ったわ、アンドリア」

「お店で出せるくらいおいしい？」

「ええ。早朝のお客さまに試食してもらいましょう。もうすぐリサが来るから彼女の意見も聞いて」

アンドリアは微笑(ほほえ)んだが、やがて少し不安そうな顔をした。「気に入ってもらえると思う？」

「ええ、絶対に。かみごたえがあるけど硬すぎないし、甘さもほどほどですごくおいしい！　お客さんはみんな気に入るはずよ。こんなふうにデコレーションすれば、イースター用に注文してもらえそうね」

「よかった！」アンドリアは晴れやかな笑顔を見せた。「リサとナンシーおばさんに作り方を教えるわ」

ハンナは笑いをこらえた。リサと彼女のおばのナンシーはこれまで数え切れないほどアンドリアのホイッパースナッパー・クッキーを作ってきているので、指示は必要ないのだ。だが、妹にそれを話すつもりはなかった。リサとナンシーおばさんには、アンドリアが新作クッキーの作り方を伝授したら、ありがたがってほしいと伝えるにとどめよう。

「今朝はわたしもあんたに試食してもらいたいものがあるの」ハンナはカウンターに行って、ノーマンのキッチンから持ってきた包みを開いた。

「なあに？」アンドリアがうれしそうにきく。

「レーズン入りのシナモンロールよ」

アンドリアは興味を惹かれたらしい。「レーズン入りのシナモンロールは作ったことがなかったわよね？」

「ええ、でもノーマンはレーズンが好きだから、作ってみようと思ったの。彼もわたしもとても気に入ったわ。あんたもひとつ食べてみる？」

アンドリアはやや不安そうではあったがうなずいた。「ええ」

「使ったのはゴールデンレーズンで、ラム酒に漬けてふっくらさせてから生地に入れたのよ」

アンドリアはにっこりした。「それならぜひ食べたいわ！　ラムの風味は大好きだから」

「わたしとノーマンもよ。電子レンジで軽く温めるから食べてみて」

「オーケー」アンドリアは笑みを見せたが、まだ少し疑わしそうで、ハンナが二個のシナモンロールを電子レンジで数秒温め、ナイフとやわらかくした有塩バターの皿とともに作業台に運んでくるのを見ていた。「バターをつけるの？」

「どちらでも。わたしは最初の一個をそのまま食べておいしいと思ったけど、二個目はバターをつけたらさらにおいしかった」

「ノーマンは？　バターをつけた？」

「ええ、二個ともね」

「わたしは姉さんのやり方でいくわ」アンドリアは言った。「それでどっちのほうが好きか決める」シナモンロールを取ってひと口かじる。「レーズン入りなのにおいしい！」

ハンナはくすくす笑った。「気に入ってくれてうれしいわ。でも、そんなに驚かなくてもいいのに」

アンドリアはもうひと口かじり、口のなかがいっぱいなのでうなずくことしかできなかった。「今までレーズンはあんまり好きじゃなかったけど、これはふっくらしててジューシーで……ラム酒たっぷり！」

ハンナは妹がシナモンロールに気前よくバターをつけるのを見守った。アンドリアらしい。有塩バターが大好物で、ほとんどなんにでもつけるのだ。〈コーナー・タヴァーン〉

に朝食を食べにいくと、パンケーキにたっぷり塗るし、家でポップコーンを作るときは大量のとかしバターをかける。申し分のない体型を維持するためにいつもダイエットしているように見えるのに。さらにアンドリアは祖母のイングリッドから学んだ裏技――有塩バターをかけたチェリオス（シリアルの一種）をおやつに食べるというもの――をトレイシーとベシーに伝授していた。

アンドリアが二個目のシナモンロールを食べ終えたとき、だれかが正面のドアからコーヒーショップにはいってくる音がした。「リサと話してくる」アンドリアはそう言ってスツールを引いて立ちあがった。「バスコム町長の死体を発見したときのことを話したいの、今日店でお客さんに殺人事件の話ができるように」

「そんなことをして大丈夫なの？」妹のことばにショックを受けたハンナは急いできいた。

「ええ、わたしはその場で話を聞かなければいいんだし、お店のためになるでしょ。リサがお話をするあいだ、わたしは姉さんとここにいていい？」

ハンナはだんだん心配になってきた。「もちろんいいけど、ほんとうにそうしたいの？」

「ええ、お客さんのなかに、わたしたちが見逃している容疑者を思いつく人がいるかもしれないし。実はわたし、車でここに来る途中、思いついたことがあるの」

「だれ？」

「だれかじゃなくていつかってこと」

ハンナはさっぱりわからなかった。「どういう意味、アンドリア？」

「子供のころの恨みにまでさかのぼるかもしれないってこと。何年も恨みを持ちつづける人もいるでしょ。母さんが何か知っているかも。あるいは、大学時代に町長とのあいだに問題があった人とか」

「いい着眼点ね」ハンナは言った。「どこの大学出身かも知らないけど」

「ステファニーなら知ってるでしょ。わたしたちに昔のことを話してくれると思う？」

「たぶん。それについては母さんの意見を聞きましょう」ハンナの口から母ということばが出たとたん、裏口のドアがノックされた。「母さんよ」ハンナは言った。

「ノックの音でわかるの？」

「ええ。わたしはコーヒーを用意するから、あんたは母さんを入れてあげて」

アンドリアがドロレスをなかに入れてコートを掛けているあいだ、ハンナはコーヒーを注いで母のお気に入りの席のまえに置いた。そして、カウンターにアンドリアのイースターバニー・ホイッパースナッパー・クッキーの箱を取りにいった。

「おはよう、母さん」ハンナは作業台に箱を運びながら言った。

「それはなんなの、ハンナ？」母は箱を示してきいた。

「アンドリアにきいて」ハンナは妹のほうを見た。「説明して、アンドリア」

「ええと……昨夜は眠れなかったから、新しいホイッパースナッパー・クッキーを焼いたの」

「ハンナみたいなことを言うのね」ドロレスは言った。「ハンナは動揺するといつもお菓子を焼くのよ」そして、アンドリアが箱のふたを開けるのを見守った。「まあ！」彼女は満面の笑みで言った。「とてもきれいね、ディア。あなたのホイッパースナッパー・クッキーはいつもおいしいわ」

「ありがとう！」アンドリアは心からうれしそうに、クッキーをひとつ取ってドロレスに差し出した。

「ほんとうにきれい」ドロレスはそう繰り返してクッキーを受け取った。「チョコレートがはいっているの？」

「いいえ、キャロットケーキミックスで作ったの」

ドロレスは顔をほころばせた。「キャロットケーキは大好きよ。あなたたちのお父さんと結婚したとき、ふたりの好物だからウェディングケーキはキャロットケーキにしたの」

「知らなかった！」アンドリアは言った。心から驚いた顔でハンナを見る。「姉さんは知ってた？」

ハンナは首を振った。「知らなかった。その話は聞いたことがないと思うわ、母さん」

「たいした話じゃないのよ。どちらの家族も盛大な結婚式にしたがったけど、みんなで計画を立てはじめたら、招待したい人のリストがすごい数になってしまってね。それでもなんとか対処しようとしたんだけど、披露宴の座席のことで問題が発生したの。ミニーおばさんはフレッドおじさんにがまんならないから隣に座らせるわけにはいかないし、わたしの兄弟たちはつきあいたいと思っているひとりの女の子をめぐって反目していた。いとこのメアリー・スーはいとこのメイヴィスを毛嫌いしていた。ラースとわたしはふたりにブライズメイドをたのむわけにはいかないけれど、まったく別の人にたのむわけにもいかないとわかっていた」

「それでどうしたの？」アンドリアがきいた。

「ニュードスン師に相談したの。グランマ・ニュードスンのご主人よ。両親だけに立ち会ってもらって、プライベート・ウェディングをしたらどうかと言われた。とても魅力的なアイディアに思えたから、ラースとわたしは教会でプライベートな結婚式を挙げ、披露宴はみんなを呼んで盛大におこなったの」

「それで丸く収まったの？」ハンナがきいた。

「ええ、でも計画はたいへんだった。うちの両親も彼の両親も湖にキャビンを持っていたんだけれど、さらにキャビンを四つ借りて、充分なスペースを用意し、いがみ合っている者同士がお互いを避けられるようにしたのよ」

「うまくいった？」とアンドリア。

「うそみたいにね。わたしのおばのヘレンとラースのおばのミュリエルのこと以外は。ふたりともひどいかんしゃく持ちで、湖の岸辺で言い合いをはじめたの。あまりにもうるさかったから、それぞれの夫たちが出ていって落ちつかせようとしたんだけど、ふたりとも耳を貸さないし、最終的にヘレンおばがミュリエルおばを湖のなかに突き落としたのよ」

アンドリアにはかなりの衝撃だったようだ。「それじゃあ、結婚披露宴は台無しになったの？」

「そうでもないわ。男性ふたりはミュリエルを助けあげてタオルでくるみ、家に連れてかえって着替えさせた。彼らが帰ってくるころには、ラースとわたしはすべてのキャビンを訪問し終えて、みんなで通りの向こうのパビリオンにダンスをしにいっていた」

「結局、すべてうまくいったわけね？」ハンナがきいた。

「ええ、その夜、あなたたちのお父さんがとんでもなくダンスが下手だとわかったことをのぞけばね。生演奏のバンドがはいっていたんだけど、あの人はもう少しでわたしをバスドラムに激突させるところだったわ」

ハンナもアンドリアも笑った。ドロレスはうれしそうだった。「自分はダンスができないとさとったラースは、わたしに謝って、ダンスのレッスンを受けると言った」

「受けたの？」ハンナがきいた。

「いいえ。彼はそのつもりだったけど、わたしは気にしないと言ったの。結婚後はダンスに行くつもりはないからと」ドロレスは皿を見おろした。「話はここまでよ。今朝は朝食を食べる時間がなかったから、アンドリアの新作クッキーを食べてみたいわ」

ハンナとアンドリアに見守られながら、ドロレスはコーヒーをひと口飲み、イースター・バニー・ホイッパースナッパー・クッキーをつまんだ。アンドリアは少し不安そうで、ハンナは励ますために小さくうなずいた。アンドリアはいまだに母に認めてもらいたがっており、実を言うとハンナもそうだった。

ドロレスはクッキーをかじって笑みを浮かべた。すぐに姉妹は安堵の視線を交わした。

「腕をあげたわね」と言って、ドロレスはもうひと口かじった。「かなり気に入ったわ、チョコレート入りじゃないのに」

姉妹は笑った。

「気に入ってくれてうれしい、母さん」アンドリアが言った。「もうひとついかが？」

「じゃあもうひとつ。これを食べたらニュースを知らせて、急いで〈グラニーズ・アティック〉に行かなくちゃ。今朝はキャリーがひとりで店番をしているのよ。ルアーンが娘さんに注射を打ってもらいにお医者さんへ行かなきゃならなくて」

「スージーはどこか悪いの？」ハンナがきいた。

「いいえ、この夏ちびっこキャンプに参加するから。参加する子供たちはみんな直近の予防接種証明書が必要なのよ」

「ちびっこキャンプは何歳から参加できるの？」

「四歳よ。昨日ルアーンからいろいろ教えてもらったの。スージーはほかの子と遊ぶのが大好きだから、デイキャンプは彼女のためにとてもいいんじゃないかと思ったんですって」

「ちびっこキャンプなんて今まで聞いたことない」アンドリアが言った。ひどく興味を惹かれているようだ。「ほかに何か情報はないの、母さん？」

「あるわよ。キャンプは午前十時から午後三時まで。プレスクールみたいなものだけど、普通のプレスクールでは教えられないようなあらゆるアクティビティが用意されているの」

「たとえばどんな？」ハンナがきいた。

「たとえば水泳。〈キディ・コーナー〉のジャニスは子供たちを湖に連れていくことはできないでしょ。校外授業はほかにもあるの。保安官事務所で保安官助手から偽物のバッジをもらって、パトカーに乗せてもらったりね。あとは新聞社のロッドを訪ねて新聞が印刷されるところを見学したり、スクールバスで酪農場に行って、牛や鶏小屋を見たり。学校の運動場で大きなブランコやすべり台で遊んだりも」

「ベシーがやりたがりそう！」アンドリアが言った。「〈キディ・コーナー〉が夏休みになると、あの子はいつも寂しがるの。ちびっこキャンプの主催者はだれなの、母さん？」

「スー・プロトニクよ。学位取得に必要な課程を修了したから、春学期に卒業するの。今年はジャニスが手伝うけど、今後はスーがひとりでちびっこキャンプを運営することになるみたい」

「ベシーを参加させようと考えてるの？」ハンナがアンドリアにきいた。

「うん、ぜひ。トレイシーは同年代の子たちと遊ぶことが多いから、ベシーはちびっこキャンプに行きたがると思う」

「ジャニス・コックスに相談してみたら？」ハンナが提案した。「ベシーはちびっこキャンプに参加するには小さすぎるけど、ジャニスは受け入れ年齢に達していなかったベシーが〈キディ・コーナー〉に通うことも許可してくれたし」

「いい考えね。今日ベシーを送っていくときジャニスに話してみる」

「わたしはご近所さんのスー・プロトニクに会ったら声をかけてみるわ」ハンナは約束した。「ふたりとも同意してくれたら、ベシーはぜひ参加するべきだと思う」

「うまくいきそうね」ドロレスが立ちあがった。「わたしはもう行くわ。今日はヒビングからアンティークを持ってくる人がいるの」

「そんな遠くから？」〈グラニーズ・アティック〉にミネソタ北部の顧客がいることにハンナは驚いた。

「ええ、昨夜キャリーに電話してきてね、その人のおばあさんのものだったミシンについて、わたしたちの意見が聞きたいそうなの。とてもめずらしい携帯用のミシンよ。携帯用の足踏みミシンなんて今まで見たことがないわ。お父さまが革の衣類を作るのに使っていたという話だった」

「見てみたいわ」ハンナが言った。「エルサひいおばあちゃんは足踏みミシンを使っていたわね。ミシンが動いているのを見るのが大好きだった」

「あとでまた寄るわね」ドロレスはそう言って裏口のドアに向かった。「立たなくていいわよ。お見送りは必要ないから」

ドロレスがいなくなると、アンドリアはハンナを見た。「どうして母さんはこんな早い時間に立ち寄ったのかしら。わたしの様子を見にきたとか?」

ハンナは肩をすくめた。「たぶんね。昨夜あんたが帰ってからも心配してたから」

裏口でまたノックの音がして、ドロレスがドアから顔を出した。「話すのを忘れるところだったわ。今朝ステファニーから電話があって、午後あなたたちふたりに会いたいそうなの。話したいことがあるらしいわ」

ハンナがアンドリアを見ると、妹はかすかにうなずいた。「彼女に電話したほうがいい?」ハンナがきいた。

「いいえ、ステファニーは正午にうちに来ることになってるの。そのときふたりにも来てほしいんですって。重要なことみたいよ」

またもや姉妹は目を合わせた。「わかった、ふたりで行くわ」アンドリアが言った。

「よかった。じゃあそのときにね。それと、クッキーをごちそうさま、アンドリア。おいしかったわ」

「ステファニーの目的はなんだと思う?」母がいなくなった瞬間、アンドリアがきいた。

「わからないけど、バスコム町長がどこの大学に行っていたかきくチャンスはありそうね」

「そうね。町長の浮気のこともきけるかも」

「その話題については慎重に進めないと」

「了解」アンドリアは同意した。「欠点だらけにもかかわらず、ステファニーは夫を愛していて、たぶん悲しんでいるんだと思う」

ハンナはうなずいたが、前夜考えたことが頭に浮かんだ。そう、ステファニーはきっと悲しんでいるのよ……彼の不貞にうんざりして殺したんじゃなければね!

③ 残りのケーキミックスを加え、ゴムべらでやさしく混ぜこむ。
できるだけ生地から空気が抜けないようにすること。
空気が含まれているとクッキーがやわらかくなって、
口に入れたときとけるような食感になる。

④ 砕いたピーカンナッツをやさしく慎重に混ぜこむ。

⑤ ボウルにラップをして少なくとも1時間冷蔵庫で冷やす。
冷やしてからでないとべたべたして丸めにくい。

⑥ オーブンを175℃に予熱する。

⑦ 天板に〈パム〉などのノンスティックオイルをスプレーするか
オーブンペーパーを敷く。

⑧ 小さめの浅いボウルに粉砂糖を入れる。

⑨ 冷蔵庫から生地を出し、小さじですくって丸め、
⑧のボウルのなかで転がして粉砂糖をまぶしつける。
指に粉砂糖をつけて生地を丸めるとずっとやりやすい。

ハンナのメモ：
丸めた生地は1個ずつ粉砂糖のボウルに入れること。
2個以上入れるとくっついてしまう。焼く分だけ粉砂糖をまぶしつけ、
残りの生地は覆いをかけてつぎに焼くときまで冷蔵庫に入れておく。

⑩ 用意した天板に⑨をならべ、デコレーションする場合は
1個につき3粒のジェリービーンズをのせる。

イースターバニー・
ホイッパースナッパー・クッキー

材料

ピーカンナッツ……1カップ
（割れているものを買うこと。半身より安い）

キャロットケーキミックス1箱
（510グラム。わたしは〈ベティ・クロッカー〉のものを使用）

牛乳……1/2カップ

ニンジンジュース……1/4カップ
（なければオレンジジュースかパイナップルジュースでも）

バニラエキストラクト……小さじ1

とき卵……大1個分

解凍したクールホイップ（オリジナル）……2カップ
（1パックは3カップ以上あるので量ること）

粉砂糖……1/2カップ
（古くて大きなかたまりがあるもの以外はふるわなくてよい）

デコレーション用のジェリービーンズ……クッキー 1個につき3粒

作り方

① ピーカンナッツをフードプロセッサーで細かく砕き、
小さめのボウルに移す。

② キャロットケーキミックスの半量を大きめのボウルに入れ、
牛乳、ニンジンジュース、バニラエキストラクト、とき卵、
クールホイップを順に加えてその都度ゴムべらで混ぜる。
力一杯かき混ぜるのではなくやさしく混ぜること。

⑪ 175℃のオーブンで10分焼く。
天板の上で2分冷ましてから、
ワイヤーラックに移して完全に冷ます
（天板にオーブンシートを敷いておくとずっと簡単。
クッキーをひとつずつ移す必要がなく、
クッキーごとペーパーをつかんでワイヤーラックの上に
置くだけでよい）。

⑫ クッキーが完全に冷めたら、
あいだにワックスペーパーをはさんで乾燥した
涼しい場所で保管する
（冷蔵庫のなかは冷たいけれど、乾燥してはいないので注意）。

だれもが、とくに子供たちが食べたがる
おいしいクッキー、3〜4ダース分。

10

「何を持ってきたの？」ハンナが車の後部からベーカリー・ボックスを取ってくると、アンドリアが尋ねた。

「カクテル・キッシュよ。チェダーチーズとベーコンクランブル入りの」

「作るのはむずかしい？」アンドリアがきいた。

ハンナは首を振った。「全然。マフィン型で焼くの」

「カップケーキ型と同じものよね？」

「そうよ。型のカップにパイシートを敷いて押しつけたら、卵と生クリームを混ぜたものを注ぎ入れて焼くだけ」

「わたしにできるかしら」ハンナとともに古いホテルを改修した分譲マンションに向かいながら、アンドリアは言った。

あなたが横に立ってやることを逐一指示しなかったら、大惨事になるに決まってるわよ、と疑い深い声がハンナにささやいた。

意地悪ね！　と理性的な声が反論した。ハンナはそんなこと言わないわ！

わかってるわよ、でもほんとうのことでしょ、と疑い深い声が言い返す。卵の殻の大失敗を覚えてる？

ハンナはため息をついた。残念ながら覚えていた。

「姉さん？」アンドリアは心配そうな顔をしている。「わたしでも焼けると思う？」

「わたしが手伝えばね」ハンナは言った。

「わあ、ありがとう姉さん！」アンドリアはうれしそうな顔で言った。「姉さんが手伝ってくれたら失敗しないから、ビルを感心させられる！」

今回は自分から介入したわね、と疑い深い声が言った。

そういうことになるわね、と理性的な声も認めた。でも、アンドリアはすごくうれしそうよ。ハンナはほんとうにいい人だわ！

いい人でお人好しなのよ、と疑い深い声が言った。アンドリアはうまいことハンナが手伝うように仕向けたのよ。

「姉さんに手伝ってもらってそのレシピを試したら、家でブランチができると思う？」改装されたエレベーターで最上階に向かいながら、アンドリアがきいた。

「もちろん」ハンナは言った。言わされているのはわかっていたが、アンドリアがあまりに熱心なので、できないとは言えなかった。

エレベーターの扉が開き、姉妹は外に出た。だが、ペントハウスの玄関に向かうまえに、アンドリアはハンナをそっと抱きしめた。「姉さんはいつもわたしにやさしいのね」と言って、真鍮のドアベルを押した。

ハンナは妹に微笑みかけ、心のなかの言い合いを聞かれなくてよかったと思った。

「来たわよ、母さん！」玄関ドアを開けたドロレスにアンドリアが声をかけた。「ステファニーはもう来てる？」

「まだよ。でも、もうすぐ来るわ。プールの横の日陰に椅子を移動させておいた」あいさつしようとハンナのほうを見たドロレスは、彼女が持っているベーカリー・ボックスに気づいた。「それには何がはいってるの、ハンナ？」

「カクテル・キッシュよ。電子レンジで少し温めてから庭に持っていくわね」

「すてきね」ドロレスはとてもうれしそうだ。「シャンパンを開けるから、ステファニーを待つあいだみんなで飲みましょう」

ドロレスが庭に行ってしまうと、アンドリアとハンナはキッチンに向かった。「何か手伝えることはある？」アンドリアがきく。

「カクテル・キッシュに関してはないけど、ほかにやってもらいたいことがあるの」

「なあに？」

「まず、母さんの食器棚からキッシュを盛るきれいな大皿を見つけて。それからわたしの殺人事件ノートをバッグから出して、ペンを見つけて。容疑者について話しましょう」

アンドリアは微笑んだ。「キッシュにぴったりの大皿があるわよ。わたしがモールで見つけてクリスマスに母さんにあげたの。デルフトブルーのガラス皿で、母さんも気に入ってくれてるみたい」

「いいわね」電子レンジの上の棚を開けて、しっかりした紙皿を取り出しながらハンナは言った。「この紙皿にキッシュを六個ずつ置いて温めるわ。温まったらそのガラス皿に盛って、残りを温めているあいだ冷めないように覆いをかけておきましょう」

アンドリアは食器棚から、ハンナに説明した大皿を取り出した。「どこに置く？」

「カウンターに置いて。それから、かぶせるためのアルミホイルを切っておいて」

「了解」アンドリアはあちこちの引き出しを見て、アルミホイルを見つけた。適当な長さに一枚切り取り、大皿の横に置く。「殺人事件ノートとペンを持ってくる」

「よろしい。ノートを持ってきたら、容疑者のページをめくってステファニーのページを開いて」

「彼女を容疑者リストに入れたの？」

「そうよ」ハンナは紙皿にキッシュをならべながら、ノートに書かれている第一容疑者について何か言うべきか迷った。先に言っておくべきだろう、さもないとアンドリアは……

「わたしが第一容疑者なの？」アンドリアはショックを受けた表情で顔をあげた。

「ええ、あんたがやってないことはわかってるけど、第一発見者だし、何らかの動機がある死体発見者はリストのいちばん初めに書くことにしてるの」

「それって……すっごくへこむんだけど！」

「わかる。わたしも何度か自分をリストの最初に書いたことがあるから」

アンドリアは小さな笑い声をもらした。「自分をへこませたの？」

「仕方ないでしょ！　いやだったけど、被害者にいなくなってほしい理由があったし」

アンドリアはけげんそうに姉を見た。「ロスのことを言ってるの？」

「ええ、厳密に言えば彼の死体を発見したのはわたしじゃないけど、被害者の配偶者や家族はつねに容疑者なのよ、アリバイが成立するまではね」

アンドリアは少し考えてから言った。「ステファニーのお姉さんはリストに入れた？」

「お姉さん？」

「うん、お父さんと同居して介護しているの」

「考えもしなかった」

「ステファニーはお姉さんのマーガレットと仲がよくて、町長のことでむかつくとマーガレットに電話して愚痴を聞いてもらってるんだって、母さんが言ってた」

「よく覚えてたわね！」ハンナは妹を褒めた。「マーガレットの名前も書いておいてくれる？」

アンドリアはハンナに褒められてとてもうれしそうだった。「まかせて」彼女は容疑者リストのページをめくって最後のページにマーガレットの名前を書いた。「町長のことでほかにステファニーにききたいことはある？」

「いつ彼と結婚したのか正確に知りたい」

「それも書いておく」アンドリアは書きこんでから顔をあげた。「オーケー。書いたわよ。ほかには？」

「町長とつきあいはじめるまえ、ステファニーがだれかとつきあっていたのか知りたい」

「なるほど」アンドリアが言った。「町長に彼女をとられて、まだ心を痛めている恋人がいたのかもしれないと考えてるのね？」

「そう。過去に結婚話が出たお相手について、町長が彼女に話したことがあるかも知りたいわね」

アンドリアはうなずき、ハンナが言ったことを書き留めた。「ほかには？」

「町長選挙で対立候補がいたのかどうか」

「それなら知ってる。バスコム町長になってから、いつも対立候補なしで再選されてるってビルが言ってた」

「やっぱりね。でも、とにかくステファニーにきいてみましょう。立候補を予定していたか、考えていたけど町長に断念させられた人を知ってるかもしれないし」

「オーケー」アンドリアはまた書き留めた。「全部書いたわよ、姉さん」

「あんたは何か思いつける？」ハンナがきいた。

「たぶん」アンドリアは小さなため息をついた。「こんなことは言うべきじゃないかもしれないけど、バスコム町長が守っている人たち――スピード違反や飲酒運転、ひどいときは軽犯罪を犯しても目こぼししてもらってる人たちがいるでしょ。ビルの話だと、町長はいつも自分の友だちの罪をなかったことにしていたらしいの」

「それなら、ビルに知っていることを話してもらう必要があるわ。それに、ステファニーと話して、町長が守っていた人たちを知っているかどうかたしかめないと。これは重要なことかもしれないわ、アンドリア」

「わかった」アンドリアは殺人事件ノートにもう一項目書き加えた。「書いたわよ、姉さん。ほかには？」

「あるけど、センシティブなことなのよね」

「どんなこと？」

「ステファニーに名前をあげてもらいたいの、その……」ハンナはそこで口をつぐみ、適切なことばを探した。「町長と愛人関係にあると思われるすべての女性の」

アンドリアはまた小声で笑った。「それは重要よ！　もう気づいてるかもしれないけど、二冊目の殺人事件ノートを用意したほうがいいわよ、姉さん！」

② それぞれのパイシートをナイフで縦に3等分にし、
さらに横に4等分する。パイシート1枚につき12枚、
計24枚の四角形ができる。

③ 1枚ずつマフィンカップの内側に入れて押しつけ、
縁から〝耳〟が出るようにする。

ハンナのメモその1：
パイシートをマフィン型のカップの上にわずかに飛び出させて〝耳〟を作る。
こうしておくと焼いたあとキッシュを楽に取り出せる。

④ ベーコンクランブル、刻んだ青ネギ、細切りのチェダーチーズ
の順に24個のマフィンカップに均等に入れる。

⑤ 注ぎ口つきのボウル（わたしは〈パイレックス〉の
1リットル用計量カップを使用）に卵を割り入れ、
殻はゴミ入れに捨てる。

ハンナのメモその2：
上の指示は卵を殻ごとボウルに入れたアンドリアのために入れた。
もちろんみなさんはご存じだと思うが念のため……

⑥ 泡立て器で卵をかき混ぜる（電動ミキサーを使ってもよい）。

⑦ 生クリームを加えてさらに混ぜる。

カクテル・キッシュ

●オーブンを175℃に温めておく

材料

冷凍パイシート……1パック（わたしは〈ペパリッジファーム〉の2枚入りを使用）

ベーコンクランブル……1/2カップ（わたしは〈ホーメル〉のものを使用）

青ネギ……6本分（茎の部分を8センチほど刻む）

細切りのチェダーチーズ……227グラム

卵……大6個

生クリーム……2 1/2カップ

シーズンドソルト……小さじ1/4（わたしは〈ロウリーズ〉のものを使用）

シーズンドペッパー……小さじ1（わたしは〈ロウリーズ〉のものを使用）

おろしたてのナツメグ……小さじ1/2

準備：
① 焼き型を用意する。12個焼けるマフィン型2枚のカップの内側に
〈パム〉などのノンスティックオイルをスプレーする。
② 冷凍パイシートを解凍しておく。

作り方

① 薄く小麦粉を振ったまな板に解凍したパイシートを置き、
その上にも軽く小麦粉を振る。
麺棒で伸ばして25センチ×35センチの長方形にする。

⑧ シーズンドソルト、シーズンドペッパー、
ナツメグを加えてかき混ぜる。

⑨ 24個のマフィンカップに卵液をできるだけ均等に流し入れる。

⑩ 5分おいて卵液をなじませる。

⑪ 175℃のオーブンで25〜28分、
または卵液が固まるまで焼く。

⑫ マフィン型のままワイヤーラックなどに置いて
10〜15分冷ます。

12人分（みんなひとつではやめられないはずなので!）。

きれいな大皿にならべてまわすか、各自で取ってもらう。
メイン料理のまえの前菜にぴったり。
午後に紅茶やお酒とともに出しても。

11

「彼女が来たわ」玄関ベルが鳴るのを聞いて、アンドリアが言った。

「準備はできてる？」ハンナがきいた。

「これ以上ないくらいにできてる。やることをくれてありがとう、姉さん。ステファニーがわたしたちに会いたがってると聞いたときはちょっと不安だったけど」

「彼女の夫を殺したと疑われてるかもしれないから？」

「ええ、昨日の午後、彼と直談判したときはすごく頭にきてたし。たしかにステファニーは彼をひっぱたいて椅子ごとひっくり返したことでわたしを責めなかったけど、あとになって考えて、わたしが第一容疑者だと気づいたかもしれないと思ったの。殺人事件ノートは姉さんに返したほうがいい？」

「いいえ、あんたがメモをとって。できる、アンドリア？」

「もちろん。カクテル・キッシュもわたしが庭に持っていく？」

「お願いするわ。さあ、行くわよ、アンドリア。まずはステファニーの話というのを聞きましょう。母さんが彼女をまっすぐ庭に連れてくるから」

「わかった。先に行って、姉さん。カクテル・キッシュのお皿を持ってくる」

アンドリアはハンナのあとからペントハウスの庭にはいった。ドロレスとステファニーは、すでに岩屋のあるプールのそばのラウンジチェアに座ってシャンパンを飲んでいた。

「あらまあ！」ドロレスがすかさず言った。「あなたたち、何を持ってきてくれたの？」

「カクテル・キッシュよ」ハンナが答え、アンドリアがふたりの女性のあいだに大皿を置いた。

「おいしそうね！」ステファニーがふたりに微笑(ほほえ)みかけながら言った。「椅子をふたつ持ってきて。いっしょに座りましょう」

ハンナとアンドリアはそれぞれラウンジチェアをステファニーが示した場所に運び、ドロレスはさらにふたつのグラスにシャンパンを注いだ。

「キッシュをひとついただいてもいいかしら？」ステファニーがハンナにきいた。

「どうぞ食べてください」ハンナは急いで言った。「さっきひとつ味見しましたけど、おいしくできていましたから」

ステファニーはキッシュをひとつ取り、ひと口食べて微笑んだ。「最高！ ふたりとも、作ってくれてありがとう。すごくおいしいわ」

「作ったのはハンナです」アンドリアが言った。「わたしは大皿に盛っただけで」

「キッシュにぴったりの大皿ね」ステファニーが言った。「美しいブルーの色合いがこの見事なキッシュを引き立てているわ」

「アンドリアがクリスマスにくれたものなのよ」ドロレスが教えた。「モールで見つけたんですって。デルフトブルーはわたしの大好きな色なの」

ステファニーは微笑み、アンドリアに向き直った。「そんなに緊張しなくていいわよ。今日あなたに会いたかったのは、あなたがリチャードを殺していないことはわかっていると直接伝えたかったからなの」

なんてこと！　ハンナの疑い深い声が叫んだ。ステファニーは夫を殺したと告白するつもりだわ！

ばか言わないでよ、と理性的な声が言い返した。もしほんとうにやっていたんだとしても、三人の証人のまえでそんなことを言うはずないでしょう。

「でも……わたしにはアリバイがないし、第一発見者なんですよ！」アンドリアの声はわずかに震えていた。「どうしてわたしじゃないとわかるんですか？」

「あなたにはできないからよ。あなたは生き物を殺すような人じゃないわ、アンドリア。お母さまから聞いたわよ、クモをティッシュペーパーに包んで外に運び、葉っぱの上にのせてあげるんでしょう。そんなあなたが人を殺せるわけがないわ。たとえどんなに彼に腹を立てていてもね」

「でも……わたしはあなたの夫とひどい言い合いをして、ひっぱたいたんですよ」アンドリアは言った。「それから、あとでまた町長室に行って、彼の……死体を見つけた。それって……」そこでハンナを見る。「マイクはなんて言ってたっけ？」

「状況証拠？」ハンナは推測して言った。

「それよ！　わたしの容疑につながる状況証拠だって」

ステファニーはうなずいた。「そうだけど、そういうことをすべて考慮しても、あなたが彼を殺していないことはわかってる」

「どうしてですか？」

「あなたがリチャードに会いに戻ったとき、ハンナの新作チーズケーキを持っていったことで、はっきりわかったの。まだ彼に怒りを覚えていたら、そんなすてきなものを持っていったりしないでしょう」彼女はドロレスを見た。「ところで、ドクの検死報告書はもう手にはいったの？」

「ええ、あるわよ。ドクがたまたま余分なコピーをわたしのデスクの上に置いていったから」

「ドクがたまたまそんなことを？」ステファニーが尋ねた。

ドロレスはいくぶん大げさに肩をすくめた。「どこに置いたか忘れてしまったんでしょうね」

ハンナは母に親指をあげてみせた。「その膝の上の封筒にはいってるの？」

「ええ、そうよ」ドロレスはマニラ封筒をハンナにわたした。

「リチャードが殺された事件を調べているのよね、ハンナ？」ステファニーがきいた。

「はい」

「そしてあなたは調査を手伝っている？」ステファニーはアンドリアにきいた。

「ええ、そうです」アンドリアが答えた。

「それなら、わたしにききたいことがあるでしょう。今朝早くにマイクとロニーがわたしの話を聞きにきたわ」彼女はアンドリアを見て微笑んだ。「あなただけが容疑者だと思わないで、アンドリア！　わたしも容疑者なのよ。おそらくハンナの容疑者リストにはわたしのためのページもあるんでしょうね」彼女はハンナを見た。「そうでしょう、ハンナ？」

「はい」ハンナはすぐに言った。「でも、妻はつねに容疑者と見なされますから」

「知ってるわ。マイクとロニーに言われた。それに、わたしがリチャードのおいたを認めていなかったことは、レイク・エデンの人ならみんな知ってる」

「おいた？」ドロレスが繰り返し、感心したような顔をした。「もう、ステファニーったら！　そのことば、実際の会話で使うのを初めて聞いたわ」

ステファニーは見るからによろこんでいた。「ありがとう。不貞とか不倫とか、礼儀正しい会話では使えないようなことばよりはずっと響きがいいでしょ」彼女はハンナを見た。

「それで思い出したけど、ハンナ、リチャードの過去の愛人たちのリストは必要かしら？彼が関係して捨てた女性たちもあやしいと思うの。嫉妬に狂った夫や家族の可能性も調べたいでしょうね」

ハンナとアンドリアは視線を合わせた。彼女は先をいってるわ、とハンナの目つきは語っていた。たしかに、とアンドリアは視線を返し、うなずいてそれを認めた。

「ありがとうございます、ステファニー」ハンナは急いで答えた。「そのリストがあるとすごく助かります」

「よかった！　マイクとロニーのために書き出したものを、あなたのためにコピーしておいたの」彼女はバッグを開いて封筒を取り出した。「悪いけど、かなり長いわよ。リチャードって人は……」彼女はそこで言い澱み、ふさわしいことばを見つけた。「とにかく移り気な人だったから」

ハンナは手を伸ばしてステファニーから封筒を受け取った。「ありがとうございます、ステファニー。とても参考になります」

「そう願ってるわ。ひとりずつ全員を思い出すのは気分のいいものじゃなかったけど」

「そこまでしてくださったなんて」ハンナは心から言った。「とてもつらいことだったでしょうに」

「まあね。今さらもうだれも信じてくれないでしょうけど、ほんとうにリチャードを愛していたの。わたしたちの結婚には問題もあったけど、それでも彼がとても恋しいわ」

「最善を尽くして犯人を見つけ出します」アンドリアはそう言って彼女を安心させた。

　ステファニーは小さくうなずいた。「わたしもできるだけ手伝うわ」そしてまたハンナのほうを見た。「夫についてすべてを知っているわけではないけど、わたしにききたいことはある？」

「はい」とハンナは言ったが、ステファニーの両手がかすかに震えていることに気づいた。「でも、もう少しあとでかまいません。朝からたいへんだったんですから」彼女はキッシュの大皿を示して言った。「もう少しキッシュを食べて、シャンパンを飲んでからにしましょう」

「それがいいわ、ディア」ドロレスが急いでそう言って、感謝するようにハンナを見た。ステファニーがひどく神経質になっていることに、母も気づいていたのだ。

　ステファニーはうなずいて、あらたなキッシュとカクテルナプキンを受け取った。キッシュをかじって顔をほころばせ、ハンナを見た。「絶品よ、ハンナ」

「ええ、ほんとうに」ドロレスもひと口食べて言った。「きっと大評判になるわ」

「うーーーん！」アンドリアもうなずいて同意した。「ほんとにおいしいわ、姉さん。わたし、ベーコン大好きだし……ビルも気に入りそう！」

　ハンナは微笑んだ。「ありがとう！　気に入ってもらえてすごくうれしい！　明日の朝また作って、お客さんに試食してもらうことにする」

「ブランチにぴったりの料理だわ」ステファニーが断言した。

「ほんとね」ドロレスがふたつ目のキッシュに手を伸ばしながら言った。

「同感！」アンドリアもそう言って、もうひとつキッシュを取った。「たまらなくおいしいわ、姉さん」

三人がキッシュを食べ終えるのを待って、ハンナはステファニーを見た。

「あなたの夫の大学時代について、ご存じのことをぜひうかがいたいんです」

「それについてはあまり力になれないわ」ステファニーは言った。「そのころのリチャードのことはよく知らないの。ジョーダン高校を卒業したあと、わたしはダルースの大学に進学したから。リチャードに再会したのはふたりともレイク・エデンに戻ってきたあとなのよ」

「だれか大学時代の彼を知っている人はいないかしら」ハンナはかすかに眉をひそめて言った。「母さんは知らないわよね？」

ドロレスは首を振った。「ただ、彼のお母さまは州外学生用の学費を払わなければならなかったと聞いた気がするわ」

「助かるわ、母さん」ハンナはアンドリアに合図し、アンドリアがメモをとった。そして、ステファニーに向き直った。「たいていの人は大学関係の品を取っておきますよね。大学名のはいった古いスウェットシャツとか、当時の成績表とか、賞状や賞品のような、残しておきたい記念品を。彼はそういうものを取っておいたかご存じですか？」

ステファニーは少し考えてから深いため息をついた。「取ってあったとしたら、箱に入れてガレージにしまっていたでしょうし、ガレージは何年かまえに焼けてしまったの。作り直したガレージを見てみるわ。壁に沿って収納棚があるんだけど、たいしてものは置いていないの。古いガレージから運び出せたものはあまりなくて」

「町長の家族については何かご存じですか？」アンドリアがきいた。

「もうだれもいないのよ、お兄さんのロバート以外は。彼はウィスコンシンに住んでいる。その息子でリチャードの甥にあたるブルースはこの町に住んでいるけど、それはもう知っているわよね。生きている親族はロバートとブルースだけよ」

「リチャードはロバートとうまくいっていたんですか？」ハンナがきいた。

「リチャードは生まれたとき、奇跡の赤ちゃんと呼ばれたんですって！　お母さまはもう子供ができるとは思っていなかったから、リチャードを妊娠したことは想定外だった。ロバートは弟ができたことをとてもよろこび、心から愛して大事にしたの。やがて、お父さまが衰弱性の心臓病にかかって、すべてが変わった」

「どんなふうに？」アンドリアがきいた。

「お母さまはお父さまの世話でかかりきりになり、ロバートは精一杯父親の代わりを務めようとした。彼はリチャードの父親と母親、両方になろうとしたの」

「それでロバートはあれほどリチャードをかばったのね！」ドロレスが言った。「リチャードのベビーシッターをした夏を覚えてるわ。あのころ家族の事情は知らなかったけど、どうしてロバートは弟を苦しめるかもしれないことからあんなに必死にリチャードを守ろうとするんだろうと思ったの。リチャードが同年代の子供たちと上手に野球ができるように、バットでボールを打つ方法を裏庭で何時間も教えていたわ」

「そのことはリチャードから聞いていましたか、ステファニー？」ハンナがきいた。

ステファニーは首を振った。「いいえ、話してくれたのは彼のお母さまよ。わたしは当時のリチャードのことを直接は知らないの。郊外の農場に住んでいて、町に行く機会はそれほど多くなかったから。それにわたしは学年が少し下だったから、高校時代に彼とつきあいはなかったし」

「あなたのご家族はリチャードとの結婚をよろこんでいましたか？」アンドリアがノートから顔をあげてきいた。「彼のことが気に入っていましたか？」

「リチャードとわたしが婚約したとき、うちの家族はあまりうれしそうじゃなかった。交際期間中、父は決して彼を受け入れようとしなかったけど、彼を愛している、結婚したいとわたしが話すと、両親はわかってくれた。母は死ぬまでずっとリチャードにやさしく接してくれたけど、父はずっと彼のことが気に入らないようだったわ。リチャードが父のために一時停止の標識を設置してくれてからも。あの標識のことは知ってる？」

「話してください」町長が裏で糸を引いて道路局に設置させたことは聞いていたが、ハンナは先を促した。

「実家の農場は町から八キロ離れていて、ドライブウェイから出たところは急な坂道なの。やってくる車がほとんど見えないから、ぶつからないことを願って思い切って道路に出るしかないのよ。それで事故にあい、母が亡くなって父は車椅子生活をすることになった」

「じゃあお父さんはもう運転していないんですか？」アンドリアがきいた。

ステファニーは首を振った。「姉がまだ実家に住んでいて、父を病院に連れていったり、世話をしているの。父はまだ怒ってるのよ、リチャードはもっと早くあの一時停止の標識を設置するべきだったって」

「お姉さんは標識が設置されて感謝しているんですか？」アンドリアがきいた。

「ええ、それはもう！　マーガレットは慎重なドライバーだから、いつもドライブウェイの端で止まって窓をおろし、坂を下ってくる車の音が聞こえないかたしかめるの。そうしてくれてわたしはありがたいと思ってる。一時停止の標識があるのはとても助かるけど、ときたまドライバーが〝この先停止標識あり〟の注意標識を見ていなかったり無視したりして、スピードを出しつづけ、止まるのが間に合わなくなることがあるから」

「お姉さんがお父さんの面倒をみているとおっしゃいましたね」アンドリアが言った。

「ほかにお仕事をされているんですか？　それともお父さんはフルタイムの介護が必要なんですか？」

「フルタイムの介護が必要なの。医療保険で姉の車の後部に車椅子用のリフトをつけたから、父を病院に連れていけるようになった」

「お姉さんとは親しいんですか？」ハンナがきいた。

「子供のころより今のほうが親しいわ。父が姉に農場を残すことにしてくれてわたしはうれしいの。もう作物を出荷してはいないけど、農家はすてきだし、姉はあそこに住むのが好きなのよ。マーガレットは田舎が好きだから。父の機嫌が悪いときもすばらしくがまん強いし」

「お姉さんにはよく会うんですか？」ハンナはきいた。

「そうでもないわ。でも週に二回電話で話してる。実は、昨夜も姉に電話したの、リチャードが……」ステファニーはそこまで言うとごくりとつばをのんだ。「……帰ってくるのを待ちながら。新しい愛人ができたみたいだと話したくて」

「何時だったか覚えていますか？」

ステファニーは少し考えてから首を振った。「はっきりとは。でも、かなり長いこと話したわ、最新の相手はだれなのか推測しながら」

アンドリアはハンナと目を合わせ、メモをとった。姉妹レーダーが作動して、ハンナにはアンドリアのしたいことがわかった。マイクとロニーがステファニーの携帯電話の通話記録を調べさせたのか、たしかめたいのだ。

「家の電話でかけたんですか、それとも携帯電話で？」ハンナは尋ねた。

「携帯電話は充電中だったから、家の電話から。リビングの電話のすぐ横にあるソファに座っていたの。もうひとつの理由はあまり威張れることじゃないんだけど」

「どんな理由ですか？」アンドリアがきいた。

「帰ってきたリチャードにマーガレットと電話で話しているところを見られたくなかったの。一度彼のことで愚痴を言っているのを聞かれてしまって、彼はおもしろくなかったみたい。ソファに座っていれば玄関が見えるから、彼がドアを開けるまえに電話を切れるでしょ」ステファニーはカクテル・キッシュをもうひとつ取った。少し恥ずかしそうにしている。「太るのはわかってるけど、すごくおなかがすいているの。朝食に何か食べようと思っていたらマイクとロニーが来て、ふたりが帰ったあとは食欲がなくなってしまって。ランチの時間になってもまだ動揺していたし、冷蔵庫のなかには食べたいものが何もなかったから」

「無理もないわ」ドロレスはステファニーの肩を軽くたたいた。「そして今度はうちの娘たちがあなたを質問責めにして困らせている」

「ええ、でもふたりには質問してもらいたかったの」ステファニーは説明した。「ハンナがリチャードの事件を捜査してくれるのがとてもうれしいのよ。アンドリアが手伝っているのもね。だからわたしも何か貢献できるんじゃないかと思って。ただ、何をすればいいのかわからないのよ」

「それはわたしがお教えします」ハンナはステファニーに微笑みかけながら言った。「それに、アンドリアもわたしもあなたが協力的で助かっているんです。何か役に立ちそうなことを思いついたら、昼でも夜でもわたしに電話してください」

「ただ話がしたいときはわたしに電話してね」ドロレスが言った。「こういうことがあったあとは、ただだれかに話を聞いてもらうことが必要なときもあるわ。わたしはいつでもここにいるし、ドクも同じ気持ちだから」

「そんなわたしたちに今、必要なものはなんだと思います？」ハンナがみんなにきいた。

「さあ」ステファニーが知りたそうな顔で言った。

「わたしたちには何が必要なの、ディア？」ドロレスがきいた。

「チョコレート。四人ともチョコレートが必要よ。落ちこんだときの解毒剤だから。ドクは同意してくれないけど」

「わたしは信じるわ」ドロレスが言った。

「わたしも」アンドリアも口をそろえた。「姉さんの新作チーズケーキを食べたあと、どれだけ気分がよくなったことか」

「またチーズケーキを持ってきたの？」ドロレスがまえのめりに尋ねた。

「いいえ、でも今日〈クッキー・ジャー〉でチョコレート・イースターエッグ・カップケーキを焼いたから、母さんとステファニーのために少し持ってきたの」ハンナは言った。「それと、きかれるまえに言っておくと、アンドリア、あんたのぶんもあるわよ」

「でも、持ってきたのを見てないわ」アンドリアは困惑しているようだ。

「キッシュの箱を持っていたから、そっちに目が行って、腕に掛けていたトートバッグに気づかなかったんでしょ」

「たしかに。気づかなかった。カップケーキはどこにあるの？」

「まだトートバッグのなかよ。別の大皿にならべてきてくれる、アンドリア？　四箱はいってるから、ひとりひと箱ずつ」

「どこを取ってもチョコレート入りね？」ドロレスが笑顔で確認する。

「それ以上よ。チョコレートのイースターエッグがのっていて、チョコレート・バタークリーム・フロスティングがかかってるの。母さんでも満足するだけのチョコレートの量よ」

作り方

① 電動ミキサーのボウルに卵を割り入れ、初めは低速で、つぎに中速にして、白っぽくふんわりするまでかき混ぜる。

② 低速に戻して植物油を加え、1分または完全に混ざるまでかくはんする。

③ 牛乳を加えて低速で混ぜる(チョコレートリキュールと生クリームで代用する場合はここで加える)。

④ サワークリームを加えてよくかき混ぜる。

⑤ ケーキミックスの半量を加え、低速で2〜3分、またはよくなじむまでかくはんする。

⑥ ミキサーを止めて残りのケーキミックスを加え、低速でかき混ぜる。

⑦ ミキサーを止めて粉末のインスタント・チョコレートプディング&パイフィリングを加え、低速でかき混ぜる。

⑧ ミキサーを止めてゴムべらでボウルの内側をこそげる。

⑨ ミキサーからボウルをはずしてチョコチップを加え、ゴムべらかかき混ぜ用スプーンで混ぜる。

⑩ ゴムべらかスクーパーでケーキ生地をカップケーキ型のカップの3/4まで入れる。

⑪ ゴムべらで表面をならし、175℃のオーブンで15〜20分焼く。

チョコレート・イースターエッグ・カップケーキ

●オーブンを175℃に温めておく

材料

卵……大4個

植物油……1/2カップ

牛乳……1/2カップ

サワークリーム……1カップ(227グラム)

チョコレートケーキミックス……1箱
(23センチ×33センチのケーキ1台、または2段の丸形ケーキ1台が作れる分量のもの。わたしは〈ダンカン・ハインズ〉のものを使用)

粉末のインスタント・チョコレートプディング&パイフィリング
……144グラム入り1パック(わたしは〈ジェロー〉のものを使用)

セミスィートチョコチップ……340グラム入り1袋
(お好みでミルクチョコチップでも。わたしは〈ネスレ〉のものを使用)

〈キャドバリー〉のミニ・チョコレート・イースターエッグ……9〜12個
(フロスティングの上に飾る)

ハンナのメモその1:
大人向けにするときは、牛乳1/2カップの代わりに
チョコレートリキュール1/4カップと生クリーム1/4カップを使う。

準備:
12個焼けるカップケーキ型またはマフィン型2枚に
カップケーキ用の紙カップを2枚ずつ敷く。

チョコレート・バタークリーム・フロスティング

材料

やわらかくしたクリームチーズ……113グラム

やわらかくした有塩バター……1/2カップ(113グラム)

ココアパウダー……1/2カップ(無糖)

粉砂糖……3カップ

バニラエキストラクト……小さじ1

作り方

① 電動ミキサーのボウルにクリームチーズと有塩バターを入れ、低速で5分かくはんする。

② ココアパウダー、粉砂糖、バニラエキストラクトを加え、中速でさらに3〜4分かくはんする。

③ ミキサーを止めて硬さをたしかめる。ゆるすぎるときは粉砂糖を追加してさらに1分かくはんする。硬すぎるときは生クリームか牛乳小さじ1(分量外)を加え、中速でさらに数分かくはんする。

④ 塗れる程度の硬さになったらボウルをミキサーからはずし、最後にスプーンなどでひと混ぜする。

⑤ カップケーキにフロスティングを塗る。

⑥ よく切れるナイフで〈キャドバリー〉のミニ・チョコレート・イースターエッグを縦半分に切り、1個につき半分、切り口を下にしてカップケーキの上にのせる。軽く押しつけてフロスティングにくっつける。

⑫ ケーキテスターか木串か長楊枝(ながようじ)をケーキのまんなかに刺して、
生地がくっついてこなければ焼きあがり。
くっついてくるときはさらに5分焼く。

⑬ 焼けたら型のままワイヤーラックなどに置いて
室温まで冷ましたあと、冷蔵庫で30分冷やす（ひと晩でもよい）。

⑭ チョコレート・バタークリーム・フロスティングを塗る。

大きさによるが約18〜24個分。

室温で食べても、冷やして食べてもおいしい。
トールグラスに入れた冷たい牛乳か
濃いホットコーヒーとともに召しあがれ。

12

「もっと手伝ってくれる気はある、アンドリア?」〈クッキー・ジャー〉に戻るとハンナは尋ねた。

「ええ、ここにいると楽しいから。ナンシーおばさんがスイングドアを開けると、リサの話がちょっと聞こえてしまうことをのぞけば何も問題ないわ。それだって……実を言うと……何度か聞いたら平気になってきたみたい。他人に起きたことみたいな気がしてきて」

「よかった」

「今回はわたしにも実際に何かさせてくれる?」アンドリアはきいた。「材料を用意するだけじゃなくて、もっと手伝いたいのよ」

あらたいへん! ハンナの疑い深い声が警告を発した。彼女にお菓子作りをさせたら、とんでもないことになるわよ!

何か簡単なことをさせれば大丈夫よ、と理性的な声が反論した。そうすればアンドリアも達成感が得られるわ。それに彼女、ホイッパースナッパー・クッキーをひとりで作れるのよ。

ハンナは内なる口論に耳を傾けるのをやめてアンドリアに微笑みかけた。「カップケーキの紙カップに生地を入れる手伝いはできそう？」

「それならできる！　まかせて、姉さん。カップケーキ型にあのちっちゃな紙カップを敷くのもやるわ。どう？」

「助かる。紙カップは二枚ずつ敷いてね」

「それはチョコレート・イースターエッグ・カップケーキを食べたときに気づいてた」

「じゃあこれで決まりね」

「レシピをくれれば材料を準備するわ」アンドリアはそう申し出て、ハンナがレシピノートをめくって目当てのページを見つけるのを待った。ピープス・イースター・カップケーキのレシピをわたされたアンドリアは材料のリストを読んだ。「楽勝よ」

「ピース・オブ・カップケーキでしょ」ハンナが訂正した。アンドリアは笑いながらパントリーに行き、材料を集めはじめた。

そして、ステンレスの作業台にすべての材料をならべたあとは、カップケーキ生地を作るハンナを見学した。ハンナはいつものように材料をひとつボウルに加えるたびに、材料リストにペンでチェックを入れていた。

「どうして材料をチェックするの、姉さん？」

「入れ忘れがないようによ」ハンナは言った。「これは以前作ったことがないからそれほど大きな危険はないけど、定番のチョコチップ・クランチ・クッキーみたいなものだと先走りしてしまうの。よく知っているレシピはすごいスピードで作ってしまうから、ある朝なんか、目の前にあるにもかかわらずベーキングソーダを入れ忘れてた」

「でも、よく作るレシピには大量のチェックマークがつくことになるんじゃない？」

「その都度プリントアウトしてレシピノートにはさんでおくから大丈夫」

「チェックマークをつけたレシピは捨てるの？」

「いいえ、ラップをした生地のボウルの上に貼るの。それからウォークイン式冷蔵庫に入れておく。それで、朝クッキーを焼くとき、ダブルチェックして何も忘れていないことをたしかめるの」

「なるほど、勉強になるわ。家で何かを焼くとき、これからはわたしもそうする。自分でチェックするのはいい方法ね」

「失敗作を焼いて、貴重な時間を無駄にしたくないでしょ」ハンナは付け加えた。「そのサワークリームの容器を取ってくれる、アンドリア？」

カップケーキ生地が満足のいく状態に出来あがると、アンドリアにスクーパーをわたして、紙カップに正しい量の生地を入れる方法を教えた。アンドリアは驚くほどスクーパーの扱いが上手だった。「すごく上手じゃない、アンドリア」ハンナは妹に言った。

「ありがとう、このスクーパーだかディッシャーだか、なんて呼ばれているにしろ、これに関してはかなり練習を積んでるから」

「そうなの？」ハンナは驚いた。「家でカップケーキを焼くの？」

「そういうわけじゃないけど、グランマ・マッキャンのチリを取り分けるときに使うの」

「レードルは使わないの？」

アンドリアは首を振った。「使いたくても使えないのよ。去年の夏ベシーが砂場に持ち出してだめにしちゃったから。その夜はチリを食べることになっていたから、スクーパーを使ったの。そしたらとても使い勝手がよくて、新しくレードルを買う気がうせちゃって。マッシュポテトにも使ってる。ビルと娘たちが何スクープぶんお皿に盛ってほしいかわかって便利なの」アンドリアはそこでオーブンのなかを見にいった。「姉さん、ふくらんでる！」

「それでいいのよ」ハンナはそこで小さく笑った。「そうなるはずなんだから」

「そうだけど……わたしが何かまちがったことをしたんじゃないかと心配だったの」

「どんなまちがいをするっていうの？」とハンナ。

「わからない。とにかく、まちがいがないようにと願ってた。でも、わたしが生地を入れたカップケーキが姉さんのと同じようにちゃんとふくらんでる」

「よくできました」何かを焼くときは毎回、妹がひどく神経質になることにハンナは不意に気づいた。「このカップケーキもホイッパースナッパー・クッキーとちょっと似てるのよ、アンドリア。あんたはあのクッキーをとても上手に作るじゃない」

アンドリアは笑顔になった。「でしょ?」彼女は姉がうなずくのを待ってつづけた。「だからこれも作れるようになりたいの。ケーキミックスで作れるから」

「とにかく、ちゃんとできてたわよ。今度ケーキミックスを使うカップケーキを作るときは、あんたに生地を混ぜてもらうわ。それでどう?」

あらら! 疑い深い声が叫んだ。

たしかに問題だけど、ハンナは本気よ、と理性的な声が言った。

わかってるわよ、と疑い深い声がめずらしく同意した。幸運を祈りましょう。ハンナが正しいかそうでないか、いずれわかるわ。

クッキーやカップケーキを焼き、少し冷めるのを待って業務用ラックの棚に移すなどして姉妹がともに働くうちに、時間はあっという間にすぎた。モラセス・クラックルをラックに移したとき、ナンシーおばさんがコーヒーショップからスイングドアを抜けてきた。

「グランマ・ニュードスンがいらしてる」彼女は言った。「オーブン仕事が忙しくなければあなたたちと話がしたいそうよ。付き添いのクレアもいっしょに」

「わたしたちはかまわないわよ」ハンナはすぐに言った。「リサの話が終わったら、コーヒー休憩ということでここにお連れして」

「よかった。きっとふたりにききたいことがあるだろうと思ったのよ」背後で拍手が聞こえ、ナンシーおばさんはうなずいた。「どうやらリサの話が終わったようね。すぐにグランマ・ニュードスンとクレアをお連れするわ」

「グランマ・ニュードスンに町長の大学時代のことをきくつもり？」ナンシーおばさんが厨房から出ていくと、アンドリアがきいた。

「ええ、まずはそれね」

「もしかしてクレアの……」アンドリアはためらったあと、言い直した。「……クレアと町長のあの時期のことも話題にするの？」

ハンナは考えこんだ。「わからない。話の流れによってはね。グランマ・ニュードスンも孫のボブ師も知ってることだし。秘密というわけじゃないから」

「義理の祖母のまえでそれについて話したら、クレアは気まずいんじゃない？」

「どうかしら。そうなったら臨機応変にやるしかないわね」

「ポットにコーヒーを淹れるわ」アンドリアは急いでコーヒーメーカーに向かった。「ふたりに何か出すの？」

「ええ、ブルーベリー・デニッシュを焼いたから、大皿にいくつか出しましょう。甘いものを食べながらだと会話が弾むから」

コーヒーの準備ができて、ハンナが今朝焼いたブルーベリー・デニッシュを大皿に盛ったところに、ナンシーおばさんがグランマ・ニュードスンとその義理の孫にあたるクレアを連れて戻ってきた。

「座ってください。コーヒーをお持ちしますね」あいさつが交わされたあと、ハンナは言った。

「ありがとう、ハンナ」グランマ・ニュードスンはそう言うと、作業台のスツールに座り、自分の隣に座るようクレアに示した。そして、アンドリアを見た。「たいへんだったわね、アンドリア。あんな状態のバスコム町長を発見することになってしまって」

「ええ」アンドリアはかすかに震える声で答えた。「わたしがやったと思われているんです、グランマ」

「少しでも常識のある人ならそんなことは思いませんよ」グランマ・ニュードスンは力強く言った。「あなたがやっていないことはわかっているわ。レイク・エデンのほかのみなさんもね」

「ありがとうございます」アンドリアはふたりに微笑みかけた。

「ブルーベリー・デニッシュをおひとつどうぞ」ハンナがふたりのまえに置いた大皿を示して言った。

「もちろん、いただきますよ！」グランマ・ニュードスンは自分のためにひとつ取り、クレアのまえの紙ナプキンにもうひとつ取った。「ナンシーから聞いたわよ、わたしに会いたかったそうね。わたしがレイク・エデンでいちばんの年寄りだから、だれの経歴でも知っていると思っているんでしょう?」

ハンナはうなずいた。グランマ・ニュードスンはズバリとものを言うことで知られている。「バスコム町長の大学時代のことを知りたいんですけど、だれもくわしくは知らないみたいなんです。ステファニーにきいても、当時彼女は別の大学にいたし、町長は大学時代の話をあまりしなかったようで」

「卒業証書を壁に飾っていないの? 大学のペナントやスポーツの写真は?」クレアがきいた。

「何もないの。ステファニーの話では、ガレージに思い出の品を入れた箱があったらしいんですけど、何年かまえのガレージ火災でほとんど焼けてしまったそうなんです」

「たしか初年度はウィスコンシンの大学だったはず」クレアが言った。「そうですよね、グランマ?」

「そうよ、ハニー」グランマ・ニュードスンはうなずいた。「リチャードは最初の年、ウィスコンシンの州立カレッジ(ステートカレッジ)に進んだの。総合大学(ユニバーシティ)にはいれるほど成績がよくなかったから。わたしの記憶が正しければ、ジョーダン高校の最上級生のころのリチャードはちょっとしたプレイボーイだった。ハンサムな青年で、クラスの女子たちは彼に夢中になった。名前はあげないけれど、夫の信徒のなかには娘のことを心配しているお母さんたちがいたわ」

「ご主人がまだご存命のころだったんですね？」ハンナが尋ねた。

「ええ、わたしは夫にリチャードの問題行動を注意してほしいとたのんだ。話し合いの場から帰ってきた夫は、リチャードはまるで褒められたかのような態度だったと言った。思いあがりは美徳ではないと言って聞かせたら、そのときは謝ったけれど、夫にカレッジへの推薦状を書いてもらいたかったからだと思うわ」

「町長が初年度に通ったウィスコンシンのカレッジの名前はご存じですか？」ハンナは尋ねた。

「ええ、たしかタラ・ヒルズよ。州立カレッジだけど、今もあるかどうかはわからない。州のシステムによってはほかのカレッジと統合されたかもしれないし」

「州立カレッジとおっしゃいましたね」アンドリアが会話に加わった。「町長はそのあと総合大学に進んだんでしょうか？」

「ええ、成績があがって大学への入学を許可された」

「どうしてミネソタのカレッジに行かなかったんですか？」ハンナが尋ねた。

「どうしてかしら。家から離れたかったのかもしれないわね。レイク・エデンでの彼の評判はすばらしくいいとは言えなかったから」

アンドリアがスツールの上でもぞもぞし、ハンナは、町長のその後の人生についてまわることになったすばらしいとは言えない評判について妹が何か言いたいのだなとわかった。

「ウィスコンシンにはどれくらいいたんですか?」

「タラ・ヒルズに一年いたあと、マディソンの総合大学に移ったの」

「卒業するまでずっとそこに?」とアンドリア。

「ええ、母親にお金をたかりにくるとき以外はね」グランマ・ニュードスンはそこまで言うと、あわてて手で口をふさいだ。「これは言うべきじゃなかったわ。キリスト教の精神を実践するのはむずかしいときもあるわね。彼の家は裕福ではなかったのに、リチャードは母親が出せる以上のお金をカレッジでの生活で使ってしまったの」

「卒業まで何年かかったんですか?」アンドリアがメモをちらりと見てからきいた。

「五年よ。タラ・ヒルズでの初年度は、成績をあげるのに苦労したみたいね。ジョーダン高校時代にもう少し勉強に集中していたら、それほどは……」またことばを切って、いらだちの表情を浮かべた。「ごめんなさい。またやってしまったわ。あの人のことを話しているといらいらしてしまって」

「みんなそうです」アンドリアが言った。「でも、死人の悪口を言うものじゃないと言いますよね」

「そうね」グランマ・ニュードスンは小さくうなずいた。「でも、ばかげた助言だと思わない?　死人に話は聞こえないのに」

アンドリアにはかなりショックだったようだ。「でも……来世を信じていないんですか?」

「もちろん信じているわよ！　でも、みんなが天国か地獄で会話を盗聴しているとは思わない」

これにはまいった。ハンナは思わず吹き出した。これまでのところ会話に口をはさまずにいたクレアも笑いだした。「どうしてこんなにグランマのことが好きなのかしら?」

「わたしも好き」くすくす笑いが収まると、アンドリアが言った。「グランマは思ったことをズバッと言うから」そしてハンナを見た。「姉さんも以前そんなようなことを言ってたわよね」

ハンナは恥ずかしそうにしていた。「そうね。笑いだしてしまってすみません、グランマ。どうしてもがまんできなくて」

「いい笑いこそが必要なときもありますよ、ハンナ。ほかにもききたいことがあるんでしょう。でも、まずはこのすばらしくおいしそうなブルーベリー・デニッシュをちょっと食べさせて。質問はそのあとね」

「わたしにもききたいことがあるんでしょ」クレアも言った。「よろこんで調査に協力するわ。いくらリチャードでもあんな死に方をしていいことにはならないもの」

グランマ・ニュードスンとクレアとアンドリアがペストリーを食べ終えるまでハンナは

待った。「これはセンシティブな問題なんだけど、アンドリアには殺害時刻のアリバイがないの。それで、少し教えてもらえると助かるんですけど、あなたの……」

「バスコム町長との不倫について？」

「ええと……そう。ふたりだけで話せるようにどこか別のところに行きましょうか？」

「いいえ、大丈夫よ。町の人たちはみんな何があったか知ってるし、グランマには全部話してあるから。彼女はすばらしい聞き手なのよ！」

「ありがとう、ハニー」グランマ・ニュードスンはすぐに言った。「でも、もしそのほうが気まずくなければ、わたしはコーヒーショップのほうに戻らせてもらいますよ」

「いいえ、ここにいらしてください。もうひとつデニッシュを召しあがりたいでしょうし、もう全部ご存じの話なんですから」クレアはハンナを見た。「なんでもききたいことをきいて。昨夜夕方の礼拝のあと、たまたまテリー・ニールソンに会ったの。昨日アンドリアが町長室で町長ともめた話は聞いたわ」

アンドリアはひどく恥ずかしそうだった。「やっぱりテリーはしゃべったのね」

「ええ、でもわたしたちにだけよ。グランマ・ニュードスンがゴシップはよくないと注意して、話を広めないと約束させたから」

「いいの」アンドリアはクレアに言った。「どうせここに来るお客さんたちはもうリサの話を聞いてるもの。わたしが第一発見者だということも知られてるし」

「それはほんとうに恐ろしかったでしょうね」クレアは同情して言った。「夕方の礼拝はどれくらいで終わるの？」ハンナがそう尋ねて、クレアを目下の話題に引き戻した。

「ほんの三十分よ。希望者のために短い賛美歌を一曲と、夕べの祈りを唱えるだけ。お勤めしている人たちが来られるように平日の五時半からやっているの。六時ごろに終わるから、みんな夕食に間に合うでしょう」

「今日の午後、ステファニー・バスコムが名前のリストをくれたの」ハンナが言った。「彼女は把握していたのよ、町長がかつて……くどいてきた女性たちを」

「それならわたしもリストにはいっているわね」クレアが言った。

「ええ。リストの女性たちと話して、彼女たちかその家族がまだ町長に悪感情を持っているかどうか調べるつもり」

グランマ・ニュードスンはうなずいた。「それがいいでしょうね。町長の死亡推定時刻はわかっているの？」

「ええ、昨夜の六時から八時のあいだです」アンドリアが教えた。「ドクの検死報告書のコピーを見ました」

クレアは安堵（あんど）のため息をついた。「それならわたしにはアリバイがある。昨夜グランマが牧師館の居間で聖書勉強会を開いたの。わたしは六人のご婦人たちと七時半までそこにいた。勉強会のあとはグランマを手伝って軽食をお出ししたわ」

「そのとおりよ」グランマ・ニュードスンがクレアの話を裏付けた。

ハンナとアンドリアは視線を合わせた。つぎの質問は論理上避けて通れないものの、ふたりともあまりしたくないものだった。

「ボブ師は？」ハンナはクレアに尋ねた。「あなたの夫もそこにいたの？」

「いいえ、入院患者を訪問するために病院に行っていた」クレアは説明した。「いつもはわたしも行くんだけど、今入院中の信徒はひとりしかいないから、わたしは牧師館でグランマを手伝うように言われたの」

アンドリアがそれをすべて書き留めた。ハンナはつぎの質問をしなければならなかった。

「ボブ師は町長に対して、その……ええと……」

「悪感情を持っていたか？」ハンナが探していた控えめなことばを、グランマ・ニュードスンが提供してくれた。

「ええ、まさにそう言いたかったんです」ハンナは認めて言った。「ボブ師がかつて、あるいは今も嫉妬しているのかを知りたくて。クレアが以前……」どう言い換えればいいかわからず、そこでまた口をつぐんだ。

「以前関係があった人に？」アンドリアがあとを受けて言った。おかげでハンナはバスコム町長とクレアの恋愛関係をどう呼ぶかについて責任を感じずにすんだ。

クレアは首を振った。「いいえ、ボブは寛容な人よ。それに、あの恋愛はボブとつきあうまえの話だし」

ハンナは深く息を吸ってから、思い切ってつぎの質問をした。「でも、ボブ師がバスコム町長を非難することはないの？」

「いいえ、過去のことだし、ボブもわかってるから」

「それでも人は悪感情を心に隠しているものよ、嫉妬深い人はとくに」ハンナは指摘した。

「そうね、でも、ボブとグランマ・ニュードスンだけが知っているもうひとつの理由がある。バスコム町長を振ったのはわたしなの」

「知らなかった」とハンナは言った。

「ボブにプロポーズされるまでだれにも言わなかったから」

「町長がほかの女性とつきあっているのを知ったとか？」アンドリアがきいた。

「いいえ、ひどく罪悪感を覚えるようになったの。ステファニーに会って、彼女が好きになったからだと思う。もう彼女をだましたくなかった」

「別れを告げられて、バスコム町長はがっかりした？」ハンナはきいた。

「そうでもなかったみたい。わたしとの関係がそれまでの人たちよりずっと長くつづいていたからかもしれない。わたしに飽きていたんじゃないかしら」

「それが理由ではないと思いますよ」グランマ・ニュードスンがクレアの肩をぎゅっとつ

かんだ。「彼もステファニーに対して罪悪感を覚えていたんでしょう」

「それはないと思います」クレアはふっと笑って言った。「リチャード・バスコムは何に対しても罪悪感を覚えたりしないわ！」

クレアにアリバイがあってよかったこと、と疑い深い声が指摘した。

ばか言わないでよ、と理性的な声がたしなめた。クレアがそんなことをするはずないでしょう！　それに、ボブ師とのすばらしい結婚生活を危険にさらすわけがないわ！

ほんとにそう思ってる？　あなたに結婚の何がわかるの……

ハンナは内なる口論を切りあげ、つぎの質問に意識を集中した。

「バスコム町長に対してどんな思いでいたの、クレア？」ハンナは尋ねた。

クレアは少し考えてからため息をついた。「別れてほっとしたわ。最初に声をかけてくれたのは思いやりからだと思ってた。レイク・エデンに越してきたばかりのころは、まだ友だちもいなくて寂しかったから、それに気づいてくれたんだと。でも、彼はそんなこと別に気にしていないんだってわかった。利用できるからした、それだけだった」

「じゃあ、彼があなたを愛したことはないと思うの？」アンドリアがきいた。

クレアは首を振った。「ええ、愛していたとは思わない」

何度も言うけど、と疑い深い声がハンナに語りかけた。クレアにアリバイがあってほんとによかったわね！

ええ、ほんとに！　理性的な声が同意した。聖書勉強会の出席者全員が、クレアといっしょにいたと証言してくれるんだから。

クレアは厨房の壁の時計を見あげた。「いけない！　もうブティックのほうに行かなきゃ。イースター用の新しい服を見にくるふたりのご婦人の来店まであと十分しかないわ」彼女はグランマ・ニュードスンを見た。「あなたを送っていく時間はあるんですけど、今は行かないと」

「グランマはわたしが送るわ」アンドリアがすかさず申し出た。「さあ行って、クレア。明日わたしが試着する服は取っておいてね。イースターの朝に教会に着ていく新しい服が必要なの」

ハンナは感心して妹に微笑みかけた。クレアが帰ったあともグランマが残りたそうにしているのは明らかだった。つまり、クレアに聞かれないところで話をしたいということだ。

「何かお話があるんですよね、グランマ・ニュードスン？」クレアが帰っていったあと、ハンナは尋ねた。

「ドクに電話して、昨夜ボブが病院にいたか確認するつもり？」

ハンナはうなずいた。「もちろんです。何か問題でも？」

「ええ、ボブは昨夜病院に行ったとクレアに話したけど、あれはうそなの。あの子が行ったのはショッピングモールなのよ」

「話してくださってありがとうございます」ハンナはとりあえず言った。「どうしてボブ師はモールに行ったんですか？」

「クレアにすてきな記念日のプレゼントを買うためよ」

「でも……」アンドリアがけげんそうな顔をした。「まだ結婚記念日ではありませんよね？」

「ええ、ボブがプロポーズしてクレアがそれを受けた記念日なの。たぶんクレアはあの子が忘れていると思っているでしょうけど、ボブは昨日の朝、昔の手帳をぱらぱらと見ているうちに、自分の書きこみを見つけたの。それで、今夜特別なもので彼女を驚かせたいと思ったのよ」

「なんてすてきなの！」アンドリアは叫び、顔を輝かせてグランマを見た。「そういうことを覚えている男性はすごくめずらしいんですよ。女性は覚えているけど、そんな夫は多くありません」

「ビルは？」ハンナがアンドリアにきいた。

「覚えていないだろうから、まえもって思い出させるの。だから〈レイク・エデン・イン〉のディナーに連れていってくれるのよ」

ハンナはグランマ・ニュードスンに向き直った。「ボブ師はタイムスタンプつきのモールのレシートといったようなものを持っていますか？」

「ええ」グランマ・ニュードスンはバッグから封筒を取り出した。「ここにはいっているわ。あの子は宝石店と写真スタジオに行ったの。どちらのレシートにもタイムスタンプがついてる」

ハンナは封筒からレシートを出して調べた。そして、グランマ・ニュードスンに返した。

「そのレシートはマイクとロニーに見せてほしいと言われたときのために取っておいてください。わたしの話を信じてくれると思いますけど、自分たちの目で見たいと言うかもしれないので」

「コピーを取っておいたら？」アンドリアが言った。

ハンナは頭のてっぺんをたたいた。「それがいいわ。どうして気づかなかったのかしら」

「すべてに気をまわすなんて無理よ、ディア」グランマ・ニュードスンが言った。そしてアンドリアを見た。「よく気づいてくれたわね、アンドリア！　うちに帰ったらこれをボブに返して、コピーを取らせるわ。昨夜あの子が町役場の近くにいなかったことを証明するために」

ブルーベリー・デニッシュ

材料

ペストリー：

冷凍パイシート……1パック
（496グラム入り。わたしは〈ペパリッジファーム〉の2枚入りのものを使用）

卵……大1個

水……大さじ1

グラニュー糖……適量

ブルーベリーソース：

生のブルーベリー……3/4カップ
（冷凍の場合は解凍してペーパータオルで水気を拭くこと）

水……大さじ2

カルダモンパウダー（なければシナモンパウダー）……小さじ1/4

コーンスターチ……大さじ1 1/2

グラニュー糖……1/2カップ

クリームチーズフィリング：

室温でやわらかくしたクリームチーズ……1箱
（227グラム。わたしは〈フィラデルフィア〉を使用）

グラニュー糖……1/3カップ

バニラエキストラクト……小さじ1/2

③ オーブンを190℃に予熱する。

④ 天板2枚にオーブンペーパーを敷く。

⑤ 小麦粉を振ったまな板に解凍したパイシートを置き、
小麦粉を振った麺棒で30センチ四方に延ばす。
もう1枚も同様にする。

ハンナのメモその3:
わたしは延ばしたあと、定規で30センチ四方になっているか確認する。

⑥ 延ばしたパイシートをそれぞれナイフで四等分する。

⑦ カップに卵を割り入れて水を加え、かき混ぜる。

⑧ 切り分けたパイシートを天板にならべ、縁にはけで卵液を塗る。

⑨ 8等分したクリームチーズフィリングをその上にのせ、
縁を1.5センチ残して広げる。

⑩ その上にブルーベリーソースを大さじ1ずつ塗り、
フィリングとソースを覆うように四方の角を内側に折り曲げる。
軽く重なるようにすると、卵液のおかげで角と角がくっつくはず。

ハンナのメモその4:
むずかしく聞こえるかもしれないがそうでもない。
ひとつ作ってしまえばあとは簡単。
説明するより実際にやってみるほうが早い。

⑪ 天板に8個のブルーベリー・デニッシュがならんだら、
表面に卵液を塗り、少量のグラニュー糖(分量外)を振る。

ドリズル・フロスティング：

粉砂糖……1 1/4カップ（きっちり詰めて量る）

生クリーム……1/4カップ（ハーフ&ハーフではなくヘビークリーム）

バニラエキストラクト……小さじ1

塩……小さじ1/8

準備：

① パッケージの指示に従って冷凍パイシートを2枚とも解凍する。

② まな板などの上に小麦粉を振り、清潔な手で広げる。

作り方

① パイシートを解凍しているあいだにブルーベリーソースを作る。ソースパンにブルーベリーと水を入れる。ボウルにカルダモン、コーンスターチ、グラニュー糖を入れて混ぜ、これをソースパンに加えてよくかき混ぜる。中火にかけ、木のスプーンで混ぜながら沸騰させる。2分煮たあと火からおろし、室温まで冷ます。

② ブルーベリーソースを冷ましているあいだにクリームチーズフィリングを作る。耐熱ボウルにやわらかくしたクリームチーズ、グラニュー糖、バニラエキストラクトを入れ、なめらかになるまでかき混ぜる。ボウルにラップをかけておく。

ハンナのメモその1：
クリームチーズを室温にするのを忘れたときは、
耐熱ボウルに入れて10秒ほど電子レンジにかける。

ハンナのメモその2：
ドリズル・フロスティングはまだ作らないこと。
焼きあがったブルーベリー・デニッシュをラックで冷ましているあいだに作るとよい。

⑫ 190℃のオーブンで25～30分、
または表面がきつね色になるまで焼く。

⑬ オーブンから天板ごと取り出し、
ワイヤーラックに置いて10分冷ます。

⑭ 冷ましているあいだにドリズル・フロスティングを作る。
ボウルに粉砂糖、生クリーム、
バニラエキストラクト、塩を入れ、
なめらかになるまでかき混ぜる。

⑮ 冷ましたブルーベリー・デニッシュにお好みのやり方で
ドリズル・フロスティングをたらす。
絞り袋（または角をほんの少しだけ切り取ったビニール袋）を
使うとうまくいく。

ハンナのメモその5：
絞り袋を使いたくなければ、生クリームを少し足せば
スプーンからたらすことができる。

まだ温かいうちに食べるとおいしいが、冷たくてもなかなか。
残ったら（そんなことはないと思うけど！）ワックスペーパーで
ふんわりと包んで涼しい場所で保管する。

13

アンドリアはグランマ・ニュードスンがコートを着るのに手を貸したあと、自分も防寒コートを着てブーツを履いた。「このあと戻ってきたほうがいい？」とハンナにきく。

「たいへんなら戻ってこなくていいわよ」ハンナは答えた。「もう少しお菓子を焼くけど、ひとりでもできるし。あとはリサとナンシーおばさんを手伝って、明日焼く予定のクッキー生地を作るだけだから」

「わかった、じゃあ明日の朝また来る」アンドリアは言った。「ありがとう、姉さん。今日はお菓子作りの手伝いができてすごく楽しかった」

アンドリアとグランマ・ニュードスンがいなくなると、ハンナは自分のためにもう一杯コーヒーを注ぎ、レシピブックをめくってつぎは何を焼こうか考えた。まだ決めかねているうちに裏口からミシェルがはいってきた。

「ハーイ、姉さん。まだここにいてくれてよかった。今夜ロニーとのディナーにマイクを呼んだから、姉さんとノーマンにも来てもらいたいなと思って」

「ノーマンにきいてみるわ。きっとよろこぶと思う。わたしは何を持っていけばいい？」

「スロークッカーでマカロニチーズを作成中なの。角切りのハムを加える予定」

「ハム・イット・アップ（「大げさな演技をする」の意）・マカロニチーズ？」ハンナはにやりとして言った。

「そのレシピ名、いただき！」ミシェルは笑って言った。「わたしにぴったりだわ、ジョーダン高校の最上級生がやる芝居のオーディションを終えたところだから」

「マイク用にスパイスを増量するの？」

ミシェルは少し考えてから言った。「そうするかも。でも、ちょっとだけね。ホットソースをテーブルに置いておけばいいんだし」

「パントリーにスラップ・ヤ・ママ（〈ウォーカー&サンズ〉社のケイジャンシーズニング）の大瓶があるわよ。マイクは〈オルテガ〉の刻んだグリーンチリをひと缶使ってあってもスパイスを追加するんだから。グリーンチリもパントリーにふた缶ほどあるし」

「しょっちゅう姉さんのパントリーを漁（あさ）ってるみたいで悪いわ」

「いいのよ。もし気になるなら、使ったものを買って戻しておいて」

「そうする。帰ったらスロークッカーにグリーンチリを入れようっと」ミシェルは業務用ラックのほうを見た。「デザート用に持ってきてもらえるものはある？」

ハンナは笑った。「もちろん。ここはベーカリーなのよ、ミシェル。デザートに持っていくものならいつでもあるわよ」

いでしょ」

「よかった。ディナーのあと、姉さんとノーマンはマイクやロニーと事件のことを話した

「ええ。そうなると思う」

「アンドリア姉さんは？　ビルとアンドリア姉さんも呼ぶべきかな？」

ハンナは少し考えたあとで首を振った。「今夜はやめておきましょう。マイクはアンドリアが容疑者であることについてわたしと話したいかもしれないから。あの子がその場にいたらできないでしょ」

「わたしもそう思ったけど、念のためにきいておこうと思って」ミシェルは業務用ラックのほうを見て笑みを浮かべた。「ところで、ラックのいちばん上にあるのは何？　カップケーキみたいだけど、すごくかわいい」

「イースター・ジェリービーンズ・ネスト・カップケーキよ。明日お客さんたちに試食してもらうつもりなの。あんたもひとつどう？」

「食べる！　ジェリービーンズって大好き。ちっちゃな緑色の巣がかわいいわね。あれも食べられるの？」

「もちろん」

「やった！　どうやって作ったの？」

「ココナッツフレークを緑色の食用色素で染めてちっちゃな巣を作ったの。ココナッツ・

クリームチーズ・フロスティングが乾くまえにそれをカップケーキの上にのせたってわけ。あとはひとつの巣にジェリービーンズを五個ずつ置いて出来あがり」

「ココナッツ・クリームチーズ・フロスティングですって、そそられる！ ココナッツも大好きなのよね。ポットにまだコーヒーは残ってる？」

「ええ。座ってなさい、コーヒーを持ってきてあげるから。カップケーキもね。新しいレシピで初めて作ったから、あんたの意見が聞きたいわ」

「結局姉さんは、わたしが食べたいものを食べるのを正当化してくれるのよね」ミシェルは作業台に戻ってきてそこに座った。「姉さんにそう言ってもらえるとありがたいわ。罪悪感を覚えずにすむから」

「ダイエットしてるの？」

ミシェルは首を振った。「そうじゃないけど、間食の習慣をつけたくないだけ。今朝はロニーが朝食に連れていってくれて、昼は学校でランチを食べたから」

「わたしもそういう考えを採用すべきかも」ハンナは考えてみたが、そうしないことはわかっていた。

「姉さんには無理だと思う。ここでこんなにおいしそうなものを焼いているんだもの」

ハンナは笑った。末の妹に半ばからかわれているのはわかっていた。「あんたは体重を気にする必要はないと思うわよ、ミシェル。たとえ間食をしていてもね」

「そうかもしれないけど、姉さんくらいの年齢になったら体重は気にしないとね」

ハンナはひるんだ。さっきよりも年老いた気がした。そして、ミシェルが生まれたころには、自分はもう十代だったことを思い出した。当然ミシェルは自分のベビーシッターをしてくれた姉のことをたいそう年寄りだと思っている。

ハンナはミシェルのところにカップケーキとコーヒーを持っていき、妹がカップケーキにかぶりつくのを見守った。

「うーーーん！　すごくおいしい」ミシェルはまたたく間にカップケーキを食べ終えた。「四番目のラックにあるのは何？」

「新作のバークッキーよ！　まだだれも食べたことがないの、わたしでさえね。三十分ほどまえに焼きあがったところだから」

「ますますいいわ、最初に試食ができるなんて！　それもひとつ持ってきて、姉さん。わたしには意見を述べる責任があるんだから」

ハンナはバタースコッチ・マシュマロ・バークッキーを切り分け、ひと切れをミシェルのもとに運んだ。「わあ、おいしそう。ねっとりタイプね。姉さんは？　食べないの？」

ハンナは迷った。新作のバークッキーを試食する予定ではなかったが、たしかにとてもおいしそうだ。「そうね、いただくわ」試食するのは自分の義務でもあると判断し、自分用にもひと切れ取って、妹のもとに向かった。

「よかった、もう待つのは限界だったのよね」ハンナが席につくとミシェルは言った。

姉妹はハンナの新作スイーツにかぶりついた。スイングドアの向こうから流れてくるコーヒーショップのお客たちの低い会話の声以外、何も聞こえなかった。やがてミシェルが満足げにため息をついた。「おいしい」と宣言し、もうひと口かじった。

ハンナは無言だった。口のなかで混じり合う風味にただただ微笑(ほほえ)んでいた。お客さんたちは新作バークッキーを気に入ってくれるだろう。

「ドクが気に入りそう」食べ終えたミシェルが言った。「バタースコッチには目がないから」

「たしかにそうね」ハンナも同意見だった。「ドクの好みにぴったり」

「帰る途中、母さんのところに少し置いてこようか?」ミシェルが尋ねる。

「ええ、面倒でなければお願い」

「了解。今夜は何かバークッキーがあるといいな。コーヒーのおともに」

「チョコレート・ヘーゼルナッツ・トーストクッキーはどう?」

「コーヒーに浸すタイプのやつ?」

「そう、ビスコッティみたいにね」

「じゃあ今夜はそれを持ってきてくれる?」

「ええ、スィート・オレンジパイのほうがよければ別だけど」

「スイート・オレンジパイ?」ミシェルは興味津々だ。「それってまだ食べたことないわよね?」

「ええ、これから試作する予定だから」

「じゃあ、両方とも今夜のデザートに食べましょう」ミシェルは言った。「食事のあとテーブルでパイを食べて、殺人事件の話をしたあとでクッキーを食べるの」

ハンナは笑った。「デザートモードになってるみたいね」

「そうなの。バタースコッチ・マシュマロ・バークッキーを食べたせいだと思う。今夜はカロリーたっぷりの食事になりそう……」ミシェルは少し間をとってからつづけた。「ハム・イット・アップ・マカロニチーズと姉さんのデザートで」

「みんなの気がとがめないようにグリーンサラダも出してね」ハンナは言った。

「そうする。作ってみたいと思ってる新しいサラダのレシピがあるの。ジョーダン高校の先生から教えてもらったのよ。ときどき学校の食堂のランチを食べたくないときに、みんなで料理を持ち寄って、教員用ラウンジで持ち寄りランチをするの」

「楽しそうね」

「楽しいけど、こってりしすぎるものは持っていかないように気をつけてる。居眠りするわけにはいかないし、午後の授業のために頭をはっきりさせておかなくちゃならないから」

ハンナは少し考えてから言った。「わかる。子供って、午後になると手に負えなくなるものね。ほとんどの子が放課後の活動めあてに教室の外に出たくてうずうずしてるから」

ミシェルは時計を見あげた。「さてと。母さんのところに寄るならもう出なくちゃ。母さんは少し話をしたがるだろうし、わたしはスロークッカーの様子をみるために姉さんのアパートに戻らなくちゃならないから」

「デザート以外にも何か持っていこうか?」ハンナはきいた。

「ううん、ほかはすべて準備できてるから大丈夫。好きな時間に来て。でも、六時までにね。話をする時間をとれるように食事は早めにはじめようと思って」

「わかった」ハンナはスツールから立ちあがった。「あんたがコーヒーを飲んでるあいだに、母さんとドクのところに持っていくバタースコッチ・マシュマロ・バークッキーを包むわね。一、二分ですむから」

クッキーを包んでしまうと、ハンナはルーズリーフのフォルダーをめくってスィート・オレンジパイのレシピを探した。パントリーとウォークイン式冷蔵庫をのぞいて、材料はすべてそろっているとわかったので、忙しくオレンジの皮をすりおろしていると、リサとナンシーおばさんが厨房にはいってきた。

「何を作っているの、ハンナ?」ナンシーおばさんが作業台に広げられた材料に気づいてきいた。

「スィート・オレンジパイよ」ハンナは答えた。

「スィート・オレンジパイ？」リサが驚いた顔をした。「世界じゅうのパイを食べてきたけど、オレンジパイは食べたことがないわ」

「パイを六個作れるだけの材料があるから」ハンナは言った。「あなたとナンシーおばさんにもひとつずつ作ってあげる」

「明日のクッキー生地を作り終えるまでにできる？」ナンシーおばさんがきいた。

「それは無理だけど、アパートに持っていくのは二個だけなの。今夜ミシェルがマイクとロニーとノーマンとわたしのために夕食を作ってくれるのよ」

「マイクが来るって言った？」リサが少し心配そうにきいた。

「ええ、来るわよ」ハンナは言った。

「それならパイは三個持っていったほうがいいわ、ハンナ。マイクの食欲は伝説級だから。気に入ったら、うちに持ってかえれるかどうか知りたがるわよ」

「たしかにそうね」ハンナは同意した。「それでもまだ三個残るわ。明日お店のお客さんにお出ししようかしら」

「それがいいわ！」ナンシーおばさんが声をあげた。「うちのお客さまは新作レシピの試食をするのが大好きだから」

ハンナは顔をほころばせた。「新作レシピの試食といえば、新しいバークッキーを焼いたの。天板一枚ぶんを切り分けたから、ふたりに試食してもらいたいんだけど。気に入ったら、それも明日出しましょう」

リサがコーヒーを淹れ直すあいだに、ナンシーおばさんは明日のクッキー生地を作るための材料を集めた。ステンレスの作業台の上にすべての材料がならび、コーヒーの用意ができると、三人は座ってコーヒーを飲んだ。

「結婚式のことを考えていたの」ナンシーおばさんが言った。「まだ早いのはわかってるけど、披露宴のメニューを決めようと思って」

「披露宴にはどれくらい人を呼ぶの？」

ナンシーおばさんは首を振った。「まだわからない。でも、親戚は来たがっているし、ヘイティもレイク・エデンでたくさん友だちができた。それに、保安官事務所の職員もいる。ヘイティの職場だから、みんな来たがるでしょう」

「かなり大勢になるわね」リサが言った。

「そうなの」ナンシーはため息をついた。「式は家族だけでやりたいんだけど、大勢の人たちが招待されたがっているのよ」

「母さんとドクのときみたいなのはどう？」ハンナが尋ねた。「ふたりはラスベガスで結婚して、レイク・エデンに戻ってきてから披露宴をしたの」

「でも、わたしはこのレイク・エデンで結婚したいのよ」ナンシーは言った。「ヘイティもね。ふたりともボブ師が大好きだから、結婚式は彼に挙げてもらいたいの」

「そうできない理由はどこにもないわ」ハンナが指摘した。

「でも、町じゅうの人たちを結婚式に招待せずに、どうやって手配すればいいの？」

「簡単よ。挙式には近親者だけを呼ぶの。そしてボブ師には披露宴にも来てもらって、みんなのまえでふたりが夫婦になったことを発表してもらうのよ」

「そんなことをしたら、みんなをだましたように思われないかしら？」

　リサは首を振った。「大丈夫よ、誓いの場面の再現をボブ師にたのめば。そのときにみんなのまえで夫婦になりましたと紹介してもらうの」

「なるほど！」ナンシーおばさんはその案に興味津々のようだ。「でも、ボブ師はそんなことしてくださるかしら？　わたしたちを二回結婚させることになるでしょう？」

「そうはならないわよ、披露宴のお客さんたちのまえで個人的に誓うだけなら。自分で誓いのことばを書いてくる人もいるでしょう。そして、誓いの儀式のあとそれを読みあげる」

「ボブ師はそれまで夫婦の宣言を待ってくれるかしら？」

　ハンナは小さく肩をすくめた。「さあ。ボブ師にきいてみなくちゃね。でも、可能なかぎり柔軟に対応してくれると思う。彼は教会以外の場所で挙式をおこなうこともあるのよ。ドクが言ってたけど、病院でやったこともあるらしいわ。足を骨折して牽引（けんいん）している人のために」

「今夜の礼拝のあとでボブ師と話してみる」ナンシーおばさんは言った。「ありがとう、ガールズ。みんながよろこんでくれて、ヘイティとわたしにできる方法があるかもしれない」

イースター・ジェリービーンズ・ネスト・カップケーキ

●オーブンを175℃に温めておく

材料

ジェリービーンズの巣：

ココナッツフレーク……2カップ（きっちり詰めて量る）

緑色の食用色素……3滴

ジェリービーンズ……120粒（またはそれ以上）

カップケーキ：

ココナッツフレーク……1カップ（きっちり詰めて量る）

中力粉……大さじ2

卵……大4個

植物油……1/2カップ

牛乳……1/2カップ

サワークリーム……1カップ（227グラム）

ココナッツエキストラクト……小さじ1/2

バニラエキストラクト……小さじ1/2

ホワイトケーキミックス……1箱
（23センチ×33センチのケーキ1台、または2段の丸形ケーキ1台が作れる分量のもの。わたしは〈ダンカン・ハインズ〉のものを使用）

粉末のインスタント・バニラプディング＆パイフィリング……1パック
（144グラム。わたしは〈ジェロー〉のものを使用）

ホワイトチョコチップまたはバニラベーキングチップ……1袋
（340グラム。312グラム入りでもよい。わたしは〈ネスレ〉のものを使用）

⑪ 粉末のインスタント・バニラプディング&パイフィリングを加え
低速で混ぜ、ゴムべらでボウルの側面をこそげて
ミキサーからはずす。

⑫ ホワイトチョコチップを散らし、ゴムべらかスプーンで混ぜこむ。

⑬ ゴムべらかスクーパーで生地をカップケーキ型に入れる。
カップの2/3まで入れ、ゴムべらで表面をならし、
175℃に予熱したオーブンで15〜20分焼く。
まんなかにケーキテスターか長楊枝(ながようじ)を刺して
何もついてこなければ焼きあがり。
テスターに焼けていない生地がついてくるときは、
さらに5分焼く。

⑭ オーブンから取り出し、型のままワイヤーラックなどの上に置く。
室温まで冷めたら冷蔵庫に移して少なくとも30分冷やす
(ひと晩でもよい)。

⑮ 冷えたカップケーキにココナッツ・クリームチーズ・
フロスティングを塗る。デコレーションについてはココナッツ・
クリームチーズ・フロスティングのレシピを参照のこと。

大きさにもよるが約18〜24個分。
室温でも冷やしてもおいしい。

とても濃厚なので、冷たい牛乳か
濃いホットコーヒーをかならず用意して。

作り方

① ココナッツフレーク2カップを大きめのジッパーつきビニール袋に入れ、緑色の食用色素を3滴たらす。空気を抜いてジッパーを閉じ、ココナッツフレークが均一な緑色になるまで、袋を振ったりもんだりする。色が薄すぎるときは食用色素を足して調整する。

② 天板にワックスペーパーを敷いて緑色のココナッツフレークを広げ、ときどきスプーンでかき混ぜながら乾かす。

③ カップケーキを作る準備をする。12個用のカップケーキ型かマフィン型2枚に紙カップを2枚ずつ敷く。

④ 色をつけていないココナッツフレーク1カップを中力粉大さじ2とともにフードプロセッサーにかけて細かくする。

⑤ 電動ミキサーのボウルに卵4個を割り入れ、白っぽくふんわりするまで低速で混ぜる。

⑥ 植物油、牛乳を加えて1分、または完全になじむまで低速で混ぜる。

⑦ サワークリームを加えて低速で混ぜる。

⑧ ココナッツエキストラクトとバニラエキストラクトを加えて低速で混ぜる。

⑨ ④の細かくしたココナッツフレークを加えて1分、または完全になじむまで低速で混ぜる。

⑩ ケーキミックスの半量を加え、低速で2～3分、または全体がよくなじむまでかき混ぜる。残りのケーキミックスを加え、低速で混ぜる。

ハンナのメモその2:
紙カップにまでフロスティングを塗ってしまうと、はがすときに手が汚れてしまう。
子供たちはおもしろがるだろうが、大人はあまりうれしくないだろう。

デコレーション

① 前頁で作っておいた乾いた緑色のココナッツの〝草〟をボウルに入れる。

② フロスティングが固まるまえに、清潔な指でココナッツの〝草〟を巣のように丸くまとめ、フロスティングを塗ったカップケーキの上に置く。

③ ココナッツの巣のなかにちがう色のジェリービーンズを5粒入れて押しつける。

④ フロスティングが固まったらケーキ型か箱に入れてふたかラップをし、テーブルに出すときまで冷蔵庫に入れておく。

フロスティングが残ったら、グラハムクラッカー、ソーダクラッカー、
曽祖母のエルサがよく〝店売りのクッキー〟と呼んでいたものなどに塗る。
きっちりとふたをして冷蔵庫に入れておけば1週間はもつ。
使うときは、きっちりふたをしたままカウンターに1時間ほど置いて、
室温にしてから塗ると塗りやすい。絞り袋を使っても便利。
絞り袋があればケーキやクッキーのデコレーションにさまざまな可能性が生まれる。

ジェリービーンズが残ったら、
通りかかった人が甘いお菓子をつまめるように、
ダイニングテーブルのセンターピースのまわりに散らしても楽しい。

ココナッツ・クリームチーズ・フロスティング

材料

室温でやわらかくした有塩バター……1/2カップ

やわらかくしたクリームチーズ……1パック
（227グラム。わたしは〈フィラデルフィア〉のものを使用）

ココナッツエキストラクト……小さじ1

バニラエキストラクト……小さじ1

粉砂糖……4〜4 1/2カップ
（大きなかたまりがなければふるわなくてよい）

作り方

① 有塩バターとクリームチーズをなめらかになるまで混ぜ、ココナッツエキストラクトとバニラエキストラクトを加えてよくなじませる。

ハンナのメモその1：
つぎのステップは室温でおこなうこと。
バターとクリームチーズをやわらかくするために温めた場合は、
室温になるまで待つこと。

② 粉砂糖を半カップずつ加えてその都度よくかき混ぜる。フロスティングが塗り広げられる硬さになるまでこれを繰り返す（粉砂糖のほぼ全量を使うことになる）。

③ フロスティングナイフか小型のゴムべらでフロスティングをすくい、カップケーキのまんなかに落とす。紙カップぎりぎりまで塗り広げる。

バニラエキストラクト……小さじ1/2

とき卵……1個分（グラスに入れてフォークで混ぜる）

刻んだナッツ……1/2カップ（わたしはカシューナッツを使用）

バタースコッチチップ……1カップ（わたしは〈ネスレ〉のものを使用）

ミニマシュマロ……2カップ（わたしはジェットパフを使用）

準備：
23センチ×33センチのケーキ型の内側に
〈パム〉などのノンスティックオイルをスプレーし、軽く粉を振っておく。

ハンナのメモその1：
粉がはいっているパム・ベーキング・スプレーを使ってもよい。
スプレーしたあと1、2分乾かし、もう1度スプレーする。

作り方

① ソースパンに有塩バターと無糖チョコレートを入れ、弱火にかけてチョコレートがとけるまでかき混ぜる（電子レンジを使う場合はチョコレートの箱に書かれている指示に従うこと）。バターとチョコレートがとけたらボウルに移す。

② グラニュー糖1/2カップ、中力粉1カップ、ベーキングパウダー小さじ1を順に加え、その都度よくかき混ぜる。

③ ナイフで刻むかフードプロセッサーにかけて砂利状に細かくした塩味のカシューナッツを加え、なじむまでよくかき混ぜる。

④ バニラエキストラクトを加えてかき混ぜる。

⑤ とき卵を加えてよくかき混ぜる。

⑥ ゴムべらか手でクラスト生地を用意したケーキ型の底に広げる。

バタースコッチ・マシュマロ・バークッキー

●オーブンを175℃に温めておく

材料

クラスト：

有塩バター……113グラム

製菓用無糖チョコレート……28グラム
（わたしは〈ベイカーズ〉のものを使用）

グラニュー糖……1/2カップ

中力粉……1カップ（きっちり詰めて量る）

ベーキングパウダー……小さじ1

刻んだ塩味のカシューナッツ……1カップ（刻んでから量る）

バニラエキストラクト……小さじ1

とき卵……2個分（グラスに入れてフォークで混ぜる）

クリームチーズフィリング：

室温でやわらかくしたクリームチーズ……227グラム
（フィリングに使うのは170グラム。残りはフロスティングに使う）

やわらかくした有塩バター……57グラム

グラニュー糖……1/4カップ

中力粉……大さじ2

⑯ ケーキ型が素手でさわれる程度に冷めたら、
切り分けるまえに冷蔵庫に入れて少なくとも2時間冷やす
（こうするとぼろぼろにならず、楽に切れる）。

⑰ 冷蔵庫で冷やしたバークッキーを32本に切り分ける
（縦8等分、横4等分）。大皿にならべてラップで覆い、
食べるまで冷蔵庫に入れておく。
淹れたての濃いホットコーヒーまたは冷たい牛乳を
多めに用意しておくこと。

ハンナのメモその3：
バタースコッチ・マシュマロ・バークッキーはとても濃厚。
これを2本以上食べた人はふたりしか知らない。
ひとり目はこのクッキーが大好きなドクで、食後に2本食べていた。
ふたり目はもちろんマイク・キングストンで、
彼は〈クッキー・ジャー〉で午後のコーヒーを飲みながら
4本食べたことがある。

濃厚で最高においしいバークッキー、32本分。

⑦ クリームチーズフィリングを作る。
クリームチーズ57グラムを小さめのボウルに取り分け、
ラップをかけておく。これはフロスティング用。

⑧ やわらかくしたクリームチーズ170グラムとやわらかくしたバターを
電動ミキサーのボウルに入れ、低速でしっかり混ぜる。

⑨ ミキサーを低速にしたままグラニュー糖1/4カップ、
中力粉大さじ2、バニラエキストラクト、とき卵、
刻んだカシューナッツを順に加える。

⑩ クラストの上に⑨のクリームチーズフィリングを流しこみ、
ゴムべらでならす。

⑪ その上にバタースコッチチップをできるだけ均等になるように
振りかける。

⑫ 175℃のオーブンで20〜25分焼く(わたしは23分)。

⑬ オーブンからケーキ型を取り出し、ワイヤーラックなどに置く。
オーブンは切らないこと!

⑭ ミニマシュマロを散らし、オーブンに戻してさらに2分焼く。

⑮ マシュマロがとけるのを待つあいだにチョコレート・
クリームチーズ・フロスティングを作る(作り方は後述。
フロスティングが完成するまえにクッキーが焼きあがってしまうが
それでよい)。

ハンナのメモその2:
このバークッキーはフロスティングがなくてもとても濃厚なので、
お好みでフロスティングは省略してもよい。
その場合、とけたマシュマロの上にセミスィートチョコチップ1カップを散らし、
ケーキ型にすばやく天板をかぶせるか、厚手のアルミホイルで覆い、
縁にぴったりくっつけて、そのまま2分待つ。こうするとチョコチップがとける。
2分たったら覆いをはずし、耐熱のゴムべらで渦巻き模様を描く。

⑥ なめらかになったら塗り広げられる硬さになるまで冷まし、
フロスティングナイフでクッキーに塗る。

ハンナからの注意：
バタースコッチ・マシュマロ・バークッキーに
このフロスティングを使う場合とても濃厚になるので、
バークッキーは普通より小さめのサイズに
切り分けるのが賢明。

チョコレート・クリームチーズ・フロスティング

材料

バター……57グラム

製菓用無糖チョコレート……28グラム

やわらかくしたクリームチーズ……57グラム
（フィリングを作ったときに残しておいたもの）

牛乳……1/4カップ

バニラエキストラクト……小さじ1

粉砂糖……1箱（450グラム）

作り方

① ソースパンにバターを入れ、中火にかけてとかす（耐熱ボウルに入れて電子レンジにかけてもよい）。

② 割った無糖チョコレート、やわらかくしたクリームチーズ57グラム、牛乳を加え、その都度よくかき混ぜる。

③ なめらかになるまでかき混ぜながら温める。

④ ソースパンをカウンターに敷いたタオルの上に数分置いて、バニラエキストラクトを混ぜ入れる。

⑤ 粉砂糖450グラムを3回に分けて加え、その都度よくかき混ぜる。

14

急いでノーマンの家に行ってモシェとカドルズにえさをやったあと、ハンナとノーマンは車でアパートに向かった。ミシェルがハンナのいつもの場所に車を停めており、その隣のスペースにはロニーが停めることになるので、ノーマンは来客用の駐車場に車を停めた。

「お菓子の箱を持とうか？」ノーマンがきいた。

ハンナはうなずいた。「わたしがひとつ持っていくから、あなたはもうひとつをお願い」

「袋は？　そっちもぼくが持とうか？」

「助かる。わたしが箱を持ったら準備オーケーよ」ハンナは彼が助手席側にまわってドアを開けてくれるのを待った。「ありがとう、ノーマン。あなたっていつも女性に親切なのね」

「いつもというわけじゃないよ。きみがぼくのいいところを引き出してくれるんだよ、ハンナ」

「わたしがか弱い小さな花だから？」

ノーマンは持っている箱をあやうく落としそうになった。「きっとそれが理由だね」ハンナが車から降りたあとドアを閉めながら、彼はまだくすくす笑っていた。

曲がりくねった歩道を一、二分歩いて共同住宅の建物に向かう。二階のハンナの住まいにつづく屋根付きの階段に着くと、ハンナは立ち止まった。

「大丈夫?」ノーマンがきいた。

「ええ。モシェのことを考えてたの。あの子はいつかこのアパートに帰れるのかしらって。そう思うとなんだか……とても悲しくて」

「きみはほんとうにここに戻りたいんだね」ノーマンが言った。問いかけというより事実を述べていた。

ハンナはうなずき、階段をのぼりはじめた。「あの子はリビングの窓から外を見たり、冷蔵庫の上にのぼったりするのが好きだった。わたしが寝室の窓の外につるしたバードフィーダーも」

「ぼくの家にいるよりアパートにいたときのほうが幸せだったと思うの?」ノーマンが尋ねた。

「ううん、あなたの家でカドルズといるのは好きだと思う。でも、あの子がもううちに戻りたくないんだと思うと……」ハンナはそこまで言うと深いため息をついた。「なんて表現すればいいのかわからない」

「落ちこむ?」

「そう! まさしくそれよ。あの子の生活をだめにしてしまったと思うと落ちこんじゃう。連れてかえれる方法を思いつけるかどうかはわからないけど」

「つまり、きみもうちに帰れない」

ハンナは肩越しにノーマンを振り返った。「そうなの。あなたの家にモシェを置いていくわけにはいかないでしょう。あの子はわたしの猫だもの。人間扱いするのはおかしいかもしれないけど、きっと寂しがると思う」

「おかしくなんかないよ。きみがひとりでアパートに戻ったらモシェは寂しがるだろう。それに……ぼくもね、ハンナ」

「わたしも寂しいと思う」ノーマンの声に落胆を聞き取ったハンナは急いで言った。「ただ、ここはわたしが初めて買った自分のうちだし……気に入ってるの。あなたの家にはこれからも行くわ。いっしょに設計したことを忘れたわけじゃないけど、あそこはやっぱりわたしの家という感じがしないのよ」

「どうすればモシェがきみのうちでもっと心地よくすごせるようになるのか考えてみるよ」ノーマンが言った。「アパートの建物全体がだめなのかな?」

「どうかしら。階段をのぼるのもいやがるからわからないのよ! でも、母さんとドクがアパートの内部全体をリフォームしてくれて、ミシェルの話では作業はほとんど終わっているらしいの。だから同じには見えないはず……あのときとは」

「そうか。ロニーが殺人事件の容疑者になったとき集まってから、ここに来た？」

ハンナは首を振った。「いいえ、母さんとドクのところか、あなたのところにいたから」

「今夜ここに来ることは不安じゃないの？」

ハンナは階段を何段かのぼりながら、ノーマンにきかれたことについて考えた。「それはないわ。わたしがここに来るのは大丈夫なんだけど、問題はモシェのことなの。あの子と別れるわけにはいかないし」

「当然だよ！　ぼくはきみのそういうところが好きなんだよ、ハンナ。誠実なところが」

ハンナは小さく笑った。「ばかがつくほど誠実なのよ。猫が家に帰らないから自分も家に帰らないなんて。ばかみたいでしょ？」

「そんなことないよ。少し考える時間をくれないか、ハンナ。なにか解決策があるかもしれない」

「でも、解決策が見つかったら、わたしはアパートに戻ることになるわよ。あなたはそれでいいの？」

「よくはないけど、きみの幸せのほうがぼく自身の幸せより大事だから」

彼はあなたをほんとうに愛しているということよ、と理性的な声がハンナに告げた。

ばかなこと言わないでよ！　疑い深い声が内なる会話に加わった。そんなわかり切ったことじゃなくて、彼女が知らないことを言いなさいよ。ほんとうにだれかを愛したことがないから、愛がどういうものなのかわからないでしょう、とか。

ロスはどうなの？　理性的な声が反論した。

あれは愛じゃない。気の迷いよ！

理性的な声は黙りこんだ。真実だから議論する余地がないのだ。

「ハンナ？」ノーマンが彼女の肩に触れた。「大丈夫？」

「え、ええ……大丈夫よ。ちょっと考え事をしていたの」ハンナは急いで残りの階段をのぼり、軽く息を切らしながら戸口のまえに着いた。

自分の住まいの玄関ベルを鳴らすのは妙な感じがしたし、ミシェルがドアを開けて招き入れてくれたのはさらに妙だった。ほどなくしてハンナはドロレスとドクが準備してくれた新しいソファに座っていた。ハンナの手には白ワインのグラスがあり、ミシェルはノーマンの好きなジンジャーエールも用意していた。

「マイクとロニーはもう来るころよ」ミシェルが言った。「ディナーの準備はできてるけど、食事のまえにマイクとロニーにも飲み物を出すわ」

ハンナは肩越しにダイニングルームのテーブルを見た。ハンナの皿とワイングラスがセットされていた。ディナーはとてもいいにおいがしているし、ミシェルは申し分のない主人役だが、ハンナは自分のうちでゲストになっているという妙な気分を振り払えずにいた。

「パイは冷蔵庫に入れたわよ」ミシェルが言った。「バークッキーはキッチンカウンターに置いたままでいいのよね？」

「ええ、それでいいわ。パイは食後のデザート用ね。クッキーはあとでコーヒーといっしょにいただきましょう」

「完璧」ミシェルは小さくうなずいて言った。「何もかも考えてあるのね、姉さんは」

何もかもじゃないわ、と理性的な声が反論した。どうすればモシェをアパートに連れかえれるか、まだわからないんだから。

あなたはいつもハンナの考えを文字どおりに解釈しすぎるのよ、と疑い深い声が言った。実直な人がいないと困るでしょ、と理性的な声が言い返した。あなたは口やかましいだけなんだから！　いつもそう！

「ありがとう、ミシェル」ハンナは心のなかの口論を無視して言った。「やだ、パイサーバーを持ってくるつもりだったのに忘れちゃった」

「それなら大丈夫」ミシェルが言った。「ここにひとつあるから。銀器の引き出しの奥で見つけたの」

「そこにあったのね！　ここに越してからそれが三つ目のパイサーバーよ」

「教えてくれてよかった。今度引き出しの整理をするとき、あとのふたつも探してみる」

ミシェルは言った。「心配しないで、姉さん。全部あったところに戻しておくから」

「別に心配してない。あんたの好きな場所にしまっていいわよ、ミシェル。今はあんたがここに住んでるんだから」

「一時的にね」ミシェルはすぐに言った。「姉さんが戻ってくるまでのあいだだけよ。それに、リフォームももうほとんど終わってる。きっと気に入ってもらえそうなところがあるんだけど、姉さんに見てもらうまで言わないって母さんとドクに約束したの」

ハンナはノーマンと目を合わせた。自分がほんとうにリフォームを望んでいるのかわからないが、今回は仕方ないだろう。

「今日はだれの話を聞いたの？」ミシェルがきいた。「話の内容は言わなくていいわよ、どうせマイクとロニーに話すことになるから。ただ、だれと最初に話したのかだけ知りたいの」

「お昼にアンドリアといっしょにステファニーに会った。母さんが彼女をランチに招待してて、そこでわたしたちに会いたいということで呼ばれたの」

「ちょうどよかったじゃない。あとはだれと話した？」

「グランマ・ニュードスンとクレア。アンドリアとわたしが〈クッキー・ジャー〉に戻ったら店に来ていたの。ふたりがわたしたちと話したがっているとナンシーおばさんに言われて」

「それは興味深いわね！」ミシェルは片手をあげた。「すごく聞きたいけど、今はやめておく。もうそろそろ……」そのとき玄関ベルが鳴った。「マイクとロニーが来たわ」

「いいよ、ぼくが出るから」ノーマンが立ちあがって玄関に向かった。

「ロニーは鍵を持ってるはずなのに……」ミシェルはそう言ってから顔をしかめた。「ロニーに合鍵をわたしたんだけど、かまわなかった？」

「もちろんかまわないわよ」ハンナは言った。「ロニーはここに泊まることもあるってあんたから聞いてたし。きっと合鍵をわたしてると思ってた」

ミシェルはほっとしたようだった。「ありがとう、姉さん。でも、先に姉さんにきくべきだった」マイクとロニーがはいってきて、彼女はふたりに微笑(ほほえ)みかけた。「いらっしゃい、おふたりさん。ビールのあるところはわかるわね、ロニー。マイクに一本持ってきてくれる？　赤ワインはカウンターに出してあるから、自分でグラスに注いでね」

「ありがとう、シェリー」ロニーはソファに近づいてミシェルにキスした。「いっしょにキッチンに来てください、マイク。ビールを出しますよ。ぼくがワインを注ぐあいだに開けてください」

マイクがお気に入りのビール、コールド・スプリング・エキスポートを手にリビングに戻り、ロニーとともに腰をおろすと、ノーマンが加わって男性三人は話をはじめた。ハンナとミシェルはしばらく彼らの会話を聞いていたが、やがてハンナは妹に言った。

「キッチンで手伝いましょうか、ミシェル？」

ミシェルは一瞬ぽかんとして姉を見たが、すぐに顔をほころばせた。「助かるわ、姉さん。サラダの支度を手伝って」

キッチンに行くと、ミシェルはドアから離れた場所にハンナを手招きした。「何かわたしにききたかったんでしょ？」

「ええ、今夜も姉妹レーダーは作動しているみたいね。よかった」

ミシェルは微笑んだ。「それで、なんなの、姉さん？」

「ちょっと気になることがあって。母さんとドクはわたしの寝室の家具を入れ替えたのかしら」

「ええ、全部の家具をね」

ハンナは安堵のため息をついた。ロスとともに使っていた寝室のことを考えると、すべてが以前と同じだったらひどく不快だろうと思っていたのだ。「ほかのものも全部新しくしたの？」

「ええ。今は全部デルフトブルーでカーテンは白よ」

ハンナはにっこりした。「母さんが選んだのね。昔からデルフトブルーは母さんの大好きな色だから」

「そう。すてきなのよ、姉さん。まえとは全然ちがうから。新しい家具の配置も変えたの。見てみる？」

「ううん」ハンナは急いで言った。「まだ心の準備ができていないから。たぶんつぎにここに来たときにね」

「わかった」ミシェルはそう言って、冷蔵庫のいちばん下の棚から大きなサラダボウルを出した。それをカウンターに置いて、ハンナにサラダ用トングをわたす。「はい、姉さん。これでサラダをあえて。わたしは上にのせるチェリートマトを洗うから」

「ドレッシングはボウルの底にはいってるのよね」食事会のためにサラダを作るときの自分のやり方を、妹も採用しているのだろうと思ってハンナは言った。

「うん。あとはあえてトマトと紫タマネギの輪切りをのせるだけ」

ハンナがサラダをあえるあいだ、ミシェルはトマトを洗って紫タマネギを輪切りにした。姉妹ふたりでサラダに仕上げをすると、ボウルをテーブルに運んだ。「各自で取ってもらうの？」ハンナが推測した。

「ううん、ロニーに取り分けてもらって、そのあいだにハム・イット・アップ・マカロニチーズ用のボウルを取ってくる。姉さんがそれを取り分けているあいだに、わたしはアクートラマンのはいった小鉢を運ぶわ」

「アクートラマンって？」ハンナがきく。

「チリを出すときテーブルに置くトッピングみたいなもの。刻んだ青ネギと、スライスした黒オリーブ、ベーコンクランブル、おろした追加のチーズを用意してる。サワークリームもあるわよ。マカロニチーズにかけて混ぜるとすごく合うの」

「ホットソースはある？」

「ええ、パントリーで見つけた。でも、メインディッシュはいい感じにスパイシーよ」

「それでもマイクには足りないと思う。彼の席のまえにホットソースを置いてね。彼、スラップ・ヤ・ママが大好物だから」

「知ってる。マイクはパトカーにまで常備してるってロニーから聞いた。朝食やランチを食べる店に置いてなかったら、ロニーにパトカーから取ってこさせるの」

みんながテーブルにそろい、ロニーがサラダを配り終えると、ハンナがマカロニチーズを取り分け、ミシェルがアクートラマンの小鉢をまわした。みんなが食べているあいだ、会話は最小限となった。青ネギをまわしてくれる？　とか、ベーコンクランブルはだれのところにある？　といったことが話題の中心だった。やがてマイクも含めた全員が満腹になった。

「三杯だけでいいの、マイク？」ハンナが半分からかいながら尋ねた。

「うん、デザートのためにセーブしてるんだ。デザートは何かな、ミシェル？」

「姉さんにきいて」ミシェルは言った。「これから冷蔵庫から出して切り分けるわね」

「切り分ける？」マイクが顔をほころばせて聞き返した。「ということは、ケーキかパイだな」

「そうとはかぎらないわよ」ハンナが言った。「バークッキーとかブラウニーかも」

「もしかしてホット・ブラウニー？」マイクはやたらとうれしそうな顔をした。「きみが作ってくれたあのお菓子が忘れられないよ、ハンナ。最高にうまかった！　また作ってくれたのかな？」

ハンナは首を振った。「今夜はスィート・オレンジパイの特製クレームフレーシュ添えよ」

「クレームなんとかって？」ロニーがきいた。

「甘みと風味をつけたホイップクリームよ」ハンナが教えた。「甘さを抑えるために少量のサワークリームを混ぜたの」

「楽しみだな」ロニーが言った。「たぶんぼくの好きな味だ。オレンジは好物だし、オレンジパイなんておいしいに決まってる。でも食べるのは初めてだ」

「姉さんも初めて作ったんだもの」ミシェルはそう言って、クレームフレーシュ添えオレンジパイをひと切れずつ盛ったデザート皿三枚をテーブルに運んだ。「みんな、コーヒーでいい？」

みんながうなずくと、ハンナはミシェルを手伝うために立ちあがった。

「おいしいパイだね、ハンナ！」自分のぶんを食べ終えたノーマンが言った。

「ぼくも気に入りました」ロニーが同意した。

「もっとある?」マイクが予想どおりの質問をした。

「ええ、あなたのために多めに持ってきたの」ハンナは彼に言った。「きっと気に入ってくれると思って」

マイクは満面の笑みだ。「ありがとう、ハンナ。いつもぼくのことを考えてくれて」

ハンナがノーマンのほうを見ると、彼はおもしろがっているようだった。最初はマイクのことばにむっとしたようだが、食べ物のことを言っているのだと気づいたらしい。マイクが果てのない食欲の持ち主であることは、ここにいるだれもが知っていた。

「ポットもうひとつぶんコーヒーを淹れるわね。そのあとではじめましょう」ミシェルはそう言うと、立ちあがって皿を集めた。

「手伝うわ」ハンナも立ちあがって言った。「あんたがコーヒーを淹れるあいだ、お皿を食洗機に入れる」

「殺人事件ノートは持ってきたよね、ハンナ?」マイクが彼女にきいた。

「ええ、もちろん」

「容疑者リストを見せてもらえる?」

「条件があるの」ハンナは言った。「これまでにわかったことを話してくれるなら、わたしの容疑者リストを見せてあげる。でも、何も教えずにこれからもわたしから情報を得るつもりなら、わたしはミシェルの片付けを手伝って、ノーマンといっしょに帰るから」

「情報は共有することに決めたんですよ」ロニーが急いで言った。「マイクとぼくでここに来る途中話し合ったんです。この事件に関してはあなたの助けが必要だから」

「どうして？」

「容疑者が多すぎるんだ」マイクが答えた。「バスコム町長に恨みを持っていた人はたくさんいる。この事件を捜査するのはぼくとロニーだけだから、きみの助けが必要になると思う」

やったわね、理性的な声が言った。溜飲をさげたじゃない、ハンナ！

ハンナの容疑者リストを見るための方便かもしれないけどね、と疑い深い声が反論した。マイクはハンナを出し抜こうとするかもしれない。わかってるわよね。

今回は本気みたいよ。わたしなら彼を信じるわ、ハンナ。ほんとうにあなたの助けを必要としていると思う。

ハンナは内なる声に耳を傾けるのをやめた。アパートに着くまえから心は決まっていた。「容疑者リストを見ていいわよ。そっちのリストも見せてくれるなら」彼女は言った。「まずはキッチンでミシェルを手伝ってくる。そのあとリストを見せ合いましょう」

準備：
スロークッカーの内側に〈パム〉などの
ノンスティックオイルをスプレーする。

作り方

① パッケージの指示の半分の時間だけマカロニをゆでる（わたしのパッケージの指示は8分だったのでゆで時間は4分）。ざるかコランダーで湯を切り、水で締めて余熱で火が通らないようにする。大きめのボウルに入れておく。

ハンナのメモその1：
このあとスロークッカーで調理するので、
ゆですぎるとどろどろになる。

② とかした有塩バターをマカロニにかけてあえ、刻んだチーズの半量、エバミルク、濃縮チェダーチーズスープ、牛乳、とき卵、缶汁を切ったグリーンチリを順に加える。

③ クリームチーズをさいの目に切り、生クリームとともに耐熱ボウルに入れて、電子レンジ（強）で20秒加熱する。そのまま30秒待って電子レンジから取り出し、なめらかになるまでかき混ぜる。なめらかさが足りないときはさらに15秒加熱する。

④ ③にホットソースを加えてかき混ぜ、これを②のボウルに加えて全体をよくかき混ぜる。

⑤ 残りの刻んだチーズを加えてかき混ぜる。

スロークッカーで作るハム・イット・アップ・スパイシー・マカロニチーズ
(4.7リットル入りスロークッカー用レシピ)

材料

乾燥エルボマカロニ……450グラム

とかした有塩バター……57グラム

熟成チェダーチーズ……227グラム
(シュレッドチーズではなくかたまりのもの。使う直前に刻む)

エバミルク(無糖練乳)……340グラム

濃縮チェダーチーズスープ……1缶(298グラム)

牛乳……1カップ

とき卵……大2個分(グラスに入れてフォークで混ぜる)

〈オルテガ〉の刻んだグリーンチリ……1缶(113グラム)

クリームチーズ……227グラム
(わたしは〈フィラデルフィア〉のものを使用)

生クリーム……1/4カップ

スラップ・ヤ・ママのホットソース……4滴
(スパイシーなほうがよければ5滴、あるいは各自で追加)

1センチ角に切ったハム……2カップ

細かく刻んだ青ネギ……1束分(茎の部分を5センチ使う)

塩コショウ……適量

ハンナのメモその3:
マイクをディナーに招いていないときは残ってしまうかもしれない。
その場合の温め直しは以下の指示を参考にすること。

ひとり分ずつ温め直す場合:
ひとり分を耐熱ボウルに入れてベーコンクランブル
(わたしは〈ホーメル〉のものを使用)を加え、
少量の生クリームをたらして、電子レンジ(強)で30秒加熱する。
かき混ぜてみてまだぬるいときはさらに20〜30秒加熱する。

大量に温め直す場合:
20センチ四方の型に入れてベーコンクランブルを加え、
少量の生クリームをたらして、パン粉をたっぷりと散らす。
オーブンを175℃に予熱し、型にアルミホイルで
ふたをしてオーブンの天板の上に置く。
30〜45分焼いたらアルミホイルをはずし、
さらに10分焼いてパン粉に焦げ目をつける。

ハンナのメモその4:
温め直すときベーコンクランブルを加えるのは、
ゲストが各自でボウルに取り分けるとき、
できるだけたくさんハムを取ろうとするから。
そうするとハムがなくなってしまうので、
温め直すときはベーコンクランブルを加える。

⑥ ボウルの中身をスロークッカーに移し、
最後にひと混ぜする。

⑦ 1センチ角に切ったハムと刻んだ青ネギを加え、
全体をよく混ぜ合わせる。

⑧ スロークッカーのふたをして、
低温にセットしてスイッチを入れる。

ハンナのメモその2：
スロークッカーのスイッチを入れるときは気をつけること。
設定温度が3段階になっているものもある。
わたしのは最初が〝保温〟でつぎが〝低温〟、3つ目が〝高温〟。
低温にしたかったのに保温にしてしまい、
帰宅しても料理ができていなかったので
宅配ピザをたのんだことがある！

⑨ 3時間半から4時間調理したら、中身の温度をたしかめる。
70℃以上になっていればOK！ 塩コショウで味を調える。

⑩ お好みで小さめのボウルに刻んだスィートオニオン、
スライスした黒オリーブ、サワークリーム、刻んだトマト、
刻んだ追加のグリーンチリなどを入れて添える。
マイクを招いているときはスラップ・ヤ・ママの瓶をテーブルに
用意しておくこと。

おいしくて豪華なハム入りマカロニチーズ、
大きめのボウルで少なくとも8杯分。

③ 別のボウルに解凍した濃縮オレンジジュース、
グラニュー糖を入れ、グラニュー糖がとけるまでかき混ぜる。
これを②のボウルに加えてかき混ぜる。

④ ③をクラストに注ぎ入れ、160℃のオーブンで30～35分焼く。

⑤ オーブンから取り出してワイヤーラックの上で
室温になるまで冷まし、そのあとお好みで冷蔵庫で冷やす。
パイは室温でも冷やしてもおいしいが、
冷やしたほうが切り分けるのが楽。

ハンナのメモ：
このパイに簡単な方法でおめかしをしたければ、
オレンジ・クレームフレーシュのレシピを参照のこと。

スィート・オレンジパイ

●オーブンを160℃に温めておく

材料

クラスト：

グラハムクラッカーやクッキーのクラムで好みのクラストを作るか、市販のクラストを買う。わたしはショートブレッドクラストを使用。

フィリング：

卵……6個

加糖コンデンスミルク……397グラム

オレンジゼスト（オレンジの皮だけをすりおろしたもの）……大2個分

サワークリーム……1/2カップ

冷凍濃縮オレンジジュース……1/2カップ

グラニュー糖……1/4カップ

作り方

① ボウルに全卵1個分と卵黄5個分を入れ、色が均一になるまで泡立て器でかき混ぜる（卵白5個分はふたつきのボウルに入れて冷蔵しておき、朝食にスクランブルエッグを作るときに使う）。

② 卵にコンデンスミルク、オレンジゼスト、サワークリームを加えて全体をよくかき混ぜる。

エドナの時短ホイップ・オレンジ・クレームフレーシュ

材料

クールホイップ（オリジナル）……3カップ
（冷蔵庫で解凍する）

オレンジゼスト……小さじ1/2

サワークリーム……1/2カップ

作り方

① 解凍したクールホイップ3カップ分をボウルに入れ、
オレンジゼストとサワークリームを加えてやさしく混ぜこむ。
ミキサーなどを使う場合は最低速度で。
混ぜすぎないこと!

② ボウルにラップをかけて、使うときまで
冷蔵庫に入れておく。

切り分けてお皿にのせたパイに
たっぷりと添えて出す。

ハンナのホイップ・オレンジ・クレームフレーシュ

ハンナのメモその1：
数時間もつので、あらかじめ作っておいてボウルにラップをかけ、
冷蔵庫に入れておくこと。

材料

生クリーム……2カップ

グラニュー糖……1/2カップ

オレンジゼスト……小さじ1/2

サワークリーム……1/2カップ

作り方

① ボウルに生クリームとグラニュー糖を入れ、固く角が立つまで泡立てる。ゴムべらを縦に刺して引きあげたとき、角が立ったままならOK。

② オレンジゼストとサワークリームをやさしく混ぜこむ。ミキサーなどを使う場合は最低速度で。混ぜすぎないこと！

③ ボウルにラップをかけて、使うときまで冷蔵庫に入れておく。

ハンナのメモその2：
エドナ・ファーガスン（ジョーダン高校のコック長にして時短料理の女王）の
レシピを使えばもっと簡単に作れる。

15

「それで、聴取は容疑者リストのどこまで進んだの？」新しいソファのマイクとロニーの向かいに座って、ハンナは尋ねた。

「ほぼ終わりました」ロニーが答えた。「マイクとふたりで一日じゅう聴取をしていたんです」

ハンナはマイクを見た。「リストから消せた人はいた？」

マイクはちょっと不機嫌そうにうなずいた。「ひとりを除いて全員がリストからはずれた。今夜はもう遅いから、残るひとりは明日の朝つかまえないと」

「残っているのはだれ？」ハンナと目を合わせながらノーマンがきいた。

「クレア・ニュードスンだ。ボブ師が夜の礼拝をおこなっていたから、じゃまをするのはしのびなくて」

「よかった。その必要はなかったから」ハンナが急いで教えた。「ニュードスン家の三人は全員消せるわよ。今日わたしとアンドリアはグランマ・ニュードスンとクレアのふたりと話したの。ふたりにはアリバイがあった。ボブ師にもね」

「よかった！」マイクがほっとした様子で言った。「容疑者だと伝えたくはなかったんだ——とくにボブ師には。自分の教区牧師を疑うのはきついからね！」

「ボブ師は入院中の教区民を見舞うために病院に行ったとクレアに話したみたいだけど、実際は〈トリ・カウンティ・モール〉にクレアのプレゼントを買いにいっていたの。今夜は特別な夜なのよ。クレアが彼のプロポーズを受けた記念日なの」

「彼は覚えていたの？」マイクはひどく驚いていた。

「うーん……そういうわけじゃないけど、古い手帳を見ていて、書きこみでそれに気づいたんですって」

「それでクレアにサプライズのプレゼントを？」ノーマンがきいた。

「そうなの。彼はグランマ・ニュードスンに事情を話して秘密にしてほしいとたのんだ。その話をしたとき彼女はレシートも見せてくれたから、コピーを取っておいた」

マイクはほっとしたように微笑(ほほえ)んだ。「ありがとう！　ボブ師のアリバイはたしかなようだね。きみの容疑者リストにはほかにだれがいるのかな、ハンナ？」

「アンドリア。それから町長の甥(おい)のブルース、町長の兄、ステファニー・バスコムの姉」

「それなんですけど」ロニーが言った。「ステファニーの姉と父親の話を聞いてきました。父親は事実上外出は不可能です」

「ステファニーは姉に電話して町長のことで愚痴をこぼしたと話してた」ハンナは言った。「電話の記録は調べた、マイク？」

「まだだ。通信会社に申請してあるけど、手にはいるのは最速でも明日の午後だろう」

「つまり、ステファニーのアリバイはまだ確認できていないんだね？」ノーマンがきいた。

マイクは首を振った。「うん、まだ。死亡推定時刻はドクが出してくれたけど、ステファニーがそれほど長時間姉と電話で話していたとは考えにくい」

「そうね」ハンナは認めた。「彼女が夫を殺したかもしれないと思っているの？」

「疑わないわけにはいかないだろう。彼女が夫の浮気に悩まされていたのはレイク・エデンじゅうの人たちが知っている。愛人が発覚するたびに、新しい服や宝石を買わせることで夫を罰していたこともね。そのたびにもう二度としないと言う夫にうんざりして、完全な方法で結婚に終止符を打ったということも充分に考えられる」

「でも、夫を殴り殺すなんてこと、ステファニーにできたと思う？」

「つまり……そんな力があったかってことですか？」ロニーがきく。

「そう。あれほどの被害を与えられるだけの力がステファニーにあるかしら？」

マイクがにっこりした。「なかなかいい着眼点だね、ハンナ。答えはイエスだ、彼女にはたしかに力がある。知らないかもしれないけど、ステファニー・バスコムは毎週月・水・金にモールのジムに通っている。ガレージにはホームジムもあって、モールに行かない日はそこを使っている。パーソナルトレーナーの指導のもと」

「ステファニーのパーソナルトレーナーと話して、彼女には力があることをたしかめたんだね？」ノーマンがきいた。

マイクはうなずいた。「それが今日の午後やったことだよ。ステファニーにはまちがいなくあの程度の損傷を与えられるだけの力があると彼は言った」

「凶器から指紋は見つかったのかい？」ノーマンはさらに質問した。

「それがちょっと問題でね」マイクは言った。「殺人の凶器が見つかっていないんだ。わかっているのは、重い鈍器のようなものだということだけ。現場に飛び散っていた血からドクが判断した」

ハンナはかすかに身震いした。「遺体について、ほかにわたしたちの知らないことはある？」彼女は尋ねた。

「町長の手首にあざがあって、骨折していたことぐらいかな」

「つまり、手首の骨折と傷は死ぬまえに負ったものということになる」ノーマンが言った。

「そのとおり」マイクが言った。「残念ながら、傷を負ったのが死のどれくらいまえかはわからない。殴り殺される数分まえかもしれないし……」

「アンドリアにひっぱたかれて、椅子ごとうしろにひっくり返ったときかもしれない」ハンナが考えを述べた。

「そうだ」マイクも言った。

「この事件にはぼくたちが知らないことがたくさんありますね」ロニーがそう言ってため息をついた。「あのあざがいつついたのかも、町長が正確にいつ手首を折ったのかも、ドクにはわからないそうです」

「それに、殺人の凶器についてもよくわかっていない」マイクがつづけた。「重い鈍器のようなもの、としかね。それにあてはまるようなものは現場に何もなかった」

「手首の骨折とあざについての情報はドクの報告書にはなかったわよね？」ハンナはマイクに尋ねた。

「うん、それについてはドクから直接聞いたんだ。最新の検死報告書に追加しておくと言っていた。今日にもね」マイクはロニーと目を合わせた。「たぶんきみたちはそのコピーもどうにかして手に入れるんだろうな」

「たぶんね」ハンナは言った。母かアンドリアがコピーを手に入れてくれるのはわかっていた。「それで、あなたとロニーはだれがあやしいと思うの？」

「先にコーヒーをもらいたいなあ。コーヒーに浸して食べるクッキーはある？」

「あるわよ」ハンナは答えた。「チョコレート・ヘーゼルナッツ・トーストクッキーを持ってきたの。ビスコッティみたいなものよ」

「完璧だ」マイクは言った。

チョコレート・ヘーゼルナッツ・トーストクッキーを楽しんだあと、一同はリビングルームに戻った。

「オーケー、マイク」ハンナは言った。「本題にはいるわよ。あなたたちの容疑者リストにはだれが残っているの？　今度は正直に答えて」

マイクは笑った。「きみがひとり教えてくれれば、ぼくもひとり教えよう。どちらかの容疑者がいなくなるまでこれをつづける。フェアだろう？」

「フェアだけど、保安官事務所の捜査手順には反する」ハンナは指摘した。

「わかってる」マイクは言った。「こう言ったらいいかな、ハンナ。ロニーとぼくはこの事件でノーマンときみの助けを必要としている。きみたちはぼくたちには得られない手がかりを手に入れるつもりだし、ぼくたちはきみたちを出し抜こうとしている。でも、全員で意見交換をすれば、それぞれが別々にやるより少ない時間で事件を解決するチャンスが生まれる」

「たぶんそのとおりね」ハンナは同意した。「じゃあわたしたち、ほんとうにまた共同で捜査するのね？」

「ああ、今回はそうするべきだと思う。厳密には手順に従っていないけど、必要だ」

ハンナはノーマンに目を向けた。驚いているようだ。そして、笑顔でマイクを見た。

「あなたが言ってるのは、今度の事件でわたしたちはチームとして働くということ？」

「そうだよ。バスコム町長を嫌う理由があり、彼の死を願う動機がある人たちはたくさんいる。彼は死ぬまで町長をつづけるだろうとだれもが思っていたし、そのなかには彼が引退するのを待つのが耐えられなくなって、彼を排除する唯一の方法は自分の手でやることだと考えた人たちがいるかもしれない」

チョコレート・ヘーゼルナッツ・トーストクッキー（ヌテラ・ビスコッティ）

●オーブンを175℃に温めておく

材料

クッキー生地：

有塩バター……142グラム

中力粉……2 1/2カップ（きっちり詰めて量る）

ベーキングパウダー……大さじ1

塩……小さじ1/4

卵……大3個

グラニュー糖……1 1/4カップ

バニラエキストラクト……小さじ2

ヌテラ（チョコレート・ヘーゼルナッツ・スプレッド）……1/2カップ

細かく刻んだヘーゼルナッツ……1カップ（刻んでから量る）

ミニサイズのセミスィートチョコチップ……2カップ

ビスコッティ用のトッピング：

ホワイトチョコチップ（またはバニラベーキングチップまたはセミスィートチョコチップ）……1カップ

⑤ 低速のまま粉類を1/2カップずつ加える。
粉っぽさがなくなったらつぎの1/2カップを加えるようにして
すべての粉類を混ぜこむ。混ぜすぎないこと。

⑥ ミキサーの電源を切り、ボウルをはずして、キッチンカウンターの
たたんだタオルの上に置く。ゴムべらでボウルの内側についた
生地をこそげ、スプーンで最後にひと混ぜする。

⑦ 細かくしたヘーゼルナッツを加えて混ぜる。

⑧ セミスィートチョコチップを加えて混ぜる。

⑨ 生地を3等分し(だいたいでよい)、3枚の天板または型の
まんなかにそれぞれ置いて、幅5センチ、長さ38センチに広げる。

⑩ 175℃のオーブンで35分焼く。

ハンナのメモその4:
オーブンが3台なければ(たいていの人がそうだ!)3枚の天板を順番に焼く。
1度に2枚ずつ焼いてもOK。その場合、オーブンの上下の棚に入れ、
半分の時間がたったら入れ替えること。
そのためには、タイマーを17分にセットしておくとよい。
上下を入れ替えたあとはタイマーを18分にセットする。

⑪ 焼けたらオーブンから取り出し(オーブンは切らないこと)、
天板のままワイヤーラックなどに置いて冷ます。
少なくとも10分冷ましたらまな板に横長に置き、
ナイフを45度に傾けて約2センチ幅に切る。

ハンナのメモその5:
鋸歯(のこぎりば)状のナイフかパン切りナイフを使うとよい。

ハンナのメモその1:
ヌテラを買ったことがない人は、食料雑貨店のピーナッツバターとジェリーの通路を探せば見つかるはず。

準備:
① 3枚の天板かジェリーロール型にオーブンペーパーを敷いておく。
② 有塩バターをソースパンに入れて火にかけるか、耐熱ボウルに入れて電子レンジで加熱するなどしてとかしておく。
③ 中力粉をボウルに入れ、ベーキングパウダー、塩を加えてフォークで混ぜておく。
④ ヘーゼルナッツをフードプロセッサーにかけて粗い砂利状にしておく。

ハンナのメモその2:
電動ミキサーがあれば、つぎの工程から使用すること。〈クッキー・ジャー〉では業務用のスタンドミキサーを使用。

作り方

① 電動ミキサーのボウルに卵を割り入れ、全体が淡い黄色になり、ふんわりとするまで中速でかくはんする。

② ミキサーを中速にしたままグラニュー糖とバニラエキストラクトを加え、卵とよく混ぜ合わせる。

③ ここでとかしておいたバターの登場。ミキサーを低速にし、粗熱の取れたバターをゆっくりと注ぎ入れる。

ハンナのメモその3:
ミキサーを低速にしてバターをゆっくり注ぎ入れる理由は、そうしないとあなたや……カウンターや床じゅうに跳ねるから。そう、わたしはそれを身をもって知った!

④ いったんミキサーを切り、ヌテラを入れてから低速でよく混ぜ合わせる。

⑤ ワックスペーパーを敷いた缶に入れて冷蔵庫で保存する。
チョコレートに浸さない場合はふたつきの容器に入れて冷暗所で保存する。正しく保存すれば1～2週間もつが、それまでになくなるはず。

ハンナのメモその7:
クッキーが固すぎてかじれないときは、
容器にオレンジの皮を1枚入れてふたをする。
こうしておくとクッキーがやわらかくなっていい香りもつく。

⑥ 濃いブラックコーヒーか冷たい牛乳に浸して食べる。
学校にお弁当を持っていくなら、放課後のおやつとしてこのクッキーをプラスすると子供たちによろこばれる。

おいしいチョコレート・ヘーゼルナッツ・トーストクッキー
またはヌテラ・ビスコッティ約5ダース分。

ハンナのメモその8:
ホリデーに配るためにわたしが焼くこのクッキーがノーマンは大好き。
みんながコーヒーにも牛乳にも浸さずに思いきりこのクッキーをかじると、
〈ローズ・デンタル・クリニック〉の患者さんが増えるかもしれないから。

ハンナのメモその6:
45度の角度で切るのには隠れた理由がある。
こうすると両端の2切れはやや不格好になる。この部分はあなたのもの!
残りのクッキーを焼いているあいだに、
コーヒーや冷たい牛乳とともに楽しんで。

⑫ あいた天板に、完璧に切り分けたクッキーをならべる。

⑬ 2つ目と3つ目の天板のクッキーも同様にして切り分け、あいた天板にならべる。

⑭ オーブンが175℃になっていることをたしかめ、切り分けたクッキーをオーブンで5分焼く。クッキーをひっくり返してさらに10分焼く。

⑮ 天板のままワイヤーラックなどに置いて5分冷まし、天板からワイヤーラックに移して完全に冷ます。

ビスコッティの作り方

① チョコレート・ヘーゼルナッツ・トーストクッキーを焼く。

② セミスィートチョコチップ(またはホワイトチョコチップまたはバニラベーキングチップ)1カップをボウルに入れ、電子レンジでとかす。なめらかになるまでかき混ぜる。

③ ワックスペーパーを切ってボウルの横に置く。

④ 焼いたクッキーが室温まで冷めたら、上部をとけたチョコレートに浸し、ワックスペーパーの上に置いてチョコレートが固まるのを待つ。

16

「テリー・ニールソン」ハンナは容疑者リストから名前を読みあげた。

「彼女もシロだ」マイクが告げた。「ロニーといっしょに昨夜彼女の話を聞いた。ステファニーのところを出たあとでね。アンドリアと町長の口論についてはきみの話と完全に一致した」

「テリーにはアリバイがあったの？」ハンナはきいた。

「ああ、彼女は車で〈レイク・エデン・イン〉に行き、友人と夕食をとっていた。サリーに電話して確認したら、テリーはたしかに来ていたそうだ。誕生日のディナーで、ラムのあばら肉のローストを食べたらしい」

ハンナはサリー特製のラムのあばら肉のローストを思い浮かべ、ごくりとのどを鳴らした。大好きな料理のひとつだ。「あなたの番よ、マイク」ローズマリーの香るジューシーなラム肉のことを考えまいとしながら彼女は言った。「そっちの容疑者リストではつぎはだれ？」

「ブルース・バスコム。彼にもアリバイがある。月曜日に法廷に出るまで拘置所にいるから」マイクはハンナに笑みを向けた。「きみの番だよ、ハンナ。つぎの容疑者は？」

ハンナは殺人事件ノートのページをめくった。「ロバート・バスコム。家族は自動的に容疑者になるんでしょ」

「そのとおり。レイク・エデンに着いた彼と今朝話したよ」

「ステファニーが電話して町長が死んだことを伝えたのね？」

「ああ、われわれから知らせを受けてすぐに彼の携帯に電話したらしい。ブルースの出廷に合わせてロバートはすでにこちらに向かっていた」

「ステファニーのためにもこの町にいたいと思っただろうね」ノーマンが言った。

「当然だ。アルコールの問題を抱えた人のための治療施設に入れると約束すれば、ブルースは釈放されるだろうとロバートは言っていた」マイクは自分の手帳にふたたび目を落とした。「コーヒー休憩にしようよ、ハンナ。あのパイをもうひと切れ食べてもいいかな？」

ハンナは微笑(ほほえ)んだ。マイクがスイート・オレンジパイを気に入ったのはまちがいないようだ。すでにふた切れ食べているのにもうひと切れ食べたいというのだから。「いいわよ」

「ありがとう」マイクは手帳を閉じてまたポケットにしまった。「いずれにせよこれで終わりだ。こっちの容疑者はこれで全部だから」

ハンナがノーマンの車の助手席に乗りこんだとき、携帯電話が鳴った。バッグから出して画面を確認し、眉をひそめる。「リサからよ」とノーマンに告げた。「何かあったのかしら」

「早く出てあげなよ。エンジンをかけてヒーターを入れるから」

「もしもしリサ？」電話がつながると、ハンナは言った。「どうしたの？」

「ハーブがね、バスコム町長の殺害と関係があるかもしれないことを思い出したの。もうノーマンの家に戻ったの、ハンナ？」

「いいえ、これからアパートを出るところ。ミシェルがディナーに招いてくれて」

「重要なことかもしれないと思う」リサは言った。「ノーマンの家に帰る途中でうちに寄ってもらえる？」

「リサが家に寄ってほしいんですって」ハンナはノーマンに言った。「バスコム町長殺害と関係があることみたい。ハーブが何かに気づいて、リサはそれが重要なことかもしれないと思ってる」ハーブは交通取締官で町の職員だ。当然町役場にも出入りしている。

「十五分で行くとリサに伝えて」ノーマンはすぐに答え、駐車スペースからバックで車を出して、出口に向かった。「電話してくれてありがとうと」

「聞こえたわ」ハンナがノーマンのことばを伝えるまえにリサは言った。「コーヒーを用意しておくわね」

　ことばどおりノーマンはほぼ十五分後にハーブの家のドライブウェイに車を停めた。助手席側にまわってハンナのためにドアを開け、車を降りたハンナと連れ立って裏のポーチに向かった。ドアを開けて細長い裏のポーチにはいると、ポーチのテーブルの上にクッキーを冷ましている途中の天板があるのに気づいた。

「これはなんだろう？」ノーマンが尋ねた。

「わからない。上に砂糖がかかってるわね」

「そうよ」裏口のドアが開いてリサの声がした。「今夜試作した新作クッキーなの。試食用にひと皿キッチンテーブルに出してあるわ。ブーツはドアの横のラグの上に置いてはいって。ハーブはキッチンで待ってる」

「やあ、ハンナ」キッチンにはいるとハーブがあいさつした。「よく来てくれたね、ノーマン。座ってリサの新作クッキーを食べてよ」

　ノーマンはハーブの隣に座った。「さっきまでアパートにいたんだ。ミシェルにディナーをごちそうになって、デザートもふた品食べてきたけど、新しいクッキーの試食は断れないな」

「気が合うなあ」ハーブが自分のおなかをたたいた。「デザートはいつだって別腹だよね、ハンナ？」

　ハンナは笑った。「リサのクッキーならそのとおりよ。これほど才能あるお菓子職人と結婚した自分の幸運に気づいてる?」

「毎日思ってるよ、ぼくはなんて幸運なんだって」ハーブはそう言って、妻に微笑みかけた。「しかも、彼女の才能はお菓子作りだけじゃないからね」

「もうやめてよ、ハーブ」リサは彼のマグにコーヒーを注ぎ足しながら笑みを返した。

「結婚に関してはふたりとも運がよかったわね」

コーヒーのマグがいきわたると、リサはテーブルの鍋敷きの上にポットを置いて、ハーブの隣に座った。「バスコム町長が殺された夜に見たことをふたりに話してあげて」

ハーブはうなずいた。「今夜夕食のあとリサとその話になったんだけど、リサに指摘されて初めて重要なことかもしれないと気づいたんだ。あの夜、自分のオフィスで報告書を作成していたとき、中央階段をのぼって二階に向かう足音が聞こえた。もう閉館後で、ほかのオフィスも五時に終業しているはずだから、ちょっと気になった。遅い時間に約束のある人か、秘書のだれかが忘れ物でも取りにきたのだろうと思った」

「その人の姿を見たの?」ハンナは幸運を祈って無意識に指を交差させながらきいた。

「いや、見にいったわけじゃないから。でも、壁の時計を見たよ。七時十分だった」

ハンナはバッグから殺人事件ノートを取り出し、ペンを探し当てて時間を書き留めた。

「ほかに何か聞こえた?」

ハーブは首を振った。「何も。どっちにしろ、二階の音は無視することにしているんだ。

ほんとうにすごい音のときは別だけど。だれかさんが新しいエグゼクティブデスクを買って、運びこんでいるときとかね」

「人の話し声とかは聞こえなかったんだね？」ノーマンがきいた。

「うん、一階にいると話し声はかなりよく聞こえるんだけどね。だから日中はあまりそこにいないようにしてるんだ。たいていパトロールに出てる」

「二階のオフィスでだれかが怒鳴っていたら聞こえたと思う？」

「たぶんね。でも、ドアを閉めていたら聞こえないだろう」

「その夜は閉まっていたんだね？」ノーマンがきいた。

「うん、閉まってた」

「アンドリアと町長の口論は聞いた？」ハンナがきいた。

「いや、そのときはパトロール中だった」ハーブはリサと目を合わせた。「オフィスにいて聞いていればよかったよ。リサから聞いたけど、アンドリアに平手打ちされて、町長は椅子ごとうしろにひっくり返ったらしいね」

今度はハンナが微笑む番だった。「ええ、まさに大事件よ！」

「オフィスを出てから何があったかふたりに話して、ハーブ」リサが彼をせかした。「そこがいちばん大事なところだと思うから」

「わかった」ハーブはコーヒーをひと口飲んだ。「リサから電話があって、何時に帰るのかときかれた。壁の時計を見て、もう七時半だと気づいたぼくは、すぐに帰るよと言った」

「それで、そうしたのね？」ハンナがきいた。

「ああ、防寒コートを着て照明を消し、オフィスのドアを閉めて施錠した。そして、建物の裏の職員用駐車場に向かった。そのとき、また雪が降りはじめたことに気づいた」

ハンナはとっさに、庭で母のシャンパンを注いでいるとき、ペントハウスの庭を覆うドーム屋根にふわふわと雪が降りはじめたことを思い出した。

「時間はまちがいない」ノーマンはハーブに言った。「ぼくはミシェルの白ワインを注いでいるとき、外の雪に気づいた。そのときはまだ本降りじゃなかった」

ハーブはうなずいた。「気づいたのはそれだけじゃない。郡の車両のために借りている駐車スペースでアールの除雪車の音がしたんだ。アールがもうそこにいて、郡の除雪車のエンジンをかけていた」

「郡から電話で連絡があったのね」ハンナは推測した。雪の予報が出ると、ＫＣＯＷテレビの気象予報士レイン・フィリップスがいつもアールに知らせることを知っていたからだ。

「除雪に関してわが州はぬかりないな」ノーマンが言った。

「雪が降りはじめるとすぐに出動して、終わるまでつづけるからね」ハーブが言った。

「ほかの州は雪が止むまで待つから、雪が重く硬くなって難儀するんだ」

「とにかく、除雪車に乗ったアールがいたわけね」ハンナが軌道修正した。どうしてリサはこれが重要だと思ったのだろう。

「うん、ぼくが車に乗りこもうとしたとき、ちょうど彼が角を曲がってやってきた。そして、ふたりとも気づいたんだ。ぼくの車の隣のスペースだけ、雪が積もりはじめたばかりだということに」

ハンナはかすかに興奮を覚えた。「だれかの車が出ていったばかりだったのね？」

「そう。停められていた車は、さっき階段をのぼっていった人のものじゃないかと思った」

「そのことをアールに話した？」ハンナはハーブに尋ねた。

「ああ、アールは車が停まっていた場所を見た。雪が少ない箇所はかなり広かったので、停まっていたのはぼくのキャデラックよりも大きい車だったにちがいないと言っていた」

「興味深いな」ノーマンはそう言ってハンナを見た。「車の足跡以外にも気づいたことはあるのかな？」

「足跡か」ハーブが繰り返してくすっと笑った。「いいね。環境保護論者たちがよく言ってる炭素の足跡みたいだけど、車の足跡のほうがわかりやすいや」

「正確に言えばシャシープリントなんでしょうけど」とリサが言うとハーブは笑った。

「そうだね、ハニー。兄さんたちから学んだんだな。よく庭に車を停めて作業していたから」

「いろいろと学んだわ」リサが言った。「ジーンズの油染みの抜き方とかね。いつも車の下にもぐりこんであれやこれやってたから」

ノーマンはハンナのほうを見たあと、リサが用意しておいてくれた皿からクッキーを取った。町長が殺された夜についてのハーブの話に夢中で、リサの新作クッキーの味見をすっかり忘れていたのだ。

「ちょっと休憩しましょう」自身もクッキーに手を伸ばしながらハンナが言った。「リサの新作をぜひひとも食べてみなくちゃ」

「ぼくはもう三つ食べたよ」ハーブが言った。「でももうひとつもらおうかな。きっと気に入るよ、ハンナ。きみはピーナッツバターが好きだから」

ハンナはクッキーをかじってにっこりした。「ほんとだ。すごくおいしい！　明日お客さまにも試食してもらう、リサ？」

今度はリサが微笑んだ。「ええ、いいわよ。たっぷり焼いたから」

「ほんとに？」

「と思うけど」

「どうかしらね。ひと皿ぶん持ってかえりたいと思ってるから」

リサは笑った。「追加でもっと焼いてもいいのよ、ハンナ。ところで、明日の朝は何時に店に行く?」

ハンナは少し考えてから言った。「もし必要なら五時半には行けるわ」

「そんなに早く来なくていいわよ。疲れてるんでしょう、ハンナ。明日はゆっくり寝て七時に来てくれればいいわ。ナンシーおばさんが早めに来てくれるから。マージもね。彼女は正午にパパを病院に連れていくことになってるから、早いほうが都合がいいの」

ハンナはふと不安を覚えた。「お父さんはどこか悪いの?」

「ううん、年に一度の健康診断。イースターの注文が殺到するまえにすませておいたほうがいいってマージが言うから。それで思い出した……マージが聖ユダ教会のイースター昼食会のために作った新作カップケーキがあって、あなたに試食してほしいそうよ」

「そうなのね! じゃあ、わたしは七時に行かせてもらうわ、リサ」ハンナはハーブを見た。「ありがとう、ハーブ。あなたの車の隣の空きスペースは重要かもしれない」

リサとハーブにさよならを言ってノーマンの車に乗りこむと、ハンナはシートに身をまかせた。「とても興味深かったわね」

「重要なことだと思う?」ノーマンがきいた。

「かもしれない。アールと話して、例の車の跡の件でほかに何か気づいたことはないか確認しないと」

「今?」

ハンナは腕時計を見たが、暗すぎて時間がわからなかった。「どうしようかな。今何時かわかる、ノーマン？」

ノーマンはカップホルダーに取りつけられたスタンドのなかの携帯電話のボタンを押した。「九時十分まえ」彼は告げた。「電話して母とアールがまだ起きているかきいてみようか？」

ハンナは少し考えてから首を振った。「いいえ、あなたの家に帰って、書斎のソファで丸くなりたい。今日は長い一日だったのよ、ノーマン」

「そうだね」ノーマンも同意した。「シートに背中を預けてくつろいでいてよ、ハンナ。早くうちに帰ってリラックスしよう」

ハンナはシートにもたれて深いため息をついた。とても疲れていた。疲労困憊の一日だった。クッキーを焼くことからはじまり、アンドリアが来て、リサとナンシーおばさんが来て、グランマ・ニュードスンとクレアの話を聞いた。一日じゅうクッキーを焼き、新しいレシピをいくつか試し、放課後ミシェルが来て、マイクやロニーといっしょにディナーに招待され、遅くまで働いて、ノーマンが来てふたりでアパートに向かうまでに仕事を終わらせた。

ディナーはおいしかったが、プレッシャーは軽減されなかった。マイクとは丁々発止のやりとりをすることになるだろうと思っていた。マイクはこちらが知っていることをすべて聞き出そうとし、こちらは捜査でわかったことをマイクから教えてもらおうとして。予想どおりの展開だった。事件から手を引き、当局にまかせるようにとハンナに言う代わりに、バスコム町長殺害事件の解明に力を貸してほしいとマイクがたのんでくるまでは。

今は何も考えたくなかったので、一日のげんなりする出来事を思い出すのは極力やめようとしたが、頭のなかでぐるぐるしている記憶は再生をはじめており、一時停止にはできそうになかった。リサから電話があって、ハーブの車の隣に車の跡があったことがわかって……

もうたくさんよ！　理性的な声が言った。ハンナはすごく疲れてるの。もうやめて、お願い。

今度ばかりは疑い深い声も暗黙の了解で黙っていた。ハンナは無意識のうちに安らかな眠りへと引きずりこまれた。

「ハンナ？」安らぎの時間に知っている声がはいりこんできた。「うちに着いたよ、ハンナ」

「うち」そのことばを繰り返すと、ハンナの顔に疲れた笑みが浮かんだ。うちに帰ってきたのね。うちには父さんと母さんがいて、わたしをベッドにたくしこみ、眠るまでお話を読んでくれるだろう。その考えは心地よく、またうとうとしそうになったが、だれかが肩に触れた。

「寝かせて、父さん」眠気のせいでことばが重い。「学校は……休ませて」

くすっと笑う声がした。隣にいる人の、感じのいい笑い。だが、父さんの笑いではない、と思った瞬間、目が開いた。

「ノーマンだよ、ハンナ。家のまえに車を停めたところだ。さあ、目を覚まして。今そっちにまわってドアを開けるから」

「待って」ハンナが言った。疲れた体は言うことを聞かない。「もう少し寝かせて」

「なかにはいったらもっと眠れるよ」と言う声が聞こえてくる。「起きるんだ、ハンナ。それとも……抱いて運んでほしいの？」

ノーマンはハンナを抱いて運びたいんだわ！　理性的な声が繰り返した。なんてすてきなの。

どうかしてるわ！　疑い深い声が反論した。ノーマンはヘルニアになっちゃうわよ！

ハンナは笑った。こらえ切れなかった。そのとき、ぱっと目が開いた。「ヘルニアになっちゃうわよ！」疑い深い声のセリフを繰り返した。「目が覚めたわ、ノーマン。大丈夫よ」

「わかった。ほんとにいいんだね。でも、きみを落としたりはしないよ、ハンナ。毎朝ジムで鍛えているから」

ハンナは笑って彼の腕をつかんだ。「申し出はありがたいけど、歩けるから。もう目が覚めたわ、ノーマン。ほんとうよ」

「いつまでもつかな」ノーマンはそう言って運転席のドアを開け、車の後部をまわってハンナのために助手席のドアを開けた。「さあ、ハンナ、また眠りこむまえになかにはいろう」

冷たい冬の風が吹きつけ、ノーマンの家の玄関に向かって歩いているうちに、ハンナはすっかり目が覚めた。

「猫たちはぼくが受け止めるよ」と言って、ノーマンはドアの鍵を開けてノブを回す準備をした。

「モシェとカドルズの両方を?」

「うん、鍛えているって言っただろう。ウエイトを持ちあげるのは慣れているんだ」

「わかった。あなたがそう言うなら。でも、わたしを抱いて運ぶのと同じくらい無謀な気がする」ハンナはノーマンがドアのまえで身がまえるのを見守った。準備ができると、彼はドアを開けた。

レースがはじまった!　二匹の猫が木の床を爪で鳴らしながらどすどすと廊下を駆けてくる音が聞こえる。つぎの瞬間、モシェが宙を飛んでノーマンの腕のなかに飛びこんだ。すぐうしろにいたカドルズもその隣に飛びこみ、あやうくモシェの頭にぶつかりそうになった。

おろした。

「うっ！」ノーマンは声をあげ、防寒コートの生地にしがみついている猫たちを見て笑いだした。そして、急いでリビングルームに向かい、やや手荒にソファの背の上に猫たちをおろした。

「ちょっとつらそうだったわね」キッチンから猫たちの好物であるサーモン風味の魚形おやつの缶を持ってきながら、ハンナは言った。

「それほどつらくはなかったけど驚いたよ。二匹が飛びこんできたときの重さがあれほどになるとは思わなかった」

「相互に及ぼす力は大きさが等しく、方向は反対。ニュートンの運動法則ね」

「よくわからないけど、つぎにやるまえにパーソナルトレーナーに相談するべきだね」

「それがいいわ」ハンナはまた笑った。「明日の朝に感じるかもしれない腕の痛みをやわらげるために、ホットチョコレートはいかが？」

「すばらしい考えだけど、それはぼくが作ろう。階上に行って寝る支度をしておいでよ、ハンナ。書斎におりてくるまでに用意しておくから」

ハンナはよろこんで従った。猫たちを従えながら階段をのぼり、主寝室にはいった。ノーマンが自分のために設計した部屋を占領していることにまたしても少し罪悪感を覚えたが、ノーマンのために作る朝食の計画を立てることでなだめた。イースターに向けて試作するつもりのレシピでホットクロスバンズ（イースターに食べる十字架状の装飾がついたイギリスの菓子パン）を作ろう。ハンナは枕の上に陣取った猫たちに、音楽性のかけらもないハミングでイギリスの古い歌〈ホットクロスバンズ〉を披露した。

「どう？」パジャマとローブに着替え、スリッパを履きながら猫たちに尋ねた。なんの返事もないので、振り返ってみると、二匹はぐっすりと眠っていた。

「まあ、いいわ」ハンナが眠っている猫たちに言った。「これでよかったのかも。小学三年生のときの先生によると、わたしは人まえで歌わないほうがいいみたいだから」

寝室のドアを開けても猫たちは目を覚まさなかった。ハンナは寝室を出て足音をたてずに階段をおりた。書斎ではノーマンがソファのいつもの場所に座っていた。バックにはメロウなジャズが流れている。「テレビを見たければステレオを消すよ」と彼は言った。

「いいの。くつろいだ気分にしてくれるすてきな音楽ね。だれが演奏しているの？」

「ケニー・G（アメリカのジャズサクソフォーン奏者）だよ。ぼくのアルバムコレクションの一枚でね。クリニックが忙しかった日はいつも、うちに帰ってこれをかけるんだ」

「なるほど。たしかにすごく心が落ちつくわね」ハンナはソファのノーマンの隣に座り、彼が用意してくれたホットチョコレートのマグを手にしてひと口飲んだ。「おいしい。一から手作りしたの？」

「いや、〈キューリグ〉のコーヒーメーカーにインスタントココアのスイスミスのカプセルを入れて作ったものだよ。疲れていて一から作りたくない気分のときの定番なんだ」

ハンナはもうひと口飲んでにっこりした。「教えてくれてありがとう。わたしが作るホットチョコレートとまったく変わらない味だし、ずっと簡単なのね」

「そうだよ。ブイヨンのカプセルも出ればいいのにと思ってる。ときどき朝食にほしくなるんだ、コーヒーを飲みすぎたときに」

ふたりはホットチョコレートを飲みながら音楽に耳を傾けた。一、二分してハンナはため息をついた。「今夜ハーブがくれた情報をどう思う？」

「興味深いね。話してもらえてよかったよ。これで明日ぼくらはアールのところに行って、ほかに気づいたことはなかったかときける」

「たとえば？」

「たとえば……運転手が窓から捨てた煙草の吸い殻とか。あるいは……捨てられたキャンディの包み紙。イニシャル付きのハンカチとかね」

ハンナは微笑んだが、何も言わなかった。

「何？」ノーマンが彼女の笑みに気づいてきいた。

「『ペリー・メイスン』の読みすぎなんじゃないかと思って。それとも『刑事コロンボ』や『ジェシカおばさんの事件簿』みたいな昔のドラマの再放送を見てるのかしら」

ノーマンは笑った。「そうかも。普通はそんなにうまくいかないよね？」

ハンナは首を振った。「わかっているのは、わたしにとってはそんなに簡単じゃないってこと。思いがけなくすごい手がかりが手にはいれば、いい気分になるだろうけど」

「明日はそうなるかもよ」ノーマンはそう言ってハンナの肩を抱いた。「飲んでしまうといい、ハンナ。二階のベッドに引きあげよう。たっぷり睡眠をとらなきゃ。明日は早く起きなくていいんだろう。寝坊してくれってリサが言ってたじゃないか」

「そうだったわね。できるだけ遅くまで寝ていると約束する」

でも、ノーマンのために明日の朝食にホットクロスバンズを焼くつもりなのよね、と理性的な声が思い出させた。

彼のために朝食を作るとは約束しなかったわよ、と疑い深い声が思い出させた。ノーマンにはちがいがわからないだろうけど。

ハンナにはわかるわ、と理性的な声が反論する。ハンナは約束を守るもの。

「ええ、そうよ」ハンナは声に出していることは気づかずに言った。

「何がそうなの？」ノーマンが尋ねた。

「遅くまで寝ていると思う、ってこと」ハンナは急いで言った。「思い出させてくれてありがとう、ノーマン」

うまくかわしたわね、と疑い深い声が言った。

そうかもしれないけど、まあ見てなさいって、と理性的な声が言い返した。ハンナのことだから、結局早く起きて例のホットクロスバンズを焼くわよ。

⑥ ボウルにラップをかけ、少なくとも4時間冷蔵庫で冷やす（ひと晩ならなおよい）。

⑦ 生地が冷えたら焼く準備をする。オーブンを175℃に予熱し、天板に〈パム〉などのノンスティックオイルをスプレーする（または天板にオーブンペーパーを敷く）。

⑧ 浅めのボウルにグラニュー糖を入れておく（足りなくなったら足す）。

⑨ 清潔な手で生地をクルミ大のボール状に丸める（とても汚れるので、ビニールの手袋をするか、何度も手を洗うこと）。

⑩ 丸めた生地を⑧のボウルのなかで転がしてグラニュー糖をまぶしつける（1度にひとつずつ転がさないとくっつく。生地が温かくなりすぎたら扱いやすくなるまで冷蔵庫で冷やす）。

⑪ 用意した天板に生地を置き、オーブンに入れるとき転がらないように軽く指で押す。
焼いているうちに平たくなるので軽く押すだけでよい。
残った生地はボウルにラップをかけて冷蔵庫に戻す。

⑫ 175℃のオーブンで12～14分焼く。最初はよく注意して観察し、平たくなるのがあまりに早いようならオーブンの設定温度を160℃に下げて様子を見る。

⑬ きつね色に焼けたらオーブンから天板を取り出し、そのままワイヤーラックなどの上で2分冷ます。
そのあと金属製のスパチュラを使って天板からワイヤーラックに移して完全に冷ます。オーブンペーパーを使った場合はクッキーごと天板から持ちあげてワイヤーラックに移動させる。

サクサクのおいしいクッキー、大きさによるが約5～6ダース分。

きれいなお皿に盛って、濃いホットコーヒーか冷たい牛乳とともに召しあがれ。

ピーナッツバター・クリスプクッキー

材料

ピーナッツバターチップ……1 2/3カップ
（わたしは〈ネスレ〉が出しているリースの283グラム入り1袋を使用）

有塩バター……142グラム

ブラウンシュガー……2カップ（または白砂糖にモラセス大さじ2を混ぜたもの）

卵……大4個

バニラエキストラクト……小さじ2

ベーキングパウダー……小さじ2

塩……小さじ1

小麦粉……2カップ（ふるわなくてよい。きっちり詰めて量る）

グラニュー糖……1/2～2カップ（生地にまぶす分）

作り方

① 耐熱ボウルにピーナッツバターチップと有塩バターを入れ、電子レンジ（強）で90秒加熱してとかす。

② ブラウンシュガーを加えて混ぜ、粗熱を取る。

③ 別のボウルに卵を割り入れ、フォークか泡立て器で色が均一になるまで混ぜる。これを②のボウルに加え、よくかき混ぜる。

④ バニラエキストラクト、ベーキングパウダー、塩を順に加え、その都度よくかき混ぜる。

⑤ 小麦粉を1カップずつ加え、その都度よくかき混ぜる。

17

奇妙な音が鳴り響いている。学校のチャイム？　電話の呼び出し音？　火災警報？　それほどやかましくはないが、二度寝するのはむずかしい。なんの音だろう？　何かの曲、聞き覚えのある歌のようだ。〝起きろ、起きろ〟と言っているように聞こえる。でも、軍隊にいるわけではないし、この音楽のメッセージに返事をする理由はない。

寝返りを打ち、枕を引きあげて耳を覆うと、モシェを乱暴に押しやることになった。「ごめん」ハンナはもごもご謝り、トランペットの間奏曲に妨げられた平和な眠りになんとか戻ろうとした。

無理だった。メロディが何度も繰り返され、とうとうハンナは照明をつけて時計を見た。四、ゼロ、ゼロ⁉︎　朝の四時？　どうしてこんなに早く起きようとしたのだろう？　今日は早く仕事に行かなくていいのに。寝坊していいとリサに言われたことははっきりと覚えていた。

それを覚えているなら、昨夜アラームをセットするときになんで思い出さないのよ、と疑い深い声が言った。

もしかしたら、と理性的な声が内なる会話に加わる。ハンナはこんなに朝早くからやりたいことがあるのかもしれない。そうでなかったら、どうしてこんなに早く目覚ましをセットするの？

苦しい言い訳ね、と疑い深い声があざけるように言った。彼女は習慣からそうしたのかもしれないわよ。

そんなのおかしいわ、わかってるでしょ！　ハンナはもっと睡眠が必要なのよ。ハンナが睡眠不足なのは、あなたもわたしと同じくらいわかっているはず。昨日は一日じゅう忙しかったし、必要とされるまえに〈クッキー・ジャー〉に行かなくちゃならない理由はない。

「ホットクロスバンズ」ハンナは声に出して言うことで、内なる会話を終わらせた。どうして早く起きたかったかを思い出したのだ。「朝食のホットクロスバンズを作りはじめなくちゃ」

それを思い出した瞬間、ベッドから出て、自宅から持ってきた内側が毛皮張りのヘラジカ革のスリッパを履き、フリースのローブを羽織った。

急いで階段をおりて、ハンナが設計に手を貸したキッチンにはいるあいだも、家のなかは静かだった。照明をつけると、あらかじめ〈キューリグ〉をセットしておいたことを思い出して笑顔になった。歩み寄り、目覚ましのカフェインを求めてボタンを押した。

二分もしないうちに、ハンナはキッチンテーブルで、プリントアウトしてきたホットクロスバンズのレシピを読んでいた。必要なものはすでに買い物袋からカウンターの上に出してある。起き抜けのコーヒーを一杯飲み、もう一杯淹れたら、生地を混ぜはじめよう。

作り方は簡単で、はっきり目覚めた今では難なく作業ができた。まず、ボウルに入れたぬるま湯と牛乳に二パックのドライイーストを加える。グラニュー糖小さじ二を振りかけて、とけるまでかき混ぜる。残りのグラニュー糖二分の一カップを加えてかき混ぜながら、昨夜マイクから聞き出した情報について考えた。マイクとロニーが話を聞いた容疑者の数についてつらつらと考えながら、〈クッキー・ジャー〉で作って持ってきた即席マッシュポテトを四分の三カップ量る。それをボウルに加え、塩を振りかけた。グラスに卵を割り入れてフォークでかき混ぜ、レーズンを量り、スパイスとともにすべてをボウルに入れた。つぎは小麦粉だ。小麦粉を一カップずつ加えながら、マイクとロニーがブルースとその父親のロバートについて話していたことを思い起こした。どうしてステファニーはロバートが町に来ていることを話してくれなかったのだろう?

これは今日しなければならない質問だ。書き留めておきたいと思ったが、パン生地をこねていた両手は小麦粉で覆われていた。

生地がちょうどいい硬さになり、扱いやすくしなやかになったので、ボール状に丸めた。

生地を混ぜるのに使ったボウルを洗ってよく拭いたら、ノンスティックオイルの〈パム〉をスプレーして、まな板の横に置いておく。

「最初のパートはもうすぐ完了よ」ハンナは声に出して自分に言い聞かせると、丸めた生地をボウルに入れた。こんなに早く起きてノーマンのために特別なものを作っていると思うと、ちょっと誇らしい気分になった。

笑みを浮かべながらふきんを見つけてボウルにかぶせ、生地を発酵させるために隙間風のはいらない、窓から離れた場所に置いた。二倍の大きさになるまでは一時間半ほどかかるだろう。

時計を見て携帯電話のアラームを九十分後にセットした。そして、キッチンの暖炉のそばのソファに移動して腰をおろした。コーヒーテーブルに携帯電話を置き、ソファの上で体を伸ばすと、頭のなかでホットクロスバンズが踊っているにもかかわらず、あっという間に眠りに落ちた。

携帯電話のアラームが鳴ったので、起きあがって時計を見た。ほんの数秒に感じられたが、一時間半ぐっすりと眠っていたようだ。目から眠気をこすり落とし、〈キューリグ〉にもうひとつカプセルを入れてコーヒーを淹れた。生地を形成してオーブンに入れられるように頭を目覚めさせなければ。

コーヒーがはいり、熱々のコーヒーをひと口飲んだ。ボウルからふきんを取って、まな板の上でさかさまにする。マイクとロニーに思いを馳(は)せた。ふたりはバスコム町長の不義の相手全員から話を聞いた。興味を惹(ひ)くようなことは何もないとふたりが判断したならそうなのだろう。マイクとロニーが何かを見逃すとは思えない。

見事にふくらんだ生地をパンチしてガス抜きをしながら、自分は何か見落としていないだろうかと考えた。これまでに話を聞いたのは、アンドリア、ステファニー・バスコム、グランマ・ニュードスン、クレアだけだ。事件についてじっくり考え、大勢の容疑者をあげてきたが、なんとなくどこかで重要なことを見落としているような感覚に悩まされていた。

生地を四等分し、曽祖母のエルサに教わった方法でディナーロール形に形成した。生地をにぎり、親指と人差し指のあいだから、先端が丸い小さな風船のような生地を絞り出す。そして、風船の底で生地を断ち切り、用意した天板の上にならべた。残りの生地も同様にして、天板二枚をいっぱいにした。

満足げに二枚の天板に清潔なふきんをかぶせ、二次発酵させるためにカウンターに置いた。キッチンテーブルに戻り、ご褒美の熱い淹れたてのコーヒーを飲んだ。

形成したホットクロスバンズが二倍の大きさになると、オーブンの温度を百七十五度に設定して予熱を開始した。予熱が完了し、天板からふきんを取ってオーブンの上下の棚に入れた。てっぺんがこんがり色づくまで三十分焼かなければならない。

ハンナはたしかな達成感を覚えながら淹れたてのコーヒーを注ぎ、座ってくつろいだ。タイマーが鳴ったらホットクロスバンズをオーブンから取り出し、少し冷ましてから表面にフロスティングで十字を描いてデコレーションすることになる。

ホットクロスバンズを焼いているあいだに、殺人事件ノートを出してページをめくった。まだ何か見落としているような気がして落ちつかなかった。何かがまちがっているのに、いくら考えてもそれがなんなのかわからない。

無駄にあれこれ考えていても仕方がないので、容疑者にききたいことを書き出していった。ブルースとその父親のロバート・バスコムにしたい質問を考えていると、ノーマンがキッチンにはいってきた。

「ハンナ！」彼はハンナがこんなに早くから起きているのを見て驚いているようだ。「今朝はもっと遅くまで寝ているつもりだと思ったのに」

「寝かせてもらったわよ。キッチンのソファで一時間半眠ったもの」

「驚いたな！　何時にベッドを出たの？」

ハンナは「早くに」と答えるにとどめた。「朝食用にホットクロスバンズを作りはじめたかったし、それには発酵させる時間が必要だから」

「朝食はぼくが作って、そのあときみを起こそうと思っていたのに」ノーマンは少しがっかりしたようだった。「ぼくも料理が好きなんだ」

ハンナはノーマンが料理したがっていることに気づき、急いでギアを入れ替えた。「わたしが作ったのはレーズン入りホットクロスバンズだけよ、ノーマン。あなたは朝食に何を作るつもりだったの？」

「ブルサン・オムレツだよ」

「わたしの大好きなあのおいしいチーズを使うのね？」

「そうだよ。エシャロットを少し刻んで、ひとり三個ずつ卵を使ったオムレツを作ろうと思ったんだ」

「すてき！」ハンナは急いで言って、彼に微笑(ほほえ)みかけた。「ぜひ食べたいわ、ノーマン。オムレツはしばらく食べてないし、すごくおいしそう！　ブルサンチーズとエシャロット入りのオムレツなんて今まで食べたことないと思う」

「昔パリのレストランで食べたことがあるんだ」ノーマンは言った。「パリには行ったことある、ハンナ？」

ハンナは首を振った。「ないわ。でも、一度両親が国境を越えてカナダに連れていってくれた。父さんとわたしは途中までだけどマッケイ山に登ったの。そのとき以外で外国に行ったのは……」ロスとのハネムーンで行ったメキシコへのクルーズ旅行のことは口にしたくなかった。

「ロスと行ったメキシコだろう？」

「ええ。でもあれはクルーズ旅行だったし、観光ができるほど長く港にいなかった」

「いっしょにパリに行こう。いつかかならず」ノーマンはまた笑顔になって言った。「どうかな。ハンナ？」

「よろこんで！」ハンナはすぐに言った。すると、ノーマンから笑みが返ってきた。

ノーマンは、結婚したらハネムーンはパリに行こうと言ってるの？　疑い深い声が問いかける。

まさか。ノーマンはそんなことうかつに言う人じゃないわよ、と理性的な声が答える。

そうよね、でもハンナはそれをわかってる？

わかってるわよ！　あなたってハンナを信用してないのね。彼女は故意にノーマンの気持ちを傷つけたりしないわ。

ハンナは内なる会話を無視してノーマンのオムレツに思いを馳せた。「冷蔵庫から卵を出しましょうか？　オムレツを作るにはすべての材料を室温に戻してからのほうがいいとどこかで読んだから」

「ほんと？」ノーマンは驚いたようだ。「今まで気にしたことがなかったよ。試しにやってみよう」

ハンナは急いで冷蔵庫に行って、卵とチーズを出した。「エシャロットはどこ、ノーマン？」

「二番目の棚にある小さいプラスティック容器のなかだよ。昨夜きみが寝たあとに刻んでおいたんだ」彼はオーブンのほうを見た。「ホットクロスバンズはすごくいいにおいだね、ハンナ」

「おいしくできるといいんだけど。初めて作るから」ハンナはカウンターに戻る途中、立ち止まってオーブンの窓からなかをのぞいた。「いい色になってきてる」そしてタイマーを見た。「あと五分でオーブンから出せるわ」

「そしてそのあとフロスティングをするんだろう?」

「ええ、でもしばらく冷ましてからね。すぐにフロスティングすると、すべり落ちて天板にたまっちゃうから」

「オムレツを作りはじめるのは、きみがホットクロスバンズをオーブンから出すまで待つよ。そうすればフロスティングをするまえにオムレツを食べてもらえるから」

ハンナは冷めてしまえばフロスティングはいつでもできると言おうとしたが、考え直した。ノーマンはおいしく食事を食べるための計画を立ててくれている。ハンナはそれがうれしかった。

「いい考えね」と言って、彼に微笑みかけた。

「殺人事件ノートに書きこみをしていたのかい?」ノーマンがキッチンテーブルの上のメモ帳を指してきいた。

「ええ、車の跡について、アールにききたいことを書き留めていたの」

「もしそうしたければ、店に行く途中で寄ることもできるよ」ノーマンが言った。

「そうしましょう。もしうまくできたら、あなたのお母さまとアールにホットクロスバンズを持っていってあげられるし」

ノーマンはおもしろがっているような顔をした。「料理で失敗したことなんてあるの？」

「ええ、あるわよ。何度もね。缶入りのマッシュルームクリームスープもセロリクリームスープもチキンクリームスープもないことに気づかずにツナキャセロールを作ったときとか」

「ないと気づいてどうしたの？」

「店はもう閉まっている時間で、買いにいくには遅すぎた。でも、パントリーでトマトクリームスープの缶を見つけたから、それを使った」

ノーマンは話の展開が予想できないようだ。「それで、どうなったの？」

「あまりのまずさに、父が車で〈コーナー・タヴァーン〉に行って、夕食のハンバーガーとフライドポテトを買ってこなくちゃならなかった」

ノーマンは笑った。「以後二度とその缶は使わなかったんだね？」

「もちろんよ！　それどころか、ツナキャセロールさえ一度も作っていない。大きな失敗もいくつかしたけど、すばらしくうまくいったこともあるわ」

「もうすぐオーブンのタイマーが鳴るよ、ハンナ」

「どうしてわかるの？」

「時間が来る一分まえに小さくカチッと音がするんだ。ある日キッチンで料理をしていて気づいた」

「教えてくれてありがとう」ハンナはそう言うと、立ちあがってオーブンに歩み寄った。オーブンをまえにした瞬間、タイマーが鳴った。「ほんとだ」

「ほらね。もうオムレツを作ってもいいかな、ハンナ？」

「いいわよ！」ハンナはオーブンの上の段から天板を取り出し、カウンターに出しておいたワイヤーラックの上に運んだ。「ブルサンチーズを使うと聞いてからずっとおなかがすいてるの」

「ぼくもホットクロスバンズがレーズン入りと聞いてからずっとおなかがすいてるよ」ノーマンが言った。「二枚目の天板を出してしまいなよ、ハンナ。そうしたらオムレツを作りはじめるから。なかなかのごちそうだね！」

　ハンナがシンプルな粉砂糖のフロスティングを作るあいだに、ノーマンはこんろの下の引き出しから銅の鍋をふたつ出した。鍋をそれぞれこんろに置き、卵と生クリームと調味料を混ぜ合わせる。銅鍋が適温になったら、それぞれの鍋に卵液を流し入れ、半分に切ったブルサンチーズを置いた。「ふたりぶんで丸々一個のチーズを使うの？」ハンナがきいた。

「そうだよ。あとはエシャロットを散らして、底が焼けてきたらチーズを覆うように半分に折りたたむ」

「もうすごくいいにおい」ハンナはカウンターに急いで、粉砂糖のフロスティングを仕上げた。「こっちはフロスティングを絞り袋に入れて、バンズに十字模様（クロス）を描くだけよ」

「だからホットクロスバンズと呼ばれているんだね？」

「そうよ。昔からイースターのごちそうだったの。古いレシピを見つけたから、作ってみることにしたのよ」

「味見するのが待ち切れないよ」ノーマンが言った。

「わたしはあなたのオムレツを味わうのが待ち切れないわ。これでおあいこね、ノーマン。わたしたち、計画していたわけでもないのに、いっしょに朝食を作ったのね」

ノーマンは耐熱のスパチュラでオムレツを持ちあげ、その下をのぞきこんで微笑んだ。

「できたみたいだよ、ハンナ」

「よかった！　ディナーに招かれたマイクがいつも言うことみたいだけど、おなかがぺこぺこなの！」

ノーマンはオムレツを皿に移してテーブルに運んだ。「先に食べててよ、ハンナ。ぼくのもすぐに持ってくるから」

まだ熱すぎるとわかっていたが、ハンナはオムレツを小さく切り取った。息を吹きかけてできるだけ冷ましてから口に入れる。

「すごくおいしい!」オレンジジュースをごくごく飲んで口のなかを冷やしながら言った。

「わたし、このオムレツ大好きよ、ノーマン!」

「ぼくもだよ。完璧に作れるように、二カ月のあいだ毎週末ずっと練習してきたんだ」

「完璧じゃなくてもずっと食べてきたってこと?」

「そうだよ。外側が少し焼けすぎてしまっても、味は変わらずおいしいからね」

ハンナはカウンターに行って、バターケースを持ってきた。ノーマンのところにはすばらしくやわらかい有塩バターが常備されている。レストランなどで出てくる硬いバターはイライラの種だった。「バンズはまだ冷めていないけど、味見用にいくつか持ってくるわね。オムレツにすごく合うと思うから」

「おいしいよ、ハンナ!」ノーマンがさっそくバンズにかぶりついて言った。

「バターをつけるとさらにおいしいわよ」ハンナは自分のバンズにたっぷりバターを塗りながら言った。

「母さんとアールのところに持っていけるほどあるかな?」ノーマンがきく。

「ええ、問題ないわ。三十二個のホットクロスバンズができるはずだから」

「それはわからないよ、ハンナ」ノーマンは椅子から立ちあがり、もうふたつバンズを取りながら言った。「あんまりおいしくて、天板一枚ぶん食べてしまいそうだから。今度はぼくがマイクみたいなことを言ってるね！」

② 残りのグラニュー糖1/2カップ、マッシュポテト、塩、とき卵、レーズン、シナモン、ナツメグ、カルダモンを順に加えてその都度よくかき混ぜる。

③ 中力粉を1カップずつ加え、その都度よくかき混ぜる。

④ 生地を最後にひと混ぜしてから打ち粉をしたまな板か、カウンターに広げたワックスペーパーの上に出して、なめらかになるまでこねる。

ハンナのメモその1:
パン生地は両手に粉をつけて中央に向かってこね、手のひらを押しつけてからひっくり返す。生地がなめらかに扱いやすくなるまでこれを繰り返す。

⑤ 大きなボール状にまとめ、油かバターを塗ったボウルに入れる（ボウルの内側にノンスティックオイルをスプレーしてもよい）。

⑥ 清潔なふきんをかぶせて隙間風のはいらない場所に置き、生地が2倍になるまで発酵させる。1時間半かかる。

⑦ 2倍になったら生地をパンチしてガス抜きをし、2等分する。

⑧ 清潔な手でそれぞれ16個、計32個の丸パンに形成し、用意した天板にならべる。

ハンナのメモその2:
天板1枚につき16個を、5センチほど間隔をあけてならべる。

⑨ 2倍になるまで二次発酵させ、オーブンを175℃に予熱する。

⑩ 175℃のオーブンで30分、またはてっぺんがきつね色に色づくまで焼く。

⑪ 5分ほど冷ますあいだにフロスティングを作る。

⑫ まだほんのり温かいうちにフロスティングでデコレーションする。

ホットクロスバンズ

材料

ぬるま湯……1/2カップ

ぬるい牛乳……1/2カップ

ドライイースト……2パック

グラニュー糖……1/2カップと小さじ2

室温のマッシュポテト……3/4カップ（わたしは即席のものを使用）

塩……小さじ1 1/4

とき卵……大2個分（グラスに入れてフォークで混ぜる）

レーズン……1カップ

おろしたシナモン……小さじ1

おろしたナツメグ……小さじ1/4（おろしたてのもの）

おろしたカルダモン……小さじ1/4（なければシナモンで代用）

中力粉……4カップ（きっちり詰めて量る）

準備：
天板2枚または23センチ×33センチのケーキ型2個の内側に
〈パム〉などのノンスティックオイルをスプレーする。

作り方

① ぬるま湯とぬるい牛乳をボウルに入れ、
ドライイーストとグラニュー糖小さじ2を加えてとけるまで混ぜる。

④ 少し冷ましてから硬さをたしかめる。
硬すぎるようなら牛乳かフルーツジュースを少し加え、
ゆるすぎるようなら取っておいた粉砂糖を少し加える。

⑤ よくかき混ぜて、ホットクロスバンズに十字を
デコレーションするのに使う。

ハンナのメモその3：
フロスティングがまだ温かいうちに注ぎ口つきの容器に移す。
そうするとまだ温かいバンズの上からフロスティングをたらすことができる。
わたしはレイク・エデンの〈ハル&ローズ・カフェ〉で
ローズがケチャップやマスタードを入れるのに使っているような
ねじ蓋式のノズルのついたボトルを愛用。
リサは十字を描くのに絞り袋かカップケーキ・インジェクターを使う。

ハンナのメモその4：
フロスティングが残ったら、
小さめの容器に入れてラップを2重にし、
冷蔵庫で保存する。
電子レンジで数秒加熱すれば
すぐに使うことができる。

シンプルな粉砂糖のフロスティング

材料

有塩バター……57グラム

牛乳……1/4カップ

粉砂糖……2カップ（大きなかたまりがなければふるわなくてよい）

バニラエキストラクト……小さじ1

ハンナのメモその1：
液体は牛乳以外のものでもよい。わたしはオレンジジュース、
パイナップルジュース、アップルジュースで代用したことがある。
甘みの強いジュースを使うとさらに甘いフロスティングになる。

ハンナのメモその2：
バニラエキストラクトもほかの風味で代用できる。
わたしはココナッツ、ラズベリー、ストロベリー、
ラムのエキストラクトを使ったことがある。

作り方

① ソースパンに有塩バターと牛乳を入れ、中火にかけてとかす。
または耐熱ボウルに入れて電子レンジでとかす。
その場合は強で30秒。

② 別のボウルに粉砂糖を入れ、1/2カップを別の容器に移しておく（硬さを調整するのに使う）。

③ 粉砂糖のボウルに①のバター液とバニラエキストラクトを加え、なめらかになるまでスプーンでかき混ぜる。

18

「やあ、おふたりさん！」アールが戸口でふたりを迎えた。そして、ハンナが抱えている大皿に気づくと、その顔にますます笑みが広がった。「それがなんだろうと気に入りそうな気がするよ」

「そう願うわ」ハンナはそう言ってアールに皿をわたした。「イースターのホットクロスバンズよ。伝統的なパンで、〈クッキー・ジャー〉で復活させたいと思っているの」

「キャリーがとてもよろこぶよ」アールはキッチンにふたりを先導しながら言った。「コーヒーのおともを焼く時間がないとこぼしていたから」

「やあ、母さん」ノーマンが母親の頬にキスをした。「まだ家にいてくれてよかった。ハンナはアールに質問したいことがあるんだ」

「質問に答えるにはコーヒーが必要だな」アールは全員にコーヒーを注ぐようキャリーに指示しながら言った。「ハンナのホットクロスバンズをひとつ食べる必要も。それをすませたらどんな質問にも答えるよ、ハンナ」

「あなたたち三人さえよければ、階上(うえ)に行って出かける支度をしたいんだけど」キャリーが言った。「キルトクラブの早朝の集まりがあるのよ。イースターパーティ用のキルトを作っているの。幸運な勝者のためにね」

「トルーディの生地店内のクラブのことですか?」ハンナがきいた。

「そう」キャリーはうなずいた。

ハンナは微笑(ほほえ)んだ。「知ってます。うちの店がランチのケータリングをすることになってるから」

「あら、いいわね!」キャリーはそれを聞いてうれしそうだ。「何が出るの、ハンナ?」

「デリ・ブランチ・ベークです。デザートにはイースターバニーの好きなパイスクエアを」

「まあ!　おいしそう!　あなたも来てくれるの?」

「ええ、ケータリングの手伝いで。トルーディの店にすべて運びこんで給仕します」

「じゃあ、またあとでね、ハンナ」キャリーはそう言ってテーブルに近づくと、アールの肩を軽くたたいた。「もう階上に行っていいかしら、アール?」

「どうぞ、ハニー」アールはすぐに言った。「支度ができたらおりてきて、出かけるまえにハンナのホットクロスバンズをひとつ食べるといい」

「そうするわ」キャリーはハンナに微笑みかけて言った。「持ってきてくれてありがとう、ハンナ。コーヒーのおともになるものを何か焼ければいいのにとアールに話していたら、こんなにたくさんのホットクロスバンズを。これは温めて食べたほうがいいのかしら？」

ハンナはうなずいた。「そのほうがおいしいから、電子レンジを使わせてもらって温めます。会合の支度をしにいってください、キャリー。あとはわたしにまかせて」

「ありがたいわ！　よろしくね、ハンナ」

「さてと」ハンナがホットクロスバンズを温め、テーブルに運んでくると、アールが言った。「質問があるんだろう。きいてくれ、できるかぎり答えるから」

「まずバンズをいくつか食べてからにしましょう、アール」ハンナはそう言って大皿を彼に差し出した。「わたしはもう充分食べたけど、あなたの感想を聞きたいんです」

アールがバンズをふたつ平らげたあと、ハンナは殺人事件ノートのあらかじめ質問を書いておいたページを開いた。「バンズは気に入りました？」とまずはきいた。

「もちろんだとも！」アールはそう言って三つ目に手を伸ばした。「最高だよ、ハンナ。ぜひ〈クッキー・ジャー〉で出すといい。大勢がイースターの朝食用に注文すると思うよ。粉砂糖のフロスティングが絶妙だね。甘すぎなくてちょうどいい。レーズンの歯応えもいい。この場でイースター用に注文したいくらいだよ。キャリーはイースターにディナーパーティを計画しているんだ。きみとノーマンも招待されている」

ハンナがノーマンを見ると、小さくうなずいたので、またアールに向き直った。「すてきですね。何時にはじめる予定ですか？」

「六時ごろだ。それなら教会から帰って準備をする時間があるからね。今ここでこれを二ダース注文しよう。キャリーはラム肉を出す予定だから、このホットクロスバンズはとてもよく合うと思う」

「ほかにはだれが来るのかな？」ノーマンがきいた。

「ドロレスとドクは来る。キャリーはミシェルとロニーも呼ぶつもりのようだ」

「マイクは？」とノーマン。

「イースターには車で姉妹の家に行くそうだよ」アールが教えた。

「それは朗報かもしれないね」ノーマンはハンナにウィンクして言った。「マイクが来るなら、ホットクロスバンズを三ダースは注文しないと」

アールは笑った。「たしかにそうだ。マイクほどたくさん食べるやつは見たことがないからな」そして、ハンナを見て微笑んだ。「さあ、質問をしてくれ」

「ありがとう、アール」ハンナはリストを参照しながらはじめた。「質問したいのは、バスコム町長が殺された夜、あなたがハーブの車の隣に見た車の跡のことなんです」

アールは少し気まずそうな顔をした。「重要なことだとは思わなかったんだよ、ハンナ。もし知っていたら、もっと気をつけていたんだが。だれかがそこに駐車していたと気づいただけなんだ。大きな車が」

「SUVぐらいの大きさ?」ノーマンがきいた。

「ああ、大型車だ。バンかフルサイズのSUVか。いずれにせよ、ハーブのキャデラックよりも大きな車だ」

「その場所でほかに何か気づきましたか?」ハンナがきいた。

「たとえば?」

「たとえば……窓から投げ捨てられた煙草の吸い殻とか。あるいはガムの包み紙やティッシュペーパーがアスファルトの上にあったとか」

アールは首を振った。「とくになかった。車の跡だけだ。ハーブとそこに立っていると、どんどん雪が激しくなって、地面を覆いはじめて……」アールはそこまで言うと小さくうなずいた。「でも、オイルには気づいた」

「オイル?」ハンナが聞き返す。

「ああ、雪のなかにオイルのたれた箇所があった……少なくとも私にはオイルのように見えた。車からもれていたんだと思う」

「直前まで停まっていた車から?　それ以前にそこに停められていた車から?」ノーマンがきいた。

「直前まで停まっていた車だ。オイルはまだ完全に雪に覆われていなかったし、もれたばかりのように見えた。その車からもれたものなのはたしかだよ、ノーマン」

「オイルというのもまちがいないんですね？」ノーマンがきいた。

アールは少し考えてから言った。「それはなんとも。私はオイルだと思ったが、何かほかのものかもしれない」

「オイルというと、ミッションオイルとかブレーキオイルみたいな？」ノーマンが例をあげる。

「その可能性はある」アールは認めて言った。

「ほんとに？」ハンナは驚いた。「そういうオイルはみんなちがう色をしているんだと思った」

「新しいうちはそうだけど」ノーマンが教えた。「そのうちに汚れて劣化するんだ。そうなるともともとの色を失ってみんな茶色くなってくる」

アールは感心しているようだ。「どうしてそんなことを知ってるんだい、ノーマン？」

「レースのときはピットにいることが多いから」ノーマンは言った。「そういうことが話題になるんですよ」

アールは小さくうなずいた。「そうだったな！　キャリーから聞いたよ、昔きみは自動車レースをしていたと。知らないかもしれないが、彼女は事故を死ぬほど恐れていたよ」

「ほんとに？」今度はノーマンが驚いた。「でも、母さんも父さんも毎回レースに来てくれましたよ。楽しんでいるんだと思ってた」

「お父さんはそうだったかもしれないが、お母さんは生きた心地がしなかったんだよ」

「ぼくには何も言ってくれなかった」

「そうだろうとも。きみの楽しみを壊したくなかったんだろう。きみは日曜日のストックカーレースに出るときがいつもいちばん幸せそうだったと彼女は話してくれた」

「たしかに」ノーマンは言った。「大好きでした。でも、母さんがそんなに不安だったなら少し控えたかもしれないのに」

先ほどの話題に立ち返るころあいだとハンナは気づいた。「そのこぼれたオイルをよく見たんですよね、アール?」

「ああ、見たよ」

「オイルは茶色でしたか?」ハンナは念のためにきいた。

アールはうなずいた。「黒に近かった。その車の持ち主はまちがいなくオイル交換と総点検が必要だ。オイルもれの経験はあるのかい、ハンナ?」

ハンナはうなずいた。「ええ、わたしのサバーバンは古いから、ときどきアパートの駐車場にオイルがたれているんです。だから、自動車修理工場に行ってどこが悪いのか見てもらわなくちゃならなくて。幸い、今のところ深刻な状態ではないみたい。シリルがいつも気をつけてくれるので」

アールは微笑んだ。「シリルはほとんど町じゅうの人のためにそういったこと全般を引き受けているね」

ハンナとノーマンはもうしばらくアールと会話をつづけた。やがてノーマンが立ちあがった。「ぼくたちはもう行かないと、アール。母さんによろしく言っておいてくれますか？」

「ああ、いいとも。会えてよかった、息子よ。気軽に来てくれよ、いいかい？」

「ええ、そうしますよ。母さんは料理上手だから」

「そんなことわかってるよ！」アールは自分のおなかをたたいて言った。「きみのお父さんにもせっせと食べさせていたのかい？」

「ええ、もちろん。だれにでもせっせと食べさせるんです。ぼくの知っているだれかさんを見習ってね」

ノーマンの視線を感じてハンナは笑った。「一族の特徴みたいね。わたしはあなたの一族でもないのに」

「わからないぞ。いつかそうなるかもしれない」アールはそう言ってから少し気まずそうにした。「こんなことを言うべきじゃなかったかな」

「いいんですよ、アール」ハンナは彼を安心させようと言った。「おたくの一族はみんなとても幸運な人たちだもの。ところで、わたしはいつ除雪車を運転させてもらえるのかしら？」

アールは笑った。「かんべんしてくれよ！　だれかに除雪車の運転を教えるのはもうやめたほうがいいかもしれないな。キャリーにはしゃべったことを言わないでほしいんだが、このまえ彼女に運転させたとき、ホーマー・ジョンソンの農場脇の溝に突っこんでしまってね。私とホーマーが二時間かけて道路に戻したんだ」彼はノーマンを見た。「きみは除雪車に憧れを持ったりしていないよな、ノーマン」

「全然」ノーマンは言った。「ローズ家の人間が溝にはまるのは一回で充分ですよ！」

19

「シリルの自動車修理工場に行く?」アールとキャリーの家に面した田舎道に車を出して、ノーマンがきいた。

ハンナは腕時計を見た。「そうしたいけど、〈クッキー・ジャー〉に行かなくちゃ」

「でも、リサとナンシーおばさんとマージが今朝必要なクッキーを全部焼いてくれたんだろう?」

「ええ、そうよ。でも、トルーディのキルトクラブのためにデリ・ブランチ・ベークを作ると言ったでしょ。それに、デザートにイースターバニーの好きなパイスクエアを持っていくとキャリーに約束した」

「今朝それらを焼く予定ではなかったんだね?」

ハンナは首を振り、長々とため息をついた。「今度の事件が応えてるみたい。キャリーに言われるまで、トルーディのキルトクラブのことをすっかり忘れてた」

「考えることがたくさんありすぎるんだよ、ハンナ」

「わかってる。でも、それは言い訳にならないわ。カレンダーをもうひとつ持ち歩いて、仕事の予定を確認するようにしたほうがいいかもしれない。このイースターは忙しくなるし、何かを焼く予定を忘れたくないもの」

「いい考えだね」ノーマンが賛成した。「そういえば、予定を書きこめるカレンダーがクリニックにいくつか残ってたな」

ハンナはにっこりした。「〈ローズ・デンタル・クリニック〉の名前がはいってて、平たいボールペンが収納できるやつね？」

「そうそう。クリニックに立ち寄って、いくつか持ってきてあげよう。リサとナンシーおばさんとマージのぶんもあると思う。毎週月曜日の朝に、みんなで座ってコーヒーを飲みながら、ケータリングの予定を書きこむといいよ」

「いいわね、それ！　アンドリアのぶんもあるかしら？　あの子にもケータリングを手伝ってもらいたいのよ」

「あると思うよ。クリニックに寄って急いで取ってくる。それと、ぼくでよければ、今朝は厨房(ちゅうぼう)を手伝えるよ」

「ぜひお願いしたいわ」ハンナは即答した。「アンドリアは材料を集めたりカップケーキの紙カップに生地を詰めたりするのはうまくできるようになったけど、ランチ会用の料理はまだ作ったことがないのよ」

「ぼくもないよ、ハンナ」

「そうだけど、あなたは生まれつき料理の才能があるでしょ。アンドリアはわたしの手伝いをしているぶんには問題ないけど、あなたのような生まれながらの料理人じゃないもの」

ノーマンはうれしそうな顔をした。「ありがとう、ハンナ」

「初めてあなたがわたしのためにオーブンを使って料理をしてくれたときのことは忘れられないわ」ハンナは言った。「ポップオーバーを作ってくれたのよね。その中身は……たしかお手製のチキンサラダだった。そうよね？」

ノーマンは小さく肩をすくめた。「実はよく覚えていないんだよ、ハンナ。ずいぶん昔のことだから。でも、ポップオーバーを作ったことは覚えてる。最初はちょっと手こずったな」

「わたしが持ってたバーナデットのポップオーバーのレシピを使ったの？」

「うん、最初はどの程度焼き色がつけば正解なのかわからなくて、オーブンから取り出すのが少し早すぎた。つぎのぶんはもっと長く焼いて焼き色をつけたから、ずっとうまくできた」

「たしかに完璧だった」ハンナは言った。「すごくおいしかったわ！」

ふたりはしばらく無言で車に揺られていた。ハンナはバスコム町長の殺害事件について考えこみ、ノーマンは個人的な考え事をしていた。ノーマンが自身のデンタルクリニックの外に車を停めたとき、ハンナはようやく口を開いた。

「いっしょにはいってカレンダー探しを手伝いましょうか?」

「いや、大丈夫だ。どこにあるかはわかってるから。昨日の午後片づけたんだ。寒くないように車のエンジンはかけておくよ、ハンナ」

ハンナはシートに背中を預けて、今朝のレイク・エデンのダウンタウンを行き交う車を眺め、〈クッキー・ジャー〉にお客が大勢来てくれることを願った。仕事場でのコーヒーブレイク用にクッキーを買っていく人はかなり多いし、ランチまでの時間を乗り切るためにホットコーヒーを飲んでクッキーをつまみにくる人たちもいる。暖かく心地よいノーマンの車のなかで、通りすぎていくレイク・エデンの人々の暮らしを眺めていると、アンドリアのSUVが近づいてきて、ノーマンの車の横に停まり、窓がおろされた。

「姉さん?」アンドリアは声をあげ、窓をおろすようハンナに示した。「ここで何をしてるの?」

「ノーマンが出てくるのを待ってるの。みんなが使えるカレンダーを取りにいったのよ。イースターのケータリングを書いておけるように」

アンドリアは顔を輝かせた。「いい考えね。わたしももらえる?」

「もちろん」ハンナは急いで言った。ノーマンが持ってくるもので足りなかったら自分のぶんをあげるつもりで。

「よかった！　先に店に行って、裏の姉さんの駐車スペースの隣に車を停めてもいい？」

「いいわよ。数分後に会いましょう、アンドリア。今朝はノーマンも店を手伝ってくれることになってるの」

「ドク・ベネットに代わってもらったの？」アンドリアがきいた。

「ええ、ドク・ベネットはまたクルーズ旅行に行きたいから、お金を稼ぎたいんですって」

アンドリアは笑った。「彼がクルーズ旅行に行きたがるのは当然よね。寒さから逃れられるし、いっしょにクルーズ旅行に行ってくれる独身女性はよりどりみどりだもの。ダニエルのダンス教室の大人向けダンスクラスでしごかれたから、彼はダンスのお相手としてとても人気があるんですって。ビルが本人から聞いたそうよ」

「おはよう、アンドリア」ノーマンがクリニックから出てきてあいさつした。「〈クッキー・ジャー〉に行く途中？」

「ええ。わたしのカレンダーもある、ノーマン？」

ノーマンは防寒コートのポケットを軽くたたいた。「あるよ。全員ぶんに加えて予備も持ってきた。用途についてはハンナから聞いた？」

「ええ。あとで店で会いましょう、ノーマン。先に行って、厨房のコーヒーメーカーがセットされているか見ておくわ」

ノーマンは運転席側にまわって車に乗りこんだ。「きみの手伝いをしにくるのがアンドリアはうれしいみたいだね」

「そうね。何かやることが必要なのよ。それに、とても楽しんでお菓子作りを学んでる」

「きみはたいていの人が尻込みしてしまうようなことに取り組んでいるんだね」ノーマンはそう言って彼女に微笑(ほほえ)みかけた。

「それはわかってるけど、アンドリアは思ったよりずっとお菓子作りがうまいわよ。これまではやってみるのを恐れていただけだと思う」

「そうかもしれない」ノーマンはギアを入れて車を通りに進めた。「きみと競うのが怖かったのかもしれないよ、ハンナ。きみはすごく腕のいいお菓子職人だから、彼女は気後れしていたのかも」

ハンナは少し考えてみた。「そうね。わたしの腕がそんなにいいとは思わないけど、みんなはそう思っているみたいだし。それに、母さんはいつも言うわ、わたしの焼くものはなんでもすばらしいって。アンドリアはわたしと競わなくちゃならない立場にいたくなかったんだと思う」

「とにかく、アンドリアがもうそう感じていないのはたしかだね」ノーマンはハンナの駐車スペースに車を入れながら言った。「ホイッパースナッパー・クッキーをきみに褒められて、お菓子作りにまえより自信を持てるようになったんだよ、きっと」

「だとしたらうれしいわ。あのクッキーはほんとによくできているもの。あれほどのバリエーション、わたしにはとても思いつかない」

「ときどきそう言ってあげても害にはならないよ」ノーマンはそう言と、車から降りて助手席にまわった。

「そうね」ハンナは彼に手を取られて車から降りた。「あなたにも弟妹（きょうだい）がいたらいいのにね、ノーマン。きっとすごくいいお兄さんになったと思う」

「ああ、よかった！　来たのね！」ハンナとノーマンがドアを開けた瞬間、リサの声がした。「正午にケータリングがあるって言うのを忘れてて。わたしはすぐに準備をはじめられるけど……」

「大丈夫よ、リサ」この仕事のことを覚えていたかというリサの質問を予想して、ハンナは口をはさんだ。「覚えているから。今すぐデリ・ブランチ・ベークを作るわ。コーヒーショップにアンドリアは必要？　そうじゃなければ厨房でわたしとノーマンを手伝ってもらってもいい？」

「今日はマージが手伝いにきてくれてるの。アンドリアはコーヒーショップにいるから、ここに来てもらうわね」リサはすぐに言った。「アンドリアは接客がとてもうまいけど、店頭にいるとどうしてもバスコム町長を見つけたことについてきかれるでしょ。うまくあしらってるけどつらいと思う」

ハンナはうなずいた。「そうよね。それに、アンドリアは厨房ですごくいい働きをしてくれるのよ」

「ほんとに？」リサは驚いた顔をした。

「ええ、あなたは驚くと思うし、わたしも期待はしていなかったけど、ホイッパースナッパー・クッキーを焼いてきたおかげでほかのことにも挑戦する自信がついたんだろうとノーマンは言ってる」

リサは少し考えてからノーマンを見た。「そのとおりかも」

「ありがとう。今日はドクター・ベネットに代わってもらったから、ぼくもハンナとアンドリアを手伝うよ。トルーディの昼食会のためにほかに何をすればいいのかな、リサ？」

「デリ・ブランチ・ベークと……」彼女はハンナのほうを見た。「昨夜帰るまえにデザートの予定は立ててた？」

「ええ、イースターバニーの好きなパイスクエアにしようと思って」

「それなら材料はそろってるわ」リサはハンナの答えにうれしそうな顔をして言った。

「ほかにわたしにしてほしいことはある？」

「ないわ、リサ」ハンナはにっこりして言った。「コーヒーショップに話をしにいって。でも、そのまえにアンドリアを厨房によこしてね。さあ、デリ・ブランチ・ベークを作りはじめるわよ」

時計を見ると、十時半になろうとしていた。ハンナは小さなため息をついてノーマンを見た。「わたしの代わりにシリルの自動車整備工場に行ってもらえる、ノーマン？　アンドリアを連れてトルーディの生地店にケータリングに出かけるまえに、まだクレームフレーシュを作らなくちゃならないの」

「いいとも」ノーマンは作業台のスツールから立ちあがって言った。「シリルにとくにききたいことはある？」

ハンナは首を振った。「あなたならきくべきことはわかってるでしょ。まかせるわ」

「わかった」ノーマンはすぐに言った。ハンナは彼がうれしそうな顔をしたのに気づいた。

「シリルから話を聞き終わったら、ここに戻ってくればいい？」

「ええ、できればそうして。アンドリアとわたしは遅くとも一時までには戻るわ。やることはランチを出して、デザートをお皿に盛って、クレームフレーシュをたらすだけだから。お皿やカップはすべてトルーディが用意してくれるし、キルトクラブのご婦人がたが片づけを手伝ってくれるの。デザートを出してコーヒーのお代わりを用意したらすぐに出られる」

「じゃあ、またあとでここで」ノーマンはそう言うと、ラックに防寒コートを取りにいった。「ランチ会がうまくいくといいね」

「シリルの聞き取りもね」ハンナは裏口のドアに向かう彼の背中に向かって言った。

「今のはなんの話、姉さん?」ノーマンが出かけてしまうと、アンドリアがきいた。「姉さんの車が調子悪いなら、わたしのSUVで行ってもいいわよ」

「サバーバンは問題ないわよ」ハンナは言った。「ノーマンとわたしは、バスコム町長が殺された夜にハーブの車の隣に停まっていた車のことを調べているの。アールの話では、ハーブのキャデラックより大きい大型車で、何かの液体がもれていたらしい」

「アールは見ただけでそれがわかったの?」

「いいえ」ハンナはデリ・ブランチ・ベークを型ごと保温バッグに入れ、クッキー・トラックに運ぶ準備をした。「車はもうそこになかったけど、跡があったの。その車が停まっていた地面に黒っぽい液体もね。今朝アールに確認したのは、除雪のために出動した彼もそれを見たからなの。アールはミッションオイルかブレーキオイルじゃないかって」

「ハーブはそれが犯人の車かもしれないと思ったの?」

「わからないけど、手がかりにはなるから追ってみないと。この二日のあいだにオイルもれで修理工場に来た人物がいないかどうか、ノーマンはシリルに確認しにいったの」

アンドリアは小さくうなずいた。「シリルがその車を特定できるといいわね。たとえそれが犯人の車じゃなかったとしても、ハーブの直前に車を出した人物なら犯人を見ているかもしれないし」

「そのとおり」ハンナはアンドリアに微笑みかけた。「ほんものの探偵みたいになってきたじゃない、アンドリア」

トルーディの店までは二ブロックしか離れていないので、ハンナとアンドリアはキルトクラブのメンバーにあいさつをすると、さっそくデリ・ブランチ・ベークを取り分けて配りはじめた。

「あなたたちも食べない?」トルーディが長テーブルのひとつにハンナとアンドリアを手招きした。

「いえ、けっこうです」ハンナは言った。「でも、コーヒーをごいっしょしようかしら」

「わたしも」アンドリアはそう言うと、淹れたばかりのコーヒーをふたつのカップに注ぎ、テーブルに運んだ。みんなが席についたとき、通りに面したドアが開いて、ステファニー・バスコムがはいってきた。

「こんにちは、みなさん!」彼女は一同に声をかけた。

「まあ、ステファニー!」トルーディが走り寄ってあいさつした。「今度のことはほんとうに残念でしたね」

「わたしも残念よ。でも、ご婦人たちに気まずい思いをさせるために来たわけじゃないの。〈クッキー・ジャー〉に寄ったら、ハンナはここにいるってリサに聞いたから」彼女はハンナに歩み寄って保管箱を差し出した。「少しふたりだけで話せるかしら、ハンナ」

「わたしのオフィスを使って」トルーディがふたりに言った。

ハンナはほかの婦人たちを見た。みんな料理を楽しんでおり、デザートを出すのは少なくとも二十分は先になるだろう。彼女はアンドリアに合図して立ちあがった。「あんたはここにいて、ほしい人にお代わりをよそってくれる、アンドリア？　ステファニーとふたりだけで話すために一、二分奥に行ってくる」

「いいわよ」アンドリアはすぐに言った。「どうぞ行ってちょうだい。ここはわたしにまかせて」

奥の部屋に行くと、ハンナは椅子を二脚出してきた。コーヒー休憩のときにトルーディが使うテーブルの上に保管箱を置いて尋ねた。「これはなんですか、ステファニー？」

「ガレージで見つけた箱よ。横に〝カレッジ〟と書かれたラベルがついてるでしょ」

ハンナは箱の向きを変えてラベルを見た。「このラベルはあなたが書いたんですか？」

「いいえ、リチャードのお母さんの字よ。彼女が亡くなったとき、リチャードは家のなかをざっと見て、ほしいものを持ってきたの。時間がなくてわたしはこの箱のなかを見ていないんだけど、あなたはリチャードの大学時代のことを知りたいって言ってたし、この箱のなかにはたぶん思い出の品がはいってると思う」

「ありがとうございます、ステファニー」ハンナは箱を持って立ちあがった。「先に開けてみなくていいんですか？　それとも、わたしが開けるときそばにいます？」

　ステファニーは首を振った。「わたしが同席する必要はないわ、ハンナ。ただ、リチャードの兄のロバートがほしがるかもしれないから、全部取っておいてもらいたいだけ」

「もちろんそうします」ハンナは約束した。「ところで、ここに残ってトルーディのキルトクラブのみなさんとデリ・ブランチ・ベークを食べていかれます？」

　ステファニーは少し考えてから言った。「それはいい考えね、ハンナ。わたしは生まれてからずっとレイク・エデンに住んでいて、この町のことならわかってる。わたしがここに残らなかったら、出ていったとたんわたしのうわさをするでしょう。そして、あとで個別にわたしに質問する。今ここに残れば、みなさんに同時に答えられるから一度ですむ」

　ハンナは笑顔になった。「あなたの言うとおりです、ステファニー。そしてあなたはとても聡明（そうめい）な女性だわ。箱の中身について質問したいことが出てきたら、あとでお宅にうかがっていいですか？」

「わたしが〈クッキー・ジャー〉に行くか、でなければうちにいるようにするわね、ハンナ。このあとは、ロバートと裁判所に行って、ブルースのために判事に口添えする以外にやることがないの。効果があるかどうかはわからないけど、ロバートは望みがあると思ってる」

「とてもやさしいんですね、ステファニー。うまくいくことを願っています。わたしとアンドリアが箱の中身を確認したあと、何がはいっていたか電話で知らせてほしいですか？」

ステファニーは少し考えてから首を振った。「いいえ、けっこうよ。その箱は十年間もガレージのなかにあったんだもの。すぐに知る必要があるものは何もないに決まってる。ああ、質問に関してだけど、〈クッキー・ジャー〉の閉店まえに箱を開けるなら、わたしに直接きけるわよ。注文してある三ダースのクッキーを取りにいくことになってるから。わたしに会いたいとリサに言っておいてくれれば厨房に行くわ」

「助かります」ハンナはそう言うと、立ちあがってステファニーをハグした。「つらいでしょうね、ステファニー。でもあなたは兵士のように持ちこたえている」

ステファニーは笑った。「そうするしかないでしょう？　わたしはネズミを見て気を失うような奥さんじゃないもの。心配いらないわ、ハンナ。乗り越えるから」

「とても勇敢なんですね。楽なことではないでしょうに」

「そうね。リチャードはあんな人だったけど、やっぱりわたしは愛していたのよ、ハンナ。町じゅうの人たちが彼を欠点だらけの夫だと思っていたとしても、心から愛してた。リチャードはわたしを怒らせ、わたしでは充分じゃないかのようにひどく悲しませたけど、それでも彼に対する愛は変わらない」

ハンナは少しのあいだ座って考えた。ステファニーとリチャードの関係性について多くのことがわかった。町長の死とは関係ないかもしれないが、殺人事件ノートに書くべき情報はたくさんあった。

バッグのなかからすばやく殺人事件ノートを探し出し、ステファニーから聞いたことを書き留めた。被害者の友だちや家族からの情報は多ければ多いほどいいと、すでに学んでいた。これまでの殺人事件捜査の何回かは幸運に恵まれた。ノートに記録したことが犯人の手がかりにつながった。ハンナにできるのは、またそうなるよう願うことだけだった。

準備:
23センチ×33センチの焼き型の内側に〈パム〉などの
ノンスティックオイルをスプレーする。

作り方

① キッチンカウンターにライ麦パン12枚をならべ、
内側にバターを塗る。

② 残ったバターを耐熱のカップに入れ、電子レンジでとかす。

③ とかしたバターを焼き型に注ぎ、傾けて底全体にいきわたらせる。

④ パストラミのスライスを6等分して6枚のパンにのせ、
その上にストーン・グラウンド・マスタードを塗る。

⑤ デリピクルスのスライスを6等分してマスタードの上にのせる。

⑥ チェダーチーズかアメリカンチーズを2枚ずつ
ピクルスの上にのせる。

⑦ コンビーフのスライスを6等分してチーズの上にのせる。

⑧ 水分をよく切ってペーパータオルで拭いたコールスローを6等分し、
コンビーフの上にのせる。

⑨ 水分をよく切ってペーパータオルで拭いたブラックオリーブの
スライスを6等分し、コールスローの上にのせる。

⑩ その上に残りの6枚のライ麦パンを(バターを塗った面を
下側にして)かぶせ、6個の分厚いサンドイッチを作る。

⑪ サンドイッチをそれぞれ横半分に切り、半分ずつ焼き型にならべる。
できるだけ均等に隙間を作りながらならべ、
重ならないようにすること。

⑫ サンドイッチの上にハヴァティチーズの細切りを振りかける。

デリ・ブランチ・ベーク
(作り置きレシピ)

材料

ライ麦パン……1斤（麦粒のないもの。全部で12スライス必要）

室温にした有塩バター……113グラム

パストラミのスライス……225グラム

ブラウンマスタード……大さじ1
（わたしは〈グルデン〉のストーン・グラウンド・マスタードを使用）

デリピクルスの薄切り……4本分

チェダーチーズまたはアメリカンチーズのスライス……12枚

コンビーフのスライス……225グラム

コールスロー……1/2カップ

ブラックオリーブのスライス……小2缶

ハヴァティチーズの細切り……227グラム

卵液：

卵……8個

ライトクリーム（ハーフ&ハーフ）……2カップ

コーシャーソルト（シーソルト）……小さじ1

シーズンドペッパー……小さじ1/2

追加の有塩バター……113グラム

⑬ 大きなボウルまたは電動ミキサーのボウルに卵を割り入れて
かくはんする。ミキサーの場合は低速からはじめ、
徐々にスピードを上げて、軽くふんわりするまで
かくはんすること。

⑭ 低速のままライトクリーム、コーシャーソルト、
シーズンドペッパーを順に加える。

⑮ 卵液をサンドイッチの上から注ぐ。卵液が多すぎるときは、
しみこむまで少し待ってから注ぐ。ライ麦パンは白パンよりも
液体がしみこむのに時間がかかる。

⑯ 卵液がすべてはいったら、金属製のスパチュラでサンドイッチを
押しつけ、焼き型にアルミホイルできっちりふたをし、
カウンターに20分置いて、液体を完全にしみこませる。

⑰ 冷蔵庫でひと晩寝かせる。

⑱ 朝食に出す1時間ほどまえにオーブンを175℃に予熱する。

⑲ 追加のバターを電子レンジでとかし、
焼き型のサンドイッチに注ぐ。

⑳ またアルミホイルでふたをする。

㉑ 予熱ができたら焼き型をオーブンに入れ、45分、
または表面がこんがりと色づくまで焼く。

㉒ 焼き型をオーブンから出し、ワイヤーラックに置いて
少なくとも10分冷ます。

㉓ サンドイッチの半分をそれぞれの皿に取り分ける。
当然ながらゲストはもう半分も食べたがるはず。

この料理には冷えたメロンのスライスなど、季節の果物を添えるのが合う。
とてもリッチなので、熱くて濃いコーヒーをたっぷり用意すること。

イースターバニーの好きなパイスクエア

●オーブンを175℃に温めておく

要注意:
お子さまが野菜大好きでないかぎり、レシピの材料を読ませたり、
このパイを作る工程を見せたりしないこと!
一度、スパイスクッキーにトマトスープを使うと姪(めい)のトレイシーに話したら、
ひとつ食べてもいいと思わせるまで1週間かかった。

材料

中力粉……1 1/2カップ(きっちり詰めて量る)

冷やした有塩バター……170グラム

粉砂糖……1/2カップ(大きなかたまりがなければふるわなくてよい)

卵……大4個

グラニュー糖……1 1/2カップ

塩……小さじ1

おろしたナツメグ……小さじ1(おろしたてのもの)

カルダモンパウダー……小さじ1/2(またはシナモン小さじ1/2)

シナモンパウダー……小さじ1

皮をむいてゆでてつぶしたニンジン……3 1/2カップ
(つぶしてから量ること。冷凍のスライスしたニンジンをゆでてつぶしてもいいが、
生のニンジンより味は落ちる)

エバミルク……340グラム入り2缶(またはハーフ&ハーフ3カップ)

⑧ ミキサーを切ってゆでてつぶしたニンジンを加え、
低速にしてなじむまでよくかき混ぜる。
ボウルの側面をこそげながらさらにかき混ぜる。

⑨ 低速のままゆっくりエバミルク（またはハーフ&ハーフ）を加え、
よくかき混ぜる。

⑩ ミキサーを切ってボウルをはずし、最後にスプーンでひと混ぜする。
これでフィリングの出来あがり。

⑪ 焼いたクラストの上に慎重にフィリングを注ぐ。

⑫ 型をオーブンに戻し、60〜70分、またはナイフを刺して
何もついてこなくなるまで焼く。
ぬれたフィリングがついてくるときは、さらに5〜10分焼く。

⑬ オーブンから取り出し、ワイヤーラックなどに置いて冷ます。
室温まで冷めたらアルミホイルでふんわりと覆い、
冷蔵庫に入れてひと晩冷やす。

⑭ 食べるときは大きめの四角形に切って、
金属製のスパチュラで皿に取り分ける。
それぞれの上にたっぷりと甘いホイップクリームか
クールホイップを添え、お好みでミニサイズのウサギや
卵形のキャンディを飾る。
ハンナのホイップ・クレームフレーシュを添えてもよい。

イースターのごちそうの席に集まった子供たちには
トールグラスに注いだ冷たい牛乳を、
大人には濃いホットコーヒーを忘れずに用意すること。

1切れの大きさにもよるが少なくとも12切れ分。

作り方

① 中力粉1カップ、冷やしてさいの目に切った有塩バター、粉砂糖、さらに中力粉1/2カップをフードプロセッサーに入れ、断続モードでコーンミール状にする。

ハンナのメモその1:
2本のナイフで中力粉と粉砂糖のなかのバターを切ることで細かくすることもできる。曽祖母のエルサはこの方法を使った。

② 23センチ×33センチの焼き型の内側に〈パム〉などのノンスティックオイルをスプレーする。

③ ①を②の型に入れ、傾けて底全体にいきわたらせる。カウンターに置き、スパチュラを軽く押しつける。

ハンナのメモその2:
この底の部分がクラストになる。

④ 175℃のオーブンで15分焼く。

⑤ ワイヤーラックに置いて冷ます。オーブンは切らないこと。冷ましているあいだにフィリングを作る。

ハンナのメモその3:
フィリングの作成には電動ミキサーを使うこと。
手でもできるがかなり疲れる。

⑥ 電動ミキサーのボウルに卵を割り入れ、卵黄と卵白がよく混ざるまで低速でかくはんする。

⑦ 低速のままグラニュー糖、塩、ナツメグ、カルダモン、シナモンを順に加え、その都度よくかき混ぜる。

ハンナのホイップ・クレームフレーシュ

**(数時間もつクリーム。まえもって作り、
ボウルにラップをかけて冷蔵庫に入れておくこと)**

材料

生クリーム(ヘビークリーム) ……2カップ

グラニュー糖……1/2カップ

サワークリーム……1/2カップ
(無糖のプレーンヨーグルトでも代用できるが、
あまりもたないのでその場合は使う直前に加えること)

作り方

① ボウルに生クリームとグラニュー糖を入れ、
角が立つまで固く泡立てる。
クリームの表面にゴムべらで触れて引きあげたとき、
角がお辞儀をせずにぴんと立っていれば泡立て完了。

② サワークリームをやさしく混ぜこむ。
混ぜすぎないようにすること!

③ ボウルにラップをかけて、使うまで冷蔵庫で冷やしておく。

このクリームは果物にたっぷり添えて、
少量のブラウンシュガーを振りかけてもおいしい。
とくにイチゴ、ラズベリー、桃に合う。

20

「イースターバニーの好きなパイスクエア、最高だった！」トルーディの生地店を出たとたん、アンドリアが言った。「カボチャの味がしたし、ご婦人たちもみんなカボチャだと思ったみたいだけど、そうじゃないって言ったわよね？」

「ええ」ハンナは満足げな笑みを浮かべた。「ご婦人たちにそう思ってもらえてうれしいわ。カボチャの代わりに何を使ったかわかる？」

アンドリアは首を振った。「さあ。カボチャはスクワッシュの一種よね？」

「そうよ」

「じゃあ、カボチャ以外のバターナッツとかイエローとかのスクワッシュ？」

「いいえ、お菓子の名前を思い出して、アンドリア。イースターバニーの好きなパイスクエアよ。ピーターラビットはマグレガーおじさんの畑にはいって何を食べた？」

「あの本なら娘たちに読んであげたばかりよ！　ピーターラビットは野菜を食べてた、レタスとかキャベツみたいな」アンドリアはそこまで話すとけげんそうな顔をした。「まさかキャベツを使ったんじゃないわよね、姉さん？」

ハンナはふふっと笑った。「残念、キャベツではありません。わたしの秘密の野菜はオレンジ色だったでしょ？」

「ええ、たしかにオレンジ色だった」

「オレンジ色の野菜といえば？」

「ええと、ニンジン⁉　使ったのはニンジンを使ったの？」

「そのとおり！　使ったのはニンジンよ。やわらかくゆでてつぶしてからスパイスと混ぜてパイに入れたの」

アンドリアはなんとも愉快そうだった。「ほかのみんなに秘密を教えるつもり？」

「わからない。あんたはどう思う？」

「考えてみて、あとで教える」アンドリアはそう言って、運んできた箱をハンナの車の後部座席に置き、助手席に乗りこんだ。「ステファニーに何をもらったの？」と、ハンナが運転席に乗りこむやいなや尋ねた。

「リチャードがお母さんの家から持ってきた保管箱。ガレージの棚に置きっぱなしになっていたのを、ステファニーが箱の側面に書かれた文字を見て、リチャードの大学時代の書類や何かがはいっているはずだと考えたの」

「箱に文字を書いたのはリチャード？」

「いいえ、リチャードのお母さんよ。ミセス・バスコムは何にでもラベルをつけるって母さんから聞いたことがある。リチャードのベビーシッターをしていたとき、すごく感動したんですって。冷凍庫のなかだろうと、パントリーの棚だろうと、すべてのものにラベルがついていたから。ミセス・バスコムはあまりにもきちんとしていて、トイレットペーパーにまでラベルがついてたって母さんがよく言ってた」

「リチャードのお母さんは整理魔だったの？」

「それか、ただラベルをつけるのが好きだったのかも。とにかく、彼女がこの箱にラベルをつけたおかげで、ステファニーがガレージの棚にあったこの箱に気づいてくれてよかった」

「彼女は箱を開けてリチャードの大学時代のものがはいっているか確認したの？」

「いいえ、すぐに車のトランクに入れてここに持ってきたみたい。わたしが町長の大学時代の情報を求めていることを知っていたから」

「そして、姉さんもまだ箱を開けてないの？」姉の自制心に驚いたようにアンドリアはきいた。

「ええ、開けるときはあんたにもいてもらいたかったから」

「わあ、うれしい！　ありがとう、姉さん！」アンドリアの表情から、ハンナは妹が心からよろこんでいるのがわかった。「どこでその箱のなかを……」と言いかけたとき、アンドリアの携帯電話が鳴り、彼女はポケットから電話を出した。「ビルだわ」そう言って通話ボタンを押す。

アンドリアが電話で話しているあいだに、ハンナは車を発進させ、ヒーターをオンにした。

「今夜？」と妹が言うのが聞こえた。「九時までかかるの？」

長い沈黙のあと、アンドリアはまた口を開いた。「わかったわ、ハニー。もう仕事に戻って。サリーに電話して予約をキャンセルしたあと、別の夜に入れておくから」

「ビルは残業なの？」アンドリアが電話を切ったあと、ハンナはきいた。

「うん。今夜会議があるのを忘れていたんですって」

「それは残念ね」

「姉さんとノーマンの今夜のディナーの予定は？」

「わからない。今夜はわたしに料理させたくないとノーマンは言ってたから、何か考えるつもりなんじゃないかな。もちろん、料理するのはかまわないって言ったんだけど、まかせてほしいと言い張るのよ」

「じゃあ、ふたりにとくに用事がないなら、三人で……」アンドリアはそこでまたポケットから携帯電話を取り出した。「ミシェルからだ」画面を見て言う。

「出て」ハンナはメインストリートに車を進めながら言った。

「ミシェル」電話がつながるとアンドリアは言った。「どうかした？」

ハンナは半分聞きながら通りを進み、サードストリートで曲がって、クレア・ニュードスンのブティックと自分のベーカリーの裏手の小路にはいった。

「わたしはいいけどビルはだめなの。何か持っていこうか？」

ハンナは〈クッキー・ジャー〉の裏に車を進め、専用スペースに停めた。

「いいわよ」アンドリアはミシェルに言った。「酒屋に寄っていく」アンドリアは話を中断してハンナを見た。「今夜ディナーを食べに姉さんとノーマンがアパートに来られるかどうか、ミシェルが知りたがってる」

ハンナは少しのあいだ考えた。「ノーマンはきいてみないとわからないけど、わたしは大丈夫よ。わたしも何か持っていったほうがいい？」

アンドリアはハンナの質問をミシェルに伝えたあと、またハンナを見た。「何か野菜サラダを持っていける？　ロニーがバルコニーでバーベキューをやって、ハンバーガーを作るらしいわ」

「まだ寒いのに？」

「うん、バーベキューが恋しいってロニーが言うから、ミシェルが小型のグリルを買ってあげて、それを試してみたいんですって」

「野菜サラダを持っていくとミシェルに伝えて。サリーにもらったレシピがあるの。ランチビュッフェに出してるサラダよ。それと、ミシェルが何か予定しているんじゃなければ、デザートも持っていくわ」

アンドリアはハンナのことばをミシェルに伝えたあと、笑ってからまたハンナを見た。

「よろこんでる。ワインとビールはわたし、野菜サラダとデザートは姉さんをあてにしてたらしいわ」

「ミシェルに何を言われて笑ったの？」ハンナはきいた。

「マイクが来るから、デザートは多めに持ってきたほうがいいって」

ハンナはドアを開けて車から降りた。

「荷物をおろすの手伝う」すぐにそう言って、アンドリアも車から降りた。

「それは大丈夫」ハンナは言った。「あんたは車をプラグにつないで、コーヒーができてるか確認しにいって。わたしは野菜サラダの準備をするから、そのあとでステファニーの箱を開けましょう」

「わたしにも手伝わせて」アンドリアが申し出た。「ミシェルのところに持っていくものを何か焼くの？」

「焼く必要はないの」ハンナは先にたって厨房の裏口に向かった。「ピープス・イースター・カップケーキを多めに作っておいたから、それを包んでデザートとして持っていくつもり。クッキーもあるけど、それは試食が必要なの。書き留めたばかりの新しいレシピで、めるまえに」

ナンシーおばさんが今日試作してくれたのよ」

「わたしもまだ食べたことがないクッキー?」アンドリアがきいた。

ハンナは笑った。「どうやったら食べられるのよ。今日までだれも焼いたことがなかったのに。ひとまずコーヒーを一杯飲みながら食べてみたら? ふたりでサラダを作りはじめるまえに」

アンドリアは顔をほころばせた。「サラダ作りを手伝わせてくれるの?」

妹があまりにもうれしそうなので、ハンナも笑顔になった。そして、予想されるリスクには目をつぶることにした。「手伝ってもらいたいわけじゃないの。あんたひとりで作ってもらいたいのよ。必要ならわたしが手伝うけど、必要ないんじゃないかな」

「えっ、ほんとに?」

ハンナは笑った。妹はほしかった自転車をクリスマスに買ってもらった小さな子供のようだ。「まずはクッキーの試食をして、それからサラダ作りに取りかかりましょう。今回はわたしが助手になるわ。わたしが材料をそろえて、缶を開ける。それでどう?」

「えっ……うれしい!」アンドリアは叫んだ。「ありがとう、姉さん! ほんとにわたしを信じてくれてる……のよね?」

「もちろんよ。わたしがクッキーを用意するからコーヒーをお願いね」ハンナは業務用ラックに近づいてクッキーのトレーを引き出した。ふたりで食べられるぶんだけ皿に出し、またトレーを戻す。

「なんていうクッキー?」ハンナが作業台にクッキーを持ってきて置くと、アンドリアがきいた。

「ホットチョコレート&マシュマロ・クッキー。食べて感想を聞かせて」

さらに勧める必要はなかった。アンドリアはクッキーをひとつ取ると、口元に運んでかじった。そして、「うーん!」と言った。

「おいしいの〝うーん〟? それともまずいの〝うーん〟?」ハンナが問いかけた。

「うーん!」とアンドリアは答えた。

「気に入ったってこと?」

「うーん!」アンドリアは最初のクッキーを食べ終え、ふたつ目に手を伸ばした。「すごくおいしいわ、姉さん! 飲み物をホットチョコレートにしたらやりすぎだと思う?」

ハンナは笑った。「チョコレートの場合、〝やりすぎ〟ということばはあてはまらないと思う。わたしに言わせれば、チョコレートは多ければ多いほどいいから」

「同感」コーヒーショップから厨房にはいってきて、ハンナの意見を耳にしたリサが言った。彼女は作業台の上のクッキーを見てにっこりした。「二ダースほど減ってるはずよ。ナンシーおばさんとわたしたちで試食したら、やめられなくなっちゃって」

「あなたもわたしたちといっしょにコーヒーとクッキーはどう?」ハンナは共同経営者に

尋ねた。

「ありがとう。でも、今はやめておく。マージとパパがディナーに来るから、急いで〈レッド・アウル〉に行って、トモサンカク（モモの付け根にある部位）のロースト肉があるかたしかめなきゃ。パパの好物なの。付け合わせはヌードルよ」

「野菜は出さないの？」アンドリアが少し驚いた顔できいた。

「出すけど、それはもう用意してあるの。温室でアスパラガスを育てているんだけど、マージの大好きな野菜なのよ。今朝出かけるまえにそれをゆでて、穂先を外側にして放射状にならべておいたの。それに二種類のソースを添えようと思って。ナンシーおばさんとヘイティも招いたから」

ハンナは微笑(ほほえ)んだ。仕事のあと急いで帰宅して家族とのディナーの準備をする話をリサから聞くたびに、とてつもなく年をとった気がした。リサは毎日お客さんに給仕をして何マイルもコーヒーショップ内を歩いている。クッキーを焼くために毎朝早くここに来て、ランチ休憩をとることはほとんどない。「あなたには無限のエネルギーがあるのね」ハンナは共同経営者に言った。

「無限のエネルギーなんかないわよ。日曜日のわたしを見せてあげたい。教会から帰ったあとパジャマとローブを着て、午後じゅうだらだらしてるときもあるんだから」リサは手を伸ばしてクッキーを取り、少し気まずそうな顔をした。「なんでここに来たのか忘れるところだった。表にステファニー・バスコムが来てるわよ。あなたが会ってくれるかどうか知りたがってる」

「わかった」ハンナはすぐに言った。「五分ぐらいしたら来てくださいと伝えて、リサ。わたしたちはこれからサラダを作らなきゃならないの。それが終わったら三人でコーヒーを飲みながら、ステファニーがトルーディのランチ会に持ってきた箱を開けましょう、と」

ホットチョコレート&マシュマロ・クッキー

●オーブンを175℃に温めておく

材料

グラニュー糖……1カップ

ブラウンシュガー……1カップ（きっちり詰めて量る）

室温でやわらかくした有塩バター……227グラム

卵……大2個

バニラエキストラクト……小さじ1

室温まで冷ましたホットチョコレート……1/2カップ
（わたしはインスタントホットチョコレートのスイスミス1袋を1/2カップのお湯にとかす）

ココアパウダー……小さじ2（わたしは〈ハーシー〉のものを使用）

追加のグラニュー糖……小さじ2

塩……小さじ1

ベーキングパウダー……小さじ2

中力粉……3 1/2カップ（きっちり詰めて量る）

ミルクチョコチップ……2カップ（わたしは〈ネスレ〉のものを使用）

白のミニマシュマロ……約50〜60粒（クッキー1枚につき1粒）

準備：
天板2枚に〈パム〉などのノンスティックオイルをスプレーする。
またはオーブンペーパーを敷いてからオイルをスプレーする。

ハンナのメモその4:
トレイシーとベシーのようなふたりの姪がいっしょだと、
小麦粉を量るのに少し時間がかかる。
ベシーは量るのが好きではないが、カップにきっちり詰める作業は好き。
そのためクッキー生地作りを再開するまえに多少掃除が必要になる。

⑧ 電動ミキサーを使った場合、ボウルをはずしてカウンターに置く。
ミルクチョコチップを加えて手で混ぜる。
チョコチップクッキーの生地同様、とても硬い生地になる。

ハンナのメモその5:
トレイシーとわたしはミルクチョコチップをベシーに量らせたので、
ほんとうに2カップ分入れたかどうか定かではない。
少なくとも50グラムかそれ以上はベシーが食べたと思われる!

⑨ クッキー生地をスプーンですくって天板に落とす。
清潔な指先を水でぬらし、生地を丸く整える。
中央に親指を押しつけてくぼみを作り、
そこにミニマシュマロを入れ、軽く押して固定する。

⑩ 175℃のオーブンで10〜12分、
または縁が軽く固まるまで焼く。

⑪ オーブンから取り出して天板のまま2分冷ましたあと、
ワイヤーラックに移して完全に冷ます。

ハンナのメモその6:
オーブンペーパーを使った場合は、
天板の上で1、2分冷ましたあとワイヤーラックに置き、
オーブンペーパーを引き抜くだけでいい。

リッチで味わい深いクッキー、大きさによるが約4〜5ダース分。

ハンナのメモその1:
このクッキー生地を混ぜるには電動ミキサーを使うと楽だが、
そうしたければ手でもできる。

ハンナのメモその2:
姪(めい)のトレイシーとベシーがお手伝いしてくれるときはいつも手で混ぜる。
材料を加えるたびに曽祖母エルサのスプーンで最後にひと混ぜしてもらうから。

作り方

① 電動ミキサーのボウルにグラニュー糖とブラウンシュガーを入れ、低速で混ぜる。

② やわらかくしたバターを加えて中速にし、ふんわりするまで混ぜる。

③ 卵を1個ずつ割り入れ、その都度よく混ぜる。

④ バニラエキストラクトを加えてかき混ぜる。

⑤ ホットチョコレートを少量ずつたらしながら全体になじむまでよくかくはんする。

ハンナのメモその3:
姪たちと作るときは、ホットチョコレートを2カップ分余計に作り、
それを飲みながら1/2カップが室温まで冷めるのを待つ。

⑥ 浅めのボウルにココアパウダー、追加のグラニュー糖、塩、ベーキングパウダーを入れてフォークで混ぜ合わせ、これを⑤のボウルに加えて低速でよくかき混ぜる。

⑦ 中力粉を1/2カップずつ加え、その都度よくかき混ぜる。少量ずつ加えるのは混ぜるとき粉が飛び散らないようにするため。

21

ステファニーを厨房に迎えたあと、もちろん別のクッキーも試食した。ハンナはまえもって作ってあったアップル・ショートブレッド・バークッキーを皿にならべ、三人ぶんのコーヒーを新しく注いだ。

「このクッキー、すごく気に入ったわ、ハンナ」ステファニーはふたつ目に手を伸ばしながら言った。

「わたしも」アンドリアもステファニーにならってふたつ目を取りながら言った。

「準備はいい?」ハンナがそう言いながら、ステファニーにわたされた箱を作業台に運んできた。

「いいわよ」アンドリアがすぐに言った。「ミセス・バスコムはどうですか?」

「ステファニーでいいわ。お母さまのペントハウスのお庭にしょっちゅううかがっているんだもの、わたしも家族の一員みたいなものでしょ」

アンドリアはにっこりした。「昔の習慣がなかなか抜けなくて。でも、ありがとうございます、ミセス……じゃなくてステファニー」

「箱はご自分で開けますか？」ハンナはステファニーにきいた。

「あなたが開けて、ハンナ。開けたくてうずうずしているんでしょう。早く開けないと、がまんできずにアンドリアが開けちゃうわよ」

アンドリアは笑った。「たしかに。早く開けて、姉さん」

ハンナはハサミを手にして箱のテープを切った。ふたを持ちあげて中身を見たとたん、笑顔になった。「見て！」〝タラ・ヒルズ・ステート・カレッジ〟と白で染め抜かれた大学の旗を掲げて言った。「赤と白がカレッジカラーみたい。ウィスコンシン州のまんなかあたりにあるのね」

「どうして知ってるの？」アンドリアがきいた。

「このスウェットシャツのおかげよ」ハンナは旗の下にあったもうひとつのカレッジアイテムを掲げて説明した。「ウィスコンシン州の地図が描かれていて、タラ・ヒルズ・ステートの場所が示されてる」

「それはカレッジのイヤーブック（一年ごとに発行される記念アルバム）？」箱に近づいてなかを見たステファニーが尋ねた。

「そうみたいです」とハンナ。「リチャードがジョーダン高校を卒業したのはいつですか、ステファニー？」

ステファニーは少し考えてから言った。「彼のほうが少なくとも三つは学年が上のはず。わたしは高校を出てそのままカレッジに進んだ」彼女はイヤーブックのカバーの日付を見た。「そうすると、このイヤーブックは彼の一年生のときのものってことになる」

「一年生でカレッジのイヤーブックを買う人はあんまりいないんじゃない？　姉さんはどうだった？　一年生のときカレッジのイヤーブックを買った？」アンドリアがきいた。

ハンナは首を振った。「いいえ、卒業学年までイヤーブックは買わなかった」彼女はステファニーを見た。「あなたはどうでしたか、ステファニー？」

「わたしも同じ」ステファニーは答えた。「イヤーブックは高価だし、図書館でアルバイトして稼いだお金は家賃と食費で消えたわ。でも、これはロバートのイヤーブックかもしれない」

「ロバートとリチャードは同じカレッジだったんですか？」アンドリアは明らかに驚いていた。

「そうよ……リチャードが一年生のときだけ同じカレッジにいたって、彼のお母さんが言っていた。これを見たらいろいろ思い出してきたわ」ステファニーが言った。「カバーの内側を見て、ハンナ。わたしの卒業年度のイヤーブックには、カバーの内側にみんなからのメッセージが書いてあるの。これにも何かメッセージが書いてあるかもしれない。それを見ればこれがだれのものかわかるわ」

「いい考えですね」ハンナは表紙をめくってカバーの内側を見た。そしてすばやくうなずいた。「あなたの言うとおりです、ステファニー。ロバートとジュリアへのメッセージが書いてあります。ジュリアというのはロバートの奥さんですか？」

「ええ。でもジュリアはもういないの。ブルースが十歳くらいのときに心臓発作を起こしてそのまま」

「まあ、それは悲しいことですね」アンドリアが言った。

「ええ。ジュリアはロバートの生涯ただひとりの人で、彼はその後も再婚しなかった」

「ふたりはいつ結婚したんですか？」アンドリアがきいた。

「たしか、ロバートがカレッジの四年生のときよ。メッセージにはなんて書いてある、ハンナ？」

「きみたちふたりがこの町にとどまることになってとてもうれしい」ハンナは声に出して読んだ。「ぼくはあと一年ここにいるから、おなかをすかせた学生のための持ち寄り夕食会を楽しみにしています」ハンナはステファニーを見あげた。「自宅ガレージの棚でこの箱を見つけたとおっしゃいましたよね？」

「ええ、リチャードはロバートの箱を持ってきてしまったみたいね」

「リチャードは自分のだと思ったんでしょうか？」

ステファニーは肩をすくめた。「たぶん。でなければ、ただそれがほしくて、止める口バートがいなかったから持ってきたんでしょう。あなたたちも知っていると思うけど、リチャードはほしいものはかならず手に入れたし、それがだれのものだろうと気にしなかった」

　ステファニーの顔に不機嫌そうな表情がよぎり、ハンナは話題を変えることにした。

「どうしてリチャードはお兄さんと同じカレッジにはいったんですか?」

「さあ、どうしてかしら。たぶん何かしらロバートが助けてくれると思ったんじゃない。リチャードの成績では総合大学（ユニバーシティ）にはいれなかったから、州立カレッジ（ステートカレッジ）か私立短期大学（ジュニアカレッジ）に行くしかなかったのよ」

「二年目からはマディソンの総合大学に移ったと、グランマ・ニュードスンから聞きました」アンドリアが言った。

「でも、そこにしか受け入れてもらえなかったのね。彼のお母さんはよろこばなかったでしょうね」

「どうしてですか?」理由はわかるような気がしたが、ハンナはきいた。

「残念ながら、リチャードはお兄さんと同じ道を歩まなかったから。タラ・ヒルズ・ステート・カレッジに進学すると決めると、ロバートはまず一年間ウィスコンシンで働いて、居住許可を得たの。でもリチャードは居住権のことなど考えなかったんだわ。もしミネソタにとどまっていたら、リチャードはなんの問題もなく公立短期大学（コミュニティカレッジ）にはいれたでしょう。

在留資格がないままマディソンに行ったせいで、彼のお母さんはそれから四年間も州外出身者用の学費を払わなくちゃならなかったのね」

「そのイヤーブックをちょっと見てもいい？」アンドリアがきいた。

「もちろん」ハンナは妹のほうにイヤーブックを押した。

アンドリアはうしろの索引で調べてから写真のページを開いた。「ロバートがいる」一枚の写真を指して言った。「学帽とガウンを着てるから卒業写真ね」彼女はもう一度索引を見てからまえのほうのページを開いた。「このなかにリチャードはいますか？」とステファニーにきいた。

ステファニーはアンドリアが示したクラス写真をよく見るために近づいた。「ええ、これはクラス写真で、彼は二列目のここにいる。ほかの写真にも写っているのかしら？」

「もう一度索引を調べてみましょう」アンドリアはそう言うと、イヤーブックのうしろのほうを開いた。「十五ページにも彼が写っている写真があります」アンドリアはそのページを開いた。「友愛会のパーティで撮られた写真ですって」

「なるほどね」ステファニーはため息をついて言った。「リチャードは大のパーティ好きだし、タラ・ヒルズの友愛会に所属していた。友愛会の共同住宅に住むには大金が必要だから、彼のお母さんはいい顔をしなかったでしょうね。成績をあげるために勉強に専念するべきだと思っていたから」

「この写真では女の子といっしょにいます」アンドリアが言った。「ふたりは踊っていて、彼女は飲みすぎたような感じで彼にしなだれかかっている。彼女がだれだかわかりますか、ステファニー？」

ステファニーは首を振った。「いいえ、後ろ姿がちょっとジュリアに似てるけど、ジュリアはめったにパーティに行かなかったし、お酒も飲まなかった。リチャードとわたしがウィスコンシンの彼らを訪ねるときは、いつも自分たち用のワインを持っていったものよ。ジュリアはアパートにアルコールをいっさい置いていないから。夫婦はふたりとも飲まなかった。彼らのグラスにお酒を注ごうとすると、いつも断られたわ。ロバートとジュリアが結婚したとき、披露宴ではシャンパンで乾杯したけど、ロバートはグラスを合わせたあとひと口飲んだだけ。ジュリアもそうだったけど、彼女のグラスにはいっていたのはジンジャーエールだった」

「ジュリアはアルコールにアレルギーがあったんですか？」アンドリアがきいた。

「わからない。でも、彼女がひと口でもお酒を飲むところは見たことがなかった。それだけはたしかよ」

「もう一度目を通せるように、このイヤーブックをお預かりしてもいいですか？」ハンナはステファニーに尋ねた。

「いいわよ。でも、ロバートが町にいるあいだに彼に返したいのよね」

「ロバートはいつまでレイク・エデンに？」アンドリアがきいた。

「よくわからないの。ブルースを釈放するようロバートが判事を説得できるかによるわね。わたしは彼がここにいてくれてありがたいの。こっちに向かっている途中だと言われたとき、リチャードのことを話すべきかどうか迷ったわ」

「彼が動揺して事故にあったり、運転できなくなるかもしれないから？」ハンナがきいた。

「ええ、ロバートはトラック・ストップ（おもに長距離トラック運転手を対象とした、給油や食事などをするための施設）に車を停めて、コーヒーを飲んでいるところだと言ってた」

「どこのトラック・ストップだったかわかります？」ハンナはさりげなく質問をつづけた。

「名前はわからないけど、ミネアポリス空港の近くだってロバートは言ってた。乗ってきた車の調子が悪そうだから、自動車整備工に調べてもらっているところだって」

「ロバートは車を何台か持っているんですか？」アンドリアがきいた。

「小型のセダンとキャンピングカーをね。どっちに乗っていたのかはわからない。わたしに会いにきたとき、彼はブルースの車を運転していたから」

「ロバートはそのトラック・ストップのことで何か言っていましたか？」ハンナは聞きたい情報へとステファニーを軌道修正した。

　ステファニーは首を振った。「いいえ、でもハイウェイのそばだった。乗用車やトラックが出入りする音が聞こえたわ。わかるのはそれだけ……」彼女はそこまで言うと小声で笑った。「トラック・ストップについて、ほかにもわかっていることがあるわ。レストランが併設されていて、ロバートはコーヒーのお代わりを注いでくれたウェイトレスにお礼を言っていた。彼女の名前はたしかミッツィだった」

ハンナはアンドリアを見た。すると妹が殺人事件ノートにメモをとっていたのでうれしくなった。

「ロバートがその夜レイク・エデンに着いたかどうかわかります？」ハンナはきいた。

「わたしはロバートに、一泊したほうがいい、わたしは大丈夫だから心配しないでと伝えた。車が直らなかったら考えてみると彼は言った。トラック・ストップのすぐそばにモーテルがあって、空室の看板が点灯していたから運がよかったとかなんとか言ってたわ」

「彼は一泊したんですか？」アンドリアがきいた。

「いいえ、車の問題が解決したから、深夜に町に着いたと連絡があった。できるだけ早くブルースに会いたかったのね」

「ロバートはいい父親みたいですね」アンドリアが言った。

「そうなのよ！　ブルースがレイク・エデンのカレッジに通うために家を離れることを心配していたけど、リチャードは自分がブルースに目を光らせると約束したの」

「リチャードはブルースには親切だったんですね？」アンドリアが確認のためにきいた。

ステファニーは少しためらってから言った。「ええ、ある意味ね。でも、わたしに言わせれば親切すぎた。ブルースが面倒を起こすたびに、彼のために訴えをもみ消していたんだもの。ブルースもそれをわかっていて、大いに利用していた。リチャードとわたしはそれでよく言い合いをしたわ。自分のやったことの報いを受けずにいたら、ブルースは責任ある大人になれないとわたしはリチャードに言ったの」

「それは当然のことだと思います」ハンナは口をはさんだ。それだけ言うとステファニーがつづけるのを待った。

「いかに甥を甘やかしてきたか、リチャードはすべて話してくれた。ブルースが生まれたとき、リチャードは巨大なぬいぐるみのテディベアを買って、ウィスコンシンにあるロバートとジュリアのせまいアパートに送りつけた。キャンパス内のバラックを改造した、エレベーターのないワンベッドルームのアパートよ。体の向きを変えるのもやっとで、ましてやあと一年はたたないとブルースが遊ぶことのできない巨大なぬいぐるみを置く場所なんてなかった。リチャードは甥にいちばん大きくていちばんいいものを与えたがった。ロバートとジュリアが実際に使うことのできる実用的な贈り物は、あの人にとって特別なものではなかったの」

「アパートには巨大なぬいぐるみを置く場所がないことを知らなかったんですか？」アンドリアがきいた。

「もちろん知ってたわよ、でもリチャードは〝やりすぎ〟が大好きだった。ブルースの誕生日プレゼントは悪い意味で伝説になったわ」

「何を贈ったんですか？」ハンナはすっかり引きこまれてきいた。

「ブルースの一歳の誕生日に、リチャードは電池で動くコンバーチブルを贈ったの。スポーツカーみたいなやつを」

「一歳の誕生日に？」アンドリアはあっけにとられていた。

「そう。ブルースに操縦できるわけはないのに。すごくすてきな車だったけど、少なくとも一年、もしかすると二年はしないとブルースが実際に乗ることはできなかった。さらに悪いことに、ロバートとジュリアは例のワンベッドルームのエレベーターなしアパートにまだ住んでいたの。まったくばかげていた！」

「それは……」ハンナはふさわしいことばを探して口ごもった。「非実用的ですね」

「でしょ？　リチャードはブルースにものをあげるとなると、非実用的なものばかり選ぶの。ブルースが小学五年生になるときなんか、シェトランド種のポニーを贈ったのよ」

「ロバートとジュリアはそのとき農場に住んでいたんですか？」ハンナは推測した。

「まさか。ようやく一階のツーベッドルームの部屋に移ることができたけど、まだカレッジ内の寮にいたの。ロバートは日中カレッジで働き、夜は別の仕事をしていた。やりくりして貯金はしていたけど、暮らしは楽じゃなかった。ロバートの夢はロースクールに行くことで、夫婦ふたりでそれを目標に働いていたの。ジュリアはキャンパスのレジストラーズ・オフィス（履修科目の登録などをおこなう部署）で働いていたけど、お給料は安かったし、ポニーを預けておくにはお金がかかった。でもブルースはそのポニーを気に入っていたから、ロバートとジュリアはなんとかして厩舎代を捻出しなければならなかった」

ハンナはしばし逡巡したのち、思ったことをそのままステファニーに告げることにした。「リチャードはほんとうに思いやりのない人だったんですね。そういうことがしたかったのなら、厩舎代も払ってあげるべきなのに」

「そうなのよ。わたしもそう言ったわ」

「彼はなんて？」

「おまえには関係ないと。ブルースのことはおれの問題なんだから口を出すなと言われた」ステファニーはいらだたしそうにため息をついた。「そのとき気づいたの。リチャードは兄の息子を自分の思いどおりにしたいんだって」

「それって……」ハンナはまたふさわしいことばを探そうとした。「ちょっと怖いですね」

「そうなのよ。あれこれ考えてみたけど、リチャードは子供のころ甘やかされたから、今度は自分がブルースを甘やかしたかったんだと思う」

「リチャードは両親に甘やかされていたんですか？」アンドリアがきいた。

「お母さんから聞いた話では、そういう時期もあったみたい。ロバートが生まれたとき、お母さんはもう子供は望めないだろうとお医者さまに言われたそうよ。四年後にリチャードが生まれたのはまったくの予想外で、両親は彼をとんでもなく甘やかし、それは兄のロバートも同じだった。ロバートはいつもとても弟に過保護で、リチャードがほかにやりたいことがあると言えば宿題まで代わりにやってあげていたんですって！」

「高校までずっとそんな状態だったんですか？」ハンナは尋ねた。

「ええ、ロバートは四歳上なだけだったのに、彼がまだジョーダン高校の学生だったとき、お父さんが重い心臓発作を起こして亡くなると、すべてがひどく複雑になった。お母さんは打ちひしがれてしまい、夫の死を乗り越えるのに一年近くかかったそうよ。そのあいだロバートが父親の役割を引き継ぐことになった」

ハンナは少し考えて言った。「リチャードはブルースにまったく同じことをしようとしていたと？」

「そのとおりよ。理解してくれてうれしいわ、ハンナ。ロバートとリチャードは父と息子のような関係だった。そしてリチャードはブルースと同じ関係を築こうとしていたの。これはリチャードとわたしのあいだに子供がいなかったせいもあると考えずにはいられないわ。わたしはむしろ子供がいなくてよかったと思った」

「どうしてですか？」わかるような気はしたが、ハンナはきいた。

「簡単なことよ。息子がいたら、リチャードはブルースを甘やかしたのと同じように甘やかしたでしょうから！」

アップル・ショートブレッド・バークッキー

●オーブンを175℃に温めておく

材料

小麦粉……3カップ（ふるわなくてよい）

室温でやわらかくした有塩バター……340グラム

粉砂糖……3/4カップ（大きなかたまりがなければふるわなくてよい）

アップルパイフィリング……1缶（595グラム）

準備：
23センチ×33センチのケーキ型に〈パム〉などの
ノンスティックオイルをスプレーする。

ハンナのメモその1：
ブレンダーやフードプロセッサーを使っても作れるが、
その場合は冷やしたバターをさいの目に切って使うこと。
〈クッキー・ジャー〉ではスタンドミキサーを使用。

作り方

① 電動ミキサーのボウルに小麦粉と有塩バターと粉砂糖を入れ、よく混ぜる。

② ①の半量をケーキ型の底に敷き詰め（残りはトッピングになる）、175℃のオーブンで15分焼く。

③ オーブンからケーキ型を取り出し、5分冷ます。
オーブンは切らないこと。

④ 焼けたクラストの上にアップルパイフィリングを広げる。
すべてのバークッキーにリンゴのかけらがいきわたるように、
アップルパイフィリングは大きなかたまりがあれば
小さく切っておくこと。

⑤ ②の残りを振りかけて金属製のスパチュラで軽く押す。

⑥ オーブンに戻して、30分、または表面が軽く色づくまで焼く。

⑦ オーブンから取り出してワイヤーラックの上に置く。
完全に冷めたらブラウニーのような棒状に切り分け、
好みで粉砂糖を振って、きれいな大皿にならべる。
濃いホットコーヒーか冷たい牛乳とともに召しあがれ。

アップル・ショートブレッド・バークッキーは携帯にも適しており、
お弁当とともにジッパーつきの袋に入れて
学校に持っていっても形がくずれない。
子供の親友のためにクッキーの袋は余分に用意すること。

バターたっぷりのお楽しみ、
ブラウニー状に切り分けて3〜4ダース分。

22

「ハンナ姉さんが作ったあの野菜サラダ、大好評だったわね」テーブルからさげてきた皿を食器洗浄機に入れながらミシェルが言った。

「わたしが作ったんじゃないわよ」ハンナはそう答えながらアンドリアに微笑（ほほえ）みかけた。「アンドリアが全部ひとりで作ったの」

ミシェルは驚いた顔でアンドリアを見た。「料理を習ってるの？」

「うん、姉さんに教えてもらってるとこ」アンドリアはとても誇らしげだった。「姉さんはわたしがまちがったことをしそうなときに止めてくれるだけだけど」

「卵を殻ごと入れたりとか？」

アンドリアはいらだたしげにため息をついた。「そのことを絶対に忘れさせてくれないのね」

ハンナは妹の肩を抱いた。「まえに言ったでしょう、アンドリア。人間はみんな失敗をするから、他人がへまをした話を聞くと気が楽になるのよ」

「まあ、いいわ。少なくともあの卵は無駄にはならなかったし！」

「母さんのために作ったクッキーにわたしが砂糖を入れ忘れたときよりましよ」ミシェルが言った。

「そんなことがあったの？」アンドリアに笑顔が戻った。

「うん、母さんが帰ってくるまえに作りはじめてたからよかったけど。全部ゴミ箱に入れて外に運び出し、キッチンを掃除する時間があったから」

「じゃあ、母さんは知らないの？」アンドリアはきいた。

「あら、もちろん知ってるわよ！　チョコレートのにおいに気づかれて、何を作ったのかときかれたの。母さんにはうそをつけないから、白状しなくちゃならなかった」

「何かテーブルに運ぼうか？」キッチンのドア口にマイクが現れて尋ねた。

三姉妹は視線を合わせたあと笑いだした。なぜマイクがキッチンに来たかわかったからだ。

「何かおかしなこと言ったかな？」彼はきいた。

「いいえ」ハンナは答えた。「ここはいいから、ロニーとノーマンにテーブルにつくように言ってくれる？　すぐにコーヒーとデザートを持っていくわ」

「わかった」マイクはそう言ったあと、一瞬ためらった。「今夜は殺人事件のことについて話さないつもりなんだけど、いいかな？」

「わたしのまえで話したくないなら、すぐに失礼するけど」アンドリアが申し出た。「どっちみちあと一時間ほどでビルが会議から帰ってくるし、そのまえにここを出たいから」

「きみのせいじゃないよ、アンドリア」マイクは急いで言った。「燃え尽き症候群ってやつかな。ロニーと一日じゅう参考人の話を聞いたけど、たいした情報は得られなかった。ふたりとも疲れてきたからひと息つきたいんだ」

これはハンナにとっても都合がよかった。ハーブとリサに会ったことや、ハーブの車の隣にあった車の跡についてアールと話したこと、シリルはこの三日間オイルもれの車を受け入れていないとノーマンが調べてくれたことについて、話したくなかったのだ。カレッジのイヤーブックでの発見や、ステファニーから聞いたリチャードとロバートの生活についての考察、リチャードが初年度だけ兄と同じウィスコンシンのカレッジにいたことについても、話す必要はなくなる。ハンナは自分たちが集めた情報を思い起こした。ひじょうに広範囲にわたる情報だ。かなりのことがわかったが、マイクと共有するのは今でなくていいだろう。

「デザートまではいっしょにいてよ、アンドリア姉さん」ミシェルが言った。「何か別のことを話題にすればいいじゃない。わたしが担当した芝居のオーディションのことならいつだって話せるわよ。『わが町』（ソーントン・ワイルダー作の三幕ものの戯曲）をやるんだけど、グレッグ・ジェイコブソンが舞台監督のオーディションを受けたの。前回の芝居の舞台監督だったから自分はぴったりだと言ってね」

「でも、その舞台監督は『わが町』の役のひとつのことなんでしょ？」アンドリアがきいた。

「そう、語り手の役。わたしがそう言ったとたん、グレッグはすごい速さで身を引いたわ、床にスリップ痕をつける勢いで」

「さて、コーヒーを淹れるわね」アンドリアがコーヒーメーカーに向かいながら言った。

「わたしはカップケーキを出す」ミシェルが言った。「これ、ほんとにかわいいわ、姉さん。〈ピープス〉のちっちゃなマシュマロのヒヨコが上にのってるのね」

「〈ピープス〉のマシュマロにはクリスマスツリーの形のもあるのよ」ハンナが言った。

「リサはそれをのせてクリスマスにも作るべきだって言ってる」

「いいわね」アンドリアが言った。「わたしもクリスマスのホイッパースナッパーにのせようかな」

コーヒーの準備ができると、一同はデザートのためにダイニングルームのテーブルを囲んだ。ハンナの予想どおり、マイクはカップケーキを二個食べ、家に持ってかえりたいので余分にあるかとハンナにきいた。ハンナはマイクのために数個、アンドリアのために数個を箱に入れ、あとはミシェルに残していくことにした。

「カップケーキをありがとう、ハンナ」ハンナとノーマンが防寒コートを着て帰る支度をしていると、ロニーが言った。「朝食にふたりで食べます」

「あなたひとりで食べてよ」ミシェルが口をはさんだ。「わたしはバターなしのトーストと卵一個のスクランブルエッグを食べるから。今夜は食べすぎたわ。一週間は何も食べなくてもいい気がする」

週に二回も自宅の玄関から外に出て、ノーマンと屋根付きの階段をおりるのは妙な感じだった。ここにとどまってパジャマに着替え、自分のベッドにはいるべきだと考えずにはいられなかった。だが、自分のベッドはもうないのだと思い直した。ドロレスとドクがアパートをリフォームして、ベッドルームの家具をすべて取り替えたのだから。それでよかったのだろう。そのままだと、ロスとすごした夜を、結婚は偽りだったことを、彼に愛などなかったことを思い出させただろうから。当時はすべてがまっさらで美しく見えたが、今はもっと分別がある。

「なんだか静かだね、ハンナ」ノーマンは彼女のために助手席のドアを開けて言った。

「そうね」ハンナは認めて言った。

「バスコム町長の殺害事件のことを考えているの？」

「それはいつも考えてる」彼がほんとうにききたがっていることをはぐらかしてハンナは言った。「〈クッキー・ジャー〉に寄ってもらってもいい、ノーマン？　殺人事件ノートを作業台のカウンターに忘れてきちゃったんだけど、今夜か明日の朝あなたと検討したいことがあるから」

「いいとも」ノーマンはすぐにそう言うと、敷地内の曲がりくねった道を進み、ハイウェイにつづく接続道路に出た。レイク・エデン方面に向かうハイウェイに乗るまでふたりとも無言だった。

「今日の午後ステファニーが言ったことはほんとうなのかしら」ハンナは半分自分に、半分ノーマンに向かって言った。

「どんなこと?」

「甥のブルースが悪さをすると、バスコム町長はいつももみ消していたの。ステファニーはそのことで夫とけんかしたんですって。自分のしたことにきちんと向き合わないと、ブルースは責任ある大人にはなれないと思ったから」

「当然のことに思えるけど」ノーマンは言った。「ブルースはなんでも好きなことができると思ったんじゃないかな。たとえまずいことになっても、叔父さんがなんとかしてくれるから」

「夫はブルースの性格を歪めてしまっているとステファニーが考えているのは明らかだった。その理由について彼女には思っていることがあったの」

「それは何?」

「自分たちに子供がいないから、夫はブルースを自分の思いどおりにしたかったんだと。

そしてそのあととてもショックなことを言ったの」

「なんて？」

「子供がいなくてよかったと。たぶん自分の息子にも同じようにするだろうから」

ノーマンはしばらく考えていた。そしてようやく「そうかもしれない」と言った。「バスコム町長がブルースにそれほど過保護な理由について、彼女は何か言ってた？」

「ええ、町長と兄のロバートの関係について話してくれた。ロバートが生まれたとき、母親はもう子供は産めないと医者に言われていた」

「でも、四年後に母親はまた子供を産み、それがリチャードだった？」

「そう。家族みんなが、不可能を可能にする奇跡の赤ん坊として彼を扱った。そして、リチャードが学生のころ、父親が亡くなった」

「母親は父親の役割も果たすようになった？」ノーマンが推測した。

「いいえ、母親は夫の死に打ちひしがれてしまった」

「その結果どうなったか、わかる気がするよ」ノーマンが言った。

「話してみて」

「父親を失い、母親が気力をなくしたことで、ロバートはリチャードの父親にならざるを得なかった」

「そのとおりよ！」ハンナはノーマンの洞察力に感心して言った。「どうしてわかったの、ノーマン?」

「大学で心理学の授業を何コマか取ったんだ。歯科医の学校では心理学の講習を大量に受けさせられた」

「歯医者さんに行くことを恐れる人たちがいるから?」

「それもある。患者のごく近くでする仕事だから、そういう心理学的な問題に対処する方法を教わるんだよ」

「町長とブルースについてのステファニーの理論は正しいと思う?」ハンナはきいた。

「うん。たしかにその可能性はあるね、ハンナ」

「こういったことをロバートにも話すべきかしら?」

「話しても害はないと思うけど、ブルースがバスコム町長を殺したとは思ってないよね?」

「ブルースはシロよ。拘置所にいたから」

「バスコム町長が殺されたとき、ロバートはどこにいたの?」

「車でレイク・エデンに向かっていた。町長が殺されたことを知ったステファニーは、ロバートの携帯に電話したんだけど、こっちに来る途中だとわかったの」

「ロバートはもう弟が殺されたことを知ってたのかな?」ノーマンがきいた。

「いいえ、彼がレイク・エデンに向かっていたのはブルースの裁判のためよ。そして、ミネアポリス空港に近いトラック・ストップに停まって、車を修理してもらっていた」

「車がどうかしたの？」

「ステファニーはそれについて尋ねなかったしロバートも伝えなかった」

「彼女はトラック・ストップの名前を知ってた？」

「いいえ、でもさらにいくつかのことを話してくれた」

「どんなこと？」

「ひどく疲れていたり動揺しているなら、トラック・ストップ付近に泊まって、翌朝レイク・エデンに来るようにと、ステファニーはロバートに言ったの」

「いいアドバイスだ」

「でしょ。トラック・ストップのすぐそばにモーテルがあって空室のサインが見えるから、もし車が直らなかったらそうするとロバートは約束した」

「それで泊まったの？」

「いいえ、ロバートはその夜遅くレイク・エデンに着いたそうよ。ステファニーが話してくれたことはまだあるの……」

「それは何？」

「ロバートと電話しているとき、ウェイトレスがコーヒーを注ぎ足しにきて、ロバートがありがとうと言うのが聞こえたそうよ。彼がウェイトレスをミッツィと呼んだのも」

「それで」ハイウェイをおりて町を抜け、〈クッキー・ジャー〉の裏口付近に車を停めてノーマンは言った。「ぼくにやってほしい？　それともきみがやりたい？」

「何を？」

「トラック・ストップに電話して、ロバートの車はどこが悪かったかきくことさ」

「ちょっと待ってよ！」ハンナは驚いてノーマンを見ながら言った。「あなたにはときどき心を読まれてるんじゃないかと思うことがあるわ」

「さあ、なかにはいろう」ノーマンは運転席から降りると、ハンナの側に急いでドアを開けた。「はいったらすぐに空港に近いトラック・ストップを調べるよ」

「ありがとう、ノーマン。コーヒーを淹れるわね。しばらくかかりそうだから」

「そうとはかぎらないよ」ノーマンはハンナがドアを鍵で開けられるように脇にどいた。「ふたつ目の質問に答えてないね。正しいトラック・ストップを見つけたら、自分で電話したい？　それともぼくにしてほしい？」

「かまわなければあなたがかけて」ハンナはドアを押し開けて明かりをつけた。ノーマンはこれから電話をするのがうれしい様子だった。

ノーマンが携帯電話で調べると、驚いたことに正しいトラック・ストップはすぐに見つかった。大きなトラック・ストップはひとつしかなく、敷地内のレストランのすぐそばに〈スリープ・タイト・モーテル〉があるという説明もあてはまった。

「ほんとにぼくがかけていいの？」ノーマンはハンナにきいた。

「もちろん」ハンナは彼に言った。ノーマンがトラック・ストップに電話しているあいだ、質問の指示などは絶対にするまいと自分に言い聞かせながら。それでも絶対に口を出さないという自信がなかったので、ハンナは会話を聞かないことにした。ノーマンが電話しているあいだ、コーヒーショップに何かを取りにいこう。そして、彼が電話を終えるまで厨房に戻らないようにしよう。殺人事件ノートの白紙のページを開き、ペンといっしょにノーマンに差し出して、ハンナは立ちあがった。

「どうぞ電話して、ノーマン。そして役に立ちそうな情報を書き留めて。わたしはコーヒーショップでやることがあるから」

ノーマンは一瞬驚いてハンナを見たあと微笑んだ。「わかった。大丈夫だよ、ハンナ。ミッツィが勤務中だったら必要な情報をきき出すから」

これまで経験したことがないほどむずかしい作業だった。料理を学ぶのに手を貸すとアンドリアに告げるほうが簡単だったくらいだ。それでもハンナは立ちあがり、スイングドアを抜けてコーヒーショップに向かった。ドアのそばに立って耳を澄ましたくてたまらなかったが、リサがレジを打つときに使うスツールに向かい、腰をおろして窓の外を眺めた。

メインストリートには人けがなかった。雪が静かに降っていて、ハンナは故郷の町で成功した店を所有している幸せに思いを馳せた。家族全員がレイク・エデンに住んでいる。

愛する人がひとり残らずすぐそばにいるのはすてきなことだ。今夜のディナーは妹たちがふたりともいっしょでとりわけすばらしかった。三姉妹は別々に暮らし、それぞれにやるべきことを抱えているが、ミシェルがそばにいて、アンドリアがトレイシーとベシーのためにナニーのグランマ・マッキャンを雇った今は、少なくとも週に一回は会うようにしていた。

楽しかったディナーのことを考えて、ハンナの顔に笑みが浮かんだ。サリーのコーンサラダはロニーがバルコニーのグリルで作ったハンバーガーにとてもよく合ったし、自分が作ったサラダを褒められたアンドリアはうれしくてたまらないようだった。

サリーのコーンサラダ

材料

白粒コーン……4カップ
（わたしは〈グリーンジャイアント〉の312グラム入り3缶を使用）

ピーマンのみじん切り……1個分
（緑色のピーマン1/2個と赤ピーマン1/2個でも）

コルビー＆モントレージャックチーズの細切り……227グラム

タマネギのみじん切り……1/3カップ
（わたしは青ネギの茎5センチ分を刻んだ）

マヨネーズ……1カップ
（わたしは〈ベストフーズ〉のものを使用。東部では〈ヘルマン〉の名で知られる）

フリトスのチリチーズコーンチップ……262グラム入り1袋

作り方

① 白粒コーンの缶を開けて水気を切り、ボウルに入れる。

② へたと種を取り除いてみじん切りにしたピーマンをボウルに加える。

③ コルビー＆モントレージャックチーズの細切りを加える。

④ 細かく刻んだタマネギを加える。

⑤ マヨネーズを加え、ゴムべらで全体をよく混ぜる。

⑥ ボウルにラップをかけて食べるときまで冷蔵庫で冷やしておく。

⑦ 食べる直前にチリチーズコーンチップを加えてあえる。

ハンナのメモその1：
ふやけてしまうので、コーンチップは食べる直前に加えること。
直前にあえることで歯ごたえが残る。

ボウルにトングを添えてテーブルに出し、各自で取ってもらうか、
ひとり分ずつボウルに取り分ける。

少なくとも6人分。

ハンナのメモその2：
残ってしまっても心配はいらない。
チリチーズコーンチップの小さめのパックを買って、
食べる直前にサラダの残りとあえればよい。

ピープス・イースター・カップケーキ

●オーブンを175℃に温めておく

材料

卵……大4個

植物油……1/2カップ

牛乳……1/2カップ

サワークリーム……1カップ（227グラム）

ホワイトチョコチップまたはバニラベーキングチップ……
340グラム入り1袋
（312グラム入りでもよい。わたしは〈ネスレ〉のものを使用）

イエローケーキミックス……1箱
（23センチ×33センチのケーキ1台、または2段の丸形ケーキ1台が作れる分量のもの。わたしは〈ダンカン・ハインズ〉のものを使用）

粉末のインスタント・バニラプディング&パイフィリング……
144グラム入り1箱（わたしは〈ジェロー〉のものを使用）

〈ピープス〉のミニサイズのヒヨコ形マシュマロ……18〜24個

準備：

① 12個用のカップケーキまたはマフィン型2枚に紙カップを2枚ずつ敷く。

② ホワイトチョコチップまたはバニラベーキングチップをフードプロセッサーにかけて細かくする。ナイフで刻んでもよい。

作り方

① 電動ミキサーのボウルに卵を割り入れ、
ふんわりして色が均一になるまで低速で混ぜる。

クリームチーズ・フロスティング

材料

室温でやわらかくした有塩バター……113グラム

やわらかくしたクリームチーズ……227グラム
（わたしは〈フィラデルフィア〉のものを使用）

バニラエキストラクト……小さじ1

牛乳……小さじ1

粉砂糖……4〜4 1/2カップ
（大きなかたまりがなければふるわなくてよい）

ハンナのメモその1：
ここでやっと〈ピープス〉のヒヨコマシュマロが登場する。
ミニサイズの〈ピープス〉のマシュマロは色が豊富。
基本の黄色のほかにビビッドなピンクやきれいなラベンダー色のものがあった。
ピープス・イースター・カップケーキには色とりどりのマシュマロを使うのが好き。

作り方

① ボウルに有塩バターとクリームチーズを入れ、しっかり混ぜる。

② バニラエキストラクトと牛乳を加えてさらに混ぜる。

ハンナのメモその2：
つぎの工程は室温でおこなうこと。
クリームチーズとバターをやわらかくするのに温めた場合は、
室温まで冷めたのを確認してからつぎに進む。

② 植物油、牛乳、サワークリームを順に加え、
その都度低速でよくかき混ぜる。

③ ケーキミックスの半量を加えて低速で2、3分、
または全体になじむまでかくはんする。

④ 残りのケーキミックスを加えて低速で混ぜる。

⑤ ミキサーを止め、ゴムべらでボウルの内側の生地をこそげる。

⑥ 粉末のインスタント・バニラプディング&パイフィリングを加え、
低速で混ぜる。

⑦ ミキサーを止めてもう1度ボウルの内側をこそげ、
ミキサーからボウルをはずす。

⑧ 細かくしておいたホワイトチョコチップを加え、
ゴムべらかスプーンで混ぜこむ。

⑨ 用意しておいたカップケーキ型にゴムべらかスクーパーで
カップの3/4あたりまで生地を入れる。

⑩ ゴムべらで表面をならし、175℃に予熱したオーブンで
15〜20分焼く。ケーキテスターか木串か長楊枝(ながようじ)を刺してみて
何もついてこなければ焼きあがり。
まだ生地がついてくる場合はさらに5分焼く。

⑪ オーブンから取り出して型のままワイヤーラックの上に置き、
室温まで冷めたら冷蔵庫で30分冷やしてから
(ひと晩冷やしてもよい)クリームチーズ・フロスティングを塗り、
ミニマシュマロを飾る。

カップケーキの大きさによるが、約18〜24個分。

室温で食べても冷やして食べてもよい。トールグラスに注いだ冷たい牛乳か、
濃いホットコーヒーとともに召しあがれ。

③ 粉砂糖を1/2カップずつ加え、その都度よくかき混ぜながら、
塗り広げられる硬さになるよう調節する
(粉砂糖はほぼ全量使うことになる)。

④ フロスティングナイフか小さめのゴムべらで
フロスティングをすくい、カップケーキの上にたらしたら、
紙カップの縁ぎりぎりまで塗り広げる。

ハンナのメモその3:
紙カップの縁まで塗り広げると、ケーキからはがすときにフロスティングが
指についてしまい、指を洗うかなめるかしなければばならない。
子供たちは楽しいだろうが、大人にはそうでもない。

⑤ フロスティングがまだやわらかいうちに、〈ピープス〉の
ミニマシュマロをカップケーキにひとつずつのせる。

⑥ フロスティングが固まるか、乾くまで室温に置く。

フロスティングがあまったら、グラハムクラッカーやソーダクラッカー、
曽祖母のエルサの言う店売りのクッキーなどに塗る。
密閉容器に入れて冷蔵庫で1週間保存できる。使うときは密閉したまま
カウンターに1時間ほど置き、室温にすると塗り広げられる硬さになる。
絞り袋に入れても使いやすく、ケーキやクッキーのデコレーションに
さまざまな可能性が広がる。

ハンナのメモその4:
去年のイースターはトレイシーとベシーのためにこのカップケーキを作った。
トレイシーは伝統的な黄色のヒヨコを選んだが、
ベシーはラベンダー色のヒヨコを選んだ。
トレイシーは紙カップをはがすより先にヒヨコを食べた。
ベシーはまず紙カップをはがしてフロスティングからヒヨコマシュマロを取り、
紙カップの上に置いておいて最後に食べた。ふたりの性格のちがいに関して
これが何を意味するのかはわからないが、見ているのはおもしろかった。

23

「ハンナ？　寝てるのかい？」

　ハンナは目を開けようとしたが、永遠とも思える時間がかかりそうだった。まぶたがやたらと重くてほとんどあがらない。

「起きて、ハンナ。電話は終わったよ」

　電話。なんの電話だっけ？　どうしてだれかが電話を終えるのを気にしていたの？　そんな疑問が頭に浮かんだが、あまりにも眠くて質問できなかった。

「さあ、起きて。うちに帰ろう」

　男性の声だ。父だろうか？　父さんがうちに帰ろうと言っているということは、家以外のところにいるのだろう。

「車まで運んでいってほしいの、ハンナ？」

　なんとなくなじみのある質問で、ハンナの頭が焦点を合わせはじめた。まったく同じ質問を以前聞いたことがある。ゆっくりと目を開けて見あげると……

「ノーマン！」こちらをのぞきこんでいる男性に気づいて声をあげた。「いいえ、運ばないで。ヘルニアになるかもしれないから！」

ノーマンは笑った。「前回眠りこんだときもそう言ったね」

ようやく頭が働きはじめ、ハンナは微笑(ほほえ)んだ。「そうだった。目が覚めたわ、ノーマン。電話は終わったのね？」

「うん。正しいトラック・ストップを見つけたし、ミッツィも勤務中だった。上司が彼女を電話口に呼んでくれた」

「やったわね！」ハンナはすっかり目が覚めた。「ロバートの車はどこが悪かったのかわかった？」

「いいや。でも、シフトを終えてうちに帰ったら、夫に確認して、明日の午前中に電話をくれることになってる。ロバートの車を修理したのは彼女の夫で、普通の車じゃなかったそうだ」

「キャンピングカー？」

「そう。どうしてわかった？」

「ステファニーが言ってたから。ロバートは車を二台持ってて、それは小型のセダンとキャンピングカーだって」

「そう、そのキャンピングカーだった」

「でも、どうしてミッツィはキャンピングカーだってわかったの？」

「トラックの運転手たちがカウンターで、あれほど古いキャンピングカーを現役で使っている彼を褒めたのを聞いたんだよ」

「ロバートはどう答えたの？」

「彼は笑って言ったそうだ。中古で買ったもので、それが精一杯だったし、毎年夏に息子と国立公園にキャンプに行くから、動いてもらわないと困るって」

「トラック運転手はキャンピングカーのどこが悪いのか彼にきいたの？」

「うん。まだわからないけど、ここに来てすぐに修理工にキーをわたしたから、すぐにわかるはずだとロバートは言ったそうだ」

「それで、原因はわかったの？」

「ミッツィは知らなかった。彼女がシフトを終えて店を出たとき、ロバートはまだカウンターに座っていたから。でも、夫にきいて午前中に電話をくれると約束してくれたよ」

「ミッツィの夫もトラック・ストップで働いているのね？」

「ああ、整備工の責任者らしい。彼に確認してきみに電話すると言ってたよ」

「わたしに？」これにはハンナも驚いた。「あなたの番号を伝えたんじゃないの？」

「いや、明日の朝はオフィスにいなきゃならないんだよ。朝いちで根管治療の予約がはいっていて、ドク・ベネットは正午まで来られないんだ」

「ミッツィには〈クッキー・ジャー〉の番号を教えたの？」

「きみの携帯番号を教えた。明日の朝きみが何時に仕事に出かけるかわからなかったから。今夜はかならず携帯電話を充電しておかないとね。うちに着いたらぼくにわたしてくれればやっておくから」

「助かるわ。まだすごく眠いから、忘れそうだもの」

「大丈夫だよ。ぼくにまかせて。朝レイク・エデンに送っていくときも、きみが携帯電話を忘れないように気をつけるよ」ノーマンは手を伸ばしてハンナの肩に触れた。「また眠りこむまえにきみをベッドに連れていかないと、スツールから転げ落ちそうだ」


　翌朝ノーマンに仕事場まで送ってもらったハンナは上機嫌だった。バッグのなかには満タンまで充電した携帯電話がはいっているし、ミッツィから電話があったときバッグのなかをかき回さなくていいように、作業台に置いておくとノーマンに約束した。

「朝食をごちそうさま、ノーマン」助手席のドアを開けてくれた彼に裏口の鍵をわたしてハンナは言った。裏口を開けてくれた彼にきく。「コーヒーを飲んでいく？」

「ありがとう、でも遠慮しておくよ。〈コーナー・タヴァーン〉でたっぷり飲んだから目は覚めてる」彼は腕時計を見た。「あと三十分で患者が来るし、準備したいことがあるから」

「根管治療関係で？」

「そう、殺菌しなくちゃならないものがあるんだ。正午にドク・ベネットが来てからまた会おう」

ノーマンと別れてハンナが最初にしたのは、業務用オーブンを予熱することだった。つぎにコーヒーメーカーをセットし、ウォークイン式冷蔵庫に行って、焼くばかりになっているクッキー生地を眺め、まず何を焼こうかと考えた。オーブンの温度は百七十五度にセットしてあるが、ちがう温度で焼くクッキーを選んだとしても、いつでも温度は変更できる。とはいえ、たいていのクッキーはこの温度でいいはずだ。ツイン・チョコレート・ディライトとショート・スタック・クッキーがそれぞれ一回ぶん焼けるだけの生地がはいったボウルを持って、ステンレスの作業台に戻った。どちらも百七十五度で焼くクッキーだが、先にショート・スタック・クッキーを焼くことにした。焼くまえに生地を冷やす必要があるレシピで、すでに生地が冷えているからだ。ツイン・チョコレート・ディライトは焼くまえに冷やす必要がないので、このあと生地が室温に戻ってから焼けばいい。

クッキーを焼くのに忙しくて、正面側のドアからリサがはいってきた音に気づかなかった。自分ひとりではないと気づいたのは、スイングドアを抜けてコーヒーショップから厨房（ちゅうぼう）にはいってきたリサに名前を呼ばれたときだった。

「早いのね、ハンナ」厨房のコーヒーメーカーに直行してカップにコーヒーを注ぎながらリサは言った。「あなたのカップにもコーヒーを注ぎましょうか、ハンナ？」

「ええ、お願い。今朝はノーマンが早くクリニックに行かなくちゃならなかったから」ハンナは説明した。「わたしも早めにクッキーを焼きはじめることにしたの」

「ナンシーおばさんとわたしでもできたけど、ここにはいってきたときいろんなクッキーのおいしそうなにおいがするのっていいものね」リサは顔をほころばせた。「ラックで冷ましているのはショート・スタック・クッキーね？」

「ご名答！　生地がまだ冷たいうちにと思って最初に焼いたの。少し食べる？」

ハンナは笑って、作業台にクッキーを運んだ。

「きかれるまでもないわ！」リサは叫んだ。「同感よ。わたしも少し食べちゃった。このクッキーは朝にぴったりね」

「ちょうどいいわ。今朝は朝食を作らなかったの。ハーブは〈ハル&ローズ・カフェ〉で町議会の朝食ミーティングがあるからと早くに出かけて、ひとりで食べる気になれなかったから」

「わかるわ。わたしもひとりで食べるのはそんなに好きじゃない」

「でも、たいていひとりじゃないでしょ？」

ハンナはしばし考えてみた。「そうね。わたしかミシェルが料理をするときは、たいていお客さんがいる。考えてみると、最後にひとりで朝食を食べたのがいつか思い出せない」

「それが〈クッキー・ジャー〉のいいところなのよ」リサはふたつ目のクッキーに手を伸ばしながら言った。「いつだってクッキーを朝食にできるから。それに、ひとりでここにいたとしても、それがずっとつづくわけじゃない。すぐにほかの人たちが来るとわかっている」

心地よい空間、と理性的な声が言った。リサは〈クッキー・ジャー〉が心地よい空間だと思っている。それってすばらしいことじゃない？

疑い深い声がこれに反対する理由を思いつくかもしれないので、ハンナは心の声に耳を澄ますのをやめた。「そんなふうに思ってくれてうれしいわ、リサ。わたしもまったく同じ気持ち。すごく忙しいこともあるけど、そういうところも好き」

リサはふたつ目のクッキーを食べ終えると立ちあがった。「最初のお客さまが来るまえに、コーヒーショップの準備を整えたほうがいいわね。ナンシーおばさんが来たら、ここでクッキーを焼くのを手伝ってもらう？」

ハンナは業務用ラックを見た。「ほとんど終わってるから手伝いはそれほどいらないけど、ディスプレー用のクッキー・ジャーにクッキーを補充するためにここに来てもらって」

つぎのクッキーを焼いていると、ナンシーおばさんがはいってきた。ナンシーおばさんがディスプレー用のクッキー・ジャーを補充し、カウンターの上に設置したバーの上の棚に置くと、朝の最初のお客さんたちが来店しはじめた。

来店客が増えるにつれて、コーヒーショップから聞こえる話し声がだんだん大きくなってきた。活力をくれるコーヒーをもう一杯飲んだあと、ハンナは書き留めておいた新しいレシピを試作することにした。

まだ作ったことのないレシピは、試作ずみのものや正式なレシピから赤い仕切りで分けてあった。ハンナはバインダーの赤い仕切りのうしろにあるルーズリーフのページを開いた。

「これにしよう！」ココナッツ&チェリー・クランベリー・クッキーのレシピを目にしたハンナは、声に出して言った。作るのはそれほどむずかしくないし、生地に砂糖をまぶして、半分に切ったマラスキーノチェリーを押しつければ、とても華やかに見えるだろう。〈レッド・アウル〉のセールでチェリー・クレイズン（〈オーシャン・スプレー〉社のチェリーの風味をつけたドライクランベリー）を買っておいてよかったと思いながら、すべての材料を集めたとき、携帯電話が鳴った。

「もしもし、ハンナです」彼女は電話に出て言った。

「つかまってよかったわ、ハンナ。トラック・ストップのミッツィです。お友だちのキャンピングカーのことを夫にきいて、あなたに電話するようにノーマンに言われたんだけど」

「こんにちは、ミッツィ」ハンナはあいさつをしながら、ミッツィからの電話に備えてページを開いておいた殺人事件ノートをつかんだ。「ノーマンの話では、ロバートのキャンピングカーの不具合がどんなものだったか、あなたの夫ならわかるとか」

「ええ、夫は今、朝の休憩中でカウンターにいるわよ。彼と話す？　夫の名前はロンよ」

「それはありがたいわ！　ありがとう、ミッツィ」ハンナはノートのらせん綴(と)じの部分からペンを押し出した。

「ハンナさん？」男性の声がした。「ロンだ。ミッツィから聞いたよ。キャンピングカーのことで私にききたいことがあるとか」

「そうなんです」

「車の持ち主が、料金に納得がいかないということじゃないだろうね？」ロンは少し不安そうにきいた。

「そんなことありませんよ。料金は公正だったし、直してもらって感謝していると、わたしのボーイフレンドに話していました」

「たしかによろこんでいたよ」ロンは答えた。いくぶんほっとしたようだ。「まあ、たいした不具合ではなかったんだけどね。オイルもれを直してミッションオイルを補充しただけだから」

「実はボーイフレンドが知りたがっていて。彼は自動車レースをやっていたんですけど、ピットのスタッフに言われたそうなんです。自動車に使われる三種類のオイルは、汚れると茶色くなってどれも同じに見えるって。ロバートのキャンピングカーはミッションオイルがもれていたんですね？」

「そうだ。残っていたオイルは濃い茶色になっていた。夏にラシュモア山に行って以来乗っていなかったし、ミッションオイルを入れ替えたのがいつか覚えていないと言ってたよ。車にくわしくない人にありがちなことでね。オイルは古くなるから、それほど運転していなくてもときどき入れ替えないといけないんだ」

「では、あのキャンピングカーはもう問題なし？」

「ああ。エンジンは申し分なかったし、車体にも問題はなかった。中古で買った車で、掘り出し物だったとロバートは話してたよ」

ハンナは超高速で考えた。ロンにきかなければならないことがもうひとつあった。「もうひとつだけ質問に答えていただく時間はありますか？」

「ああ、すぐにすむなら。あと五分で持ち場に戻らないと」

「すぐすみます。ロバートのキャンピングカーがトラック・ストップにはいってきたのを見ましたか？」

「ああ、気がついたよ、ハイウェイを走っていたときからね。あれほど古いキャンピングカーが走っているのを見るのはめずらしかったから」

「ロバートが東から来たか、西から来たか、覚えていますか？」

「これもめずらしかったから覚えているよ。西から来たのに、彼は東のウィスコンシンから来たと言ったんだ。ここは州間高速九十号線で、すぐ近くにミネアポリス・セントポール国際空港に向かう出口がある。出口を通りすぎてしまい、つぎの出口で引き返してきたんだろうと思った。ほかはいいかな？　もう行かないと」

「はい、これで全部です。ありがとうございました、ロン。ミッツィにもよろしくお伝えください。ロバートは彼女にちゃんとチップをわたしましたよね？　今朝彼と話したんですけど、そのことをちょっと気にしてました」

「チップはもらってるよ。かなり太っ腹な額だったらしい」

「よかった。ほっとすると思うので伝えておきますね」ハンナは約束した。「ほんとうにありがとうございました。お仕事がうまくいきますように」

ハンナは考えこみながら電話を切った。ロンの話には引っかかるところがあり、この頭のもやもやを晴らすには、ココナッツ&チェリー・クランベリー・クッキーの生地を作って焼くのがいちばんだと思った。新しいレシピに挑戦するので集中しなければならないが、生地を作ってクッキーを形成しながらでも、これまでにわかったことをまとめてあれこれ考えることはできるだろう。

準備:
① マラスキーノチェリーをペーパータオルの上に置いて水気を取る。
② ココナッツフレークをフードプロセッサーで細かくし、
計量カップにきっちり詰めて1 1/2カップ量る。
③ 天板にオーブンペーパーを敷く。このクッキーを焼くには
このやり方がいちばん簡単。もしオーブンペーパーがなくて、
買いにいきたくもないときは、〈パム〉などのノンスティックオイルをスプレーする。
④ 仕上げ用のグラニュー糖1/2カップを浅いボウルに入れる。

ハンナのメモその1:
腕力に自信があるのでなければ、
この生地を作るには電動ミキサーを使うこと。

作り方

① 電動ミキサーのボウルにグラニュー糖、室温でやわらかくした
有塩バターとクリームチーズを入れ、低速で1分混ぜる。
徐々に速度レベルを上げながら1分ずつ混ぜ、
その都度ミキサーを切ってボウルの内側をこそげる。
最高速度まで上げたら2分、またはふんわりするまでかくはんする。

② 低速にして卵を1個ずつ割り入れ、その都度かき混ぜる。

③ 低速のまま塩、シナモン、ナツメグ、ベーキングソーダを
加えて混ぜる。

④ ミキサーを切ってココナッツフレーク、チェリー・クレイズンを加え、
低速でなじむまでかくはんする。

⑤ 低速のまま中力粉を1/2カップぐらいずつ加え、
その都度よくかき混ぜる。

⑥ ミキサーを切ってボウルの内側をこそげたら、
ボウルをミキサーからはずし、スプーンで最後にひと混ぜする。
出来あがった生地はふんわりしているはずで、
シュガークッキーやチョコチップクッキーのように固くはない。

ココナッツ&チェリー・クランベリー・クッキー

●オーブンを190℃に温めておく

材料

飾り用のマラスキーノチェリー……30粒

グラニュー糖……1 1/4カップ

やわらかくした有塩バター……113グラム

やわらかくしたクリームチーズ……113グラム
（ブロックタイプのもの。わたしは〈フィラデルフィア〉のものを使用）

卵……大3個

塩……小さじ1/2

シナモンパウダー……小さじ1

おろしたナツメグ……小さじ1/2（おろしたてのもの）

ベーキングソーダ（重曹）……小さじ1

細かく刻んだココナッツフレーク……1 1/2カップ（刻んでから量る）

チェリー・クレイズン……2カップ

中力粉……3 1/2カップ（きっちり詰めて量る）

仕上げ用のグラニュー糖……1/2カップ

ハンナのメモその2:
手で混ぜるときは木のスプーンを使うのが好き。
プラスティックや金属のスプーンよりもうまく混ざる気がする。
曾祖母のものだった中くらいの大きさの木のスプーンを使用。

⑦ 銀器の引き出しにあるスプーンで生地をすくい、
グラニュー糖のボウルのなかに落とす。
清潔な手で軽く形を整えてボール状にし、
グラニュー糖をまぶす。

ハンナのメモその3:
一度に1個ずつおこなうこと。2個以上だとくっつく。

⑧ グラニュー糖をまぶしたボール状の生地を、用意した天板に
そっと置き、横半分に切ったマラスキーノチェリーを、
切り口を下にしてのせる。オーブンに運ぶとき転がらないように
軽く押してつぶす。

⑨ 190℃のオーブンで12分、または表面がこんがり
色づくまで焼く。クッキーは焼いているうちに少し広がる。
表面を指で軽く押してみて、指が沈まなければ焼きあがり。

⑩ オーブンから取り出して、オーブンペーパーごと
ワイヤーラックに移して冷ます。
オーブンペーパーを使わなかった場合は、
天板のまま2分おいてから金属製のスパチュラで
ワイヤーラックに移して完全に冷ます。

ソフトでしっとりしたクッキー、大きさによるが約4～5ダース分。

24

クッキー生地を作りながら、ハンナは深く考えこんでいた。

気をつけて！　疑い深い声が注意した。そんなに気をとられていたら、卵を割ったときに殻を捨てるのを忘れて、殻もボウルの生地に混ぜちゃうかもしれないわよ。

まさか、と理性的な声が反論した。お菓子作りに関するかぎり、ハンナは自分のやっていることをちゃんとわかっているわよ。それに、わたしが目を光らせて、彼女がレシピに従わないときは小突いて知らせるわ。

卵の中身だけをボウルに入れろとは言わないんだ、と疑い深い声が指摘した。

あたりまえでしょ、と理性的な声が言い返した。そんなのどんなばかでも知ってるわよ！

ハンナは内なる討論に耳を貸さなかった。バスコム町長について集めた情報に集中していた。

「バスコム町長が殺されたのは午後六時から八時のあいだ」ハンナはノートの記述を読み

あげた。「ロバートがウィスコンシンからまっすぐレイク・エデンに来たなら、そのころに着いていていたかもしれない」

ミッツィの夫が推測したように、ハイウェイでUターンした可能性もあるわよ、と理性的な声が思い出させた。ロンが見かけたとき、ロバートのキャンピングカーは東に向かっていたからといって、彼がレイク・エデンで弟を殺してきたことにはならないでしょ。すべてもっともだ。頭のなかのふたつの声に耳を澄まさなくてもわかる。だが、殺人のあった夜、ハーブの車の隣に車両が停まっていた跡があったという事実、そしてそのオイルもれの跡はロバートのキャンピングカーが残したものかもしれないという事実に向き合わなければならない。

そうかもしれないし、そうでないかもしれない、と理性的な声が思い出させた。でも、ロバートに弟を殺すどんな理由が？

町長はブルースを甘やかしていた、と疑い深い声が口をはさんだ。ロバートはブルースが町長にこれ以上人格を歪められないようにしたかったのかも。

その可能性はあるけど、それだけで自分の弟を殺したりするかしら、と理性的な声が言う。ロバートはブルースを町長に預ける必要はなかった。ブルースは未成年なんだから、ウィスコンシンに連れ戻すことだってできたはず。父親にはその権利があるし、町長はブルースの父親じゃないんだから！

「ちょっと待って！」ハンナは声をあげた。若い女性と踊っている町長の写真を思い出したのだ。ステファニーによるとその女性はジュリアに似ているということだった。もしジュリア本人だったら？　その夜お酒を飲んでいたせいで、ジュリアがその後二度と飲まなくなったのだとしたら？　その考えに心をかき乱されたハンナは思わず息をのみ、ステンレスの作業台に力いっぱいスプーンを置いたので、クッキー生地が飛び散った。ジュリアがすっかり酔ってしまったせいで、リチャードと一夜をともにすることになったのだとしたら？　自分は夫とのあいだに子供がいなくて幸運だったとステファニーは言っていた。きっと町長は自分の息子もブルースと同じように扱うだろうから、と。ブルースがリチャード・バスコムの息子だという可能性はあるだろうか？

ハンナはあたりを見まわした。一日に必要なぶんのクッキーは焼き終えた。ノーマンは根管治療で手が離せないし、アンドリアは正午まで来ない。ノーマンかマイクに自分の仮説を伝えるべきなのはわかっていたが、複雑な治療の最中のノーマンをじゃまするわけにはいかないし、マイクはこの突飛な憶測を笑うだろう。ロバートはブルースのアパートに滞在しているとステファニーは言っていた。そこにイヤーブックを返しにいってもまずいことはないだろう。

犯人かもしれない人物にひとりで会いにいくのはまずいってわかってるでしょ！　理性的な声が反対した。もしロバートが弟を殺していて、あなたにそれを見破られたと思ったら、ほんとうに危険なことになるのよ！

でも、ロバートのことではハンナが正しいと思う、と疑い深い声が言った。ロバートがリチャードを殺したのかどうか、だれかがたしかめなきゃ。

そうだけど、そのだれかがハンナである必要はないでしょ、と理性的な声が断固として言う。ノーマンかマイクがいっしょに行ってくれるまで待つべきよ。

ハンナは耳を傾けるのをやめた。ロバートのところに行って、慎重に質問しよう。念のため、マイクにメールして、自分がするつもりでいることを伝えておけばいい。

マイクへのメールはすぐにすんだ。それからコーヒーショップに行って、ロバートにクッキーを届けたいからブルースのアパートに行くとリサに伝えた。二ダースのクッキーとイヤーブックという荷物をまとめ、防寒コートと手袋を身につけると、裏口から外に出た。仮説がまちがっている可能性はたしかにある。これまでも容疑者が見当ちがいだったことはあった。だが、わたしが正しい可能性もあるのだ！

ブルースのアパートに着くまでそれほど時間はかからなかった。マイクのアパートと同じ共同住宅にあったからだ。ハンナは〈オークス〉の入り口をはいった。

マイクが住む棟まで車を進めた。ブルースのアパートはマイクの四部屋先で、建物の奥付近だとステファニーから聞いていた。

各ドアに表札がついており、ブルース・バスコムと書かれたドアを見つけた。クッキーの箱を持ち替え、玄関ベルを押して待った。

「ハンナ！」ドア口に現れたロバートは彼女がわかったようだ。「ここで何をしているんだい？」

「朝食用のクッキーを持ってきました」ハンナは言った。「それと、あなたにカレッジのイヤーブックを返そうと思って」

「私のカレッジのイヤーブック？」ロバートはけげんそうだ。「どうしてきみがそれを持ってるんだい？」

「昨日ステファニーが見せてくれたんです。ガレージで箱を見つけたと言って」

「リチャードは私の
イヤーブックを持っていたのか？」

「そうです。ラベルにはだれのものとは書かれていなかったので、ご両親の家の荷物整理のとき、リチャードが自宅に持ってきたみたいで」

「なるほど。あいつは自分のだと思ったんだろう。実はあいつものってるんだよ。それは私がタラ・ヒルズの四年生のときのイヤーブックだ。買ったあと、保管しておいてもらおうと実家に送った」

「当時もうジュリアと結婚していたんですか？」ハンナは世間話をつづけるように尋ねた。

「ああ、ジュリアとは卒業する直前に結婚したんだ」

「彼女のことは残念でしたね」彼の悲しげな表情に気づいて、ハンナは言った。

「うん、私もそう思うよ。私たちは幸せだった。彼女はいい妻だったし、ブルースにとってはすばらしい母親だった」

「ブルースはどうしていますか？」ハンナはきいた。この質問がロバートを動揺させないといいのだが。

「もう大丈夫だ。帰ってきて部屋で寝ているよ。拘置所ではよく眠れなかったらしい」

「ブルースはいつ帰ってきたんですか？」

「今朝拘置所にあの子を迎えにいった。判事からの書類が受理されてすぐにね」

「あなたはブルースを釈放して自分にまかせてほしいと判事にたのむつもりだとステファニーが言ってました。彼を滞在型の治療施設に入れるために」

「そうなんだ。判事は私の要請を承認してくれて、ミネアポリスにブルースのためのすばらしい治療施設も見つかった。湖のほとりにあって、そこで働いている人たちもとても感じがいいんだ。治療実績も高い。ふたたび戻ってくる患者は多くないそうだ」

「それは励みになりますね」ハンナは言った。ロバートに答えてもらいたい質問にどうすればつなげられるだろうと考えながら。

「クッキーとイヤーブックを届けるためだけに来たのかい？」ロバートはきいた。「それとも、何か私に用があるのかな？」

考えなしに行動してしまう傾向があるハンナは、自分を抑えようとした。今日のテーマは慎重さだ。「実は……いくつかおききしたいことがあって」と打ち明けた。

「どうぞ」ロバートはそう言ってハンナに微笑（ほほえ）みかけた。「きみがリチャードの死を調査しているとステファニーから聞いたよ。そうだよね？」

「ええ」

「リチャードに恨みを持っていた人はたくさんいるらしいね。弟はつきあいにくい人間だったから。レイク・エデンで権力のある地位についてからはとくに」

「そのとおりです」ハンナは一瞬黙りこみ、どうやって質問につなげようかと思案した。「たしかに、バスコム町長を嫌っていた人たちはいます。でも、動機のある人たちのほとんどが警察やわたしによってシロと判断されました」

「それで、残ったのは？」ロバートがきいた。

ハンナはため息をついた。言ってしまうしかない。「あなたです」と告げたあと黙りこみ、彼の返答を待った。

「どうして私だと思ったのか教えてくれ」

ハンナは答えなかった。ただ、イヤーブックを手に取り、友愛会のパーティの写真のページを開いてロバートにわたした。「リチャードとジュリアには肉体関係があったようだから」

今度はロバートがため息をつく番だった。「知られてしまったか」彼は言った。「何があったか知りたいかい？」

「ええ、ぜひ」ハンナは礼儀正しく言った。マイクがメールを読んで、すぐにも来てくれることを願いながら。

「ジュリアは友愛会のパーティにとても行きたがっていた。パーティでは寸劇がおこなわれることになっていて、リハーサルを見ただれもがおもしろくて大笑いしたと言っていたから。リチャードは友愛会のメンバーだったから私たちを招待してくれたが、私は夜間講座の最終試験があって行けなかった」

「それで、自分がジュリアを連れていこうとリチャードが言った？」

「ああ」

「そしてあなたはそれを許した？」

「当然だ。そのときは心配していなかった。ジュリアはパーティ好きではなかった。ただ寸劇を見たかっただけなんだ。リチャードが早めに彼女を家まで送ってくれるだろう、と私は思っていた。そして翌日、その寸劇がどんなにおもしろかったか聞かされるのだろうと」

「当時あなたとジュリアはいっしょに住んでいたんですか？」ハンナはきいた。

「いや、ジュリアはカレッジで働いている何人かの女性たちとアパートをシェアしていた。

私はキャンパス内の学生寮に住んでいて、ルームメイトがいた。つきあいはじめて数カ月がたっていたが、私たちの関係はまだおやすみのキス止まりだった」

「では、その夜ジュリアがいつ帰ったか知らないんですね？」

「あのときは知らなかった。何かがおかしいとは思いもしなかった。一カ月と少したったころ、ジュリアが私のところに来て、恐ろしいことを話さなくちゃならないと言うまでは」

「妊娠しているということを？」

「そうだ。リチャードの子供だった。ジュリアは酒を飲まなかったが、パーティにはレモネードがあって、彼女はのどが渇いていた。グラスに半分飲んだだけなのに、ひどく気分が悪くなったそうだ」

「レモネードに薬がはいっていた？」

「おそらく。そのあとはずっと頭がぼんやりして、何も覚えていないと彼女は言った。覚えているのは、翌朝リチャードのベッドで目覚めたことだけだと」

ハンナは胸が悪くなった。「そしてその夜に妊娠したと彼女は思ったんですね？」

「ああ、ほかに心当たりはなかった。彼女は私に話したくなかったようだが、話さないわけにはいかなかった」

「リチャードの赤ちゃんを身ごもったと？」

「そうだ！」

「彼女はリチャードにも話したんですか？」

「ああ、ジュリアはとても正直な人だったから、妊娠したとわかると、すぐにリチャードのところに行った。あいつは心配いらないと言った。家に電話して母親からまた金を送ってもらうから中絶できると」

「でも彼女は中絶しなかった」

「ああ、ジュリアは子供を産んでシングルマザーとして育てると決めた。せめて私と別れる理由を知らせるべきだと思ったから話してくれたんだ」

「おふたりにとってとてもつらい状況だったんですね！　あなたは彼女になんと言ったんですか？」

「きみを愛していると告げ、すぐに結婚してほしいと言った。いっしょに子供を育てよう、赤ん坊は私の娘か息子ということにしようと」

「そして、そのとおりにした」

「そうだ。リチャードが問題になるとは、私たちのどちらも思っていなかった。あいつはブルースが自分の息子だと知っていた。ブルースが生まれたあとは、幼いあの子にはまだ早すぎるぜいたくな贈り物や、私たちのせまいアパートには保管できないようなかさばるものを送ってきた」

「シェトランド・ポニーとか？」

「ああ、ステファニーから聞いたんだね。リチャードはブルースの人生を乗っ取ろうともした。ブルースが学校に行く年齢になると、リチャードは私立学校に入れたがった。キャンパス内の実験学校ではなくね。教育学部の学生が教える学校で、放課後に子供向けのプログラムがあるから、結婚している学生が迎えにいくまで子供を預かってもらえるんだ」

「リチャードは私立学校の学費を払うつもりだったんですか？」

「いいや、私たちに払えと言った。ジュリアと私は苦労して家計をやりくりした」

「思うようにいかないことばかりだったんですね」

「そのとおりだ。リチャードはいつも私たちの生活に口をはさんだが、私たちは幸せだったし、ブルースもそうだった。あの子は学校が大好きで、友だちが大好きで、私たちのことが大好きだった。ジュリアが亡くなってからはたいへんだったが、ブルースと私でなんとかやってきた。だが、ブルースが高校を卒業した直後、リチャードがまた私たちの生活に干渉するようになった」

「ブルースのカレッジの学費を出すと言ってきたんですね？　レイク・エデンのコミュニティカレッジに通うならという条件で」

ロバートはため息をついた。「そのとおりだ。私はブルースを行かせたくなかったが、自分が手をまわしてブルースがミネソタ州内に住めるようにすれば、学費も高くないからとリチャードに言われた。そして、ブルースの学費と本代とアパートの家賃を払うと言ってきたんだ。断れるわけがないだろう？」

「ええ」ハンナは急いで言った。「わたしでも同じようにしたはずです」

「わたしはリチャードに、ブルースに目を光らせて、彼がきちんと課題をこなし、責任ある行動をとるようにさせてほしいとたのんだ。リチャードはそうすると約束した」

「だんだん状況がわかってきました」ハンナは胸にむかつきを覚えながら言った。

「私にはわからなかった。わかっていればよかったと思うよ。リチャードに電話してブルースのことをきいても、何も心配はいらないと言われるだけだった。それに、ブルースはカレッジにあまりなじんでいないことを私に知らせなかった。ブルースが車で撥ねた被害者の保険会社が電話してきて、息子が飲酒運転で起訴されたと聞かされるまで、まずいことになっているとは知らなかった。車三台がからむ事故を起こしていたんだ」

「あなたはどうしたんですか？」ハンナはきいた。

「すぐにリチャードに電話した。たいしたことはない、自分が手をまわせばブルースは釈放される、と弟は言った。そこでようやく何が起こっていたのかに気づいた。ブルースが悪さをすると、リチャードは彼を叱るのではなく、コネを使って人びとを買収することで窮地から救っていたんだ。完全に目が覚めたのは、ブルースが拘置所から電話してきたときだった」

「それであなたは車でここに来て、自分がブルースのためにできることをしようと思ったんですね？」

「ああ、私は州の弁護士資格を取ったところで、キャンパスに近い法律事務所で働きはじめたばかりだが、ブルースのほうが大切なのはわかっている。それで、仕事を辞めてブルースを助けるためにレイク・エデンに来た」

「そしてまずリチャードと話すために町役場に行った？」

「そのとおりだ。オフィスの明かりがついていて、残業しているのがわかったから、建物の横に車を停めて正面入り口からなかにはいった。リチャードはデスクにいて、ブルースのことを尋ねると、心配するな、すべて自分が面倒をみるからと言った。

ブルースが飲酒運転で検問に引っかかったときにおまえがやったようにか？　と私はきいた。

あの子はカレッジの学生だ、とリチャードは言った。カレッジの学生は羽目をはずすものだ、と。

だから言ってやった、私はブルースを拘置所から出し、ウィスコンシンに連れてかえって、アルコール依存症治療プログラムを受けさせるために来たと」

「リチャードはなんと言ったんですか？」

「そんな計画はばかげている、そのうち落ちつくだろうから、ブルースはもう少し遊ばせてやるべきだ、と。息子の人生を台無しにする気か、と私はあいつを責めた」

「それを聞いて弟さんはなんと？」

「あいつは言ったよ、あの子はあんたの息子じゃない、おれの息子だ！　そして私に、オフィスから出ていけ、ウィスコンシンに帰れ、と言った。ブルースのことはおれが管理するから兄貴は口を出すなと」

「それでどうなったんですか？」

「リチャードはデスクの引き出しから銃を取り出して銃口を私に向けた。出ていけ、さもないと殺す！　と叫んで」

「でも、あなたは出ていかなかったんですよね？」ハンナはきいた。

「ああ！　息子の将来がかかっていたんだ！　私は銃身をつかんで天井に向けさせた。あいつの指が引き金にかかり、引こうとしているのがわかった。それで私は銃身を下向きにして、あいつの手をデスクにたたきつけた」

「彼は銃を離しましたか？」

「いや。だからもう一度たたきつけてやった。今度はもっと強く。何度かそれを繰り返したが、回数は覚えていない。骨の折れる音がしてようやくあいつが力を抜いたので、銃を奪うことができた」

「それであなたは帰ったんですか？」

「いいや。あいつが左手で別の引き出しを開けるのが見えた。第二の銃があるのだと思い、奪った銃の銃床であいつの頭を殴った。何度も殴ったと思う。あいつは血を流していたが、まだ左手でデスクの引き出しを探っていた。もう一度殴ろうとしたとき、あいつはデスクマットの上にうつ伏せに倒れた」

「それからどうなったんです?」ハンナはきいた。

「まだ持っていた銃を防寒コートのポケットに突っこんだ。どうしてそうしたのかはわからない。ただそうしたんだ。そして急いでオフィスを出て階段を駆けおり、キャンピングカーに乗りこんだ。バックで車を出して駐車場をあとにすると、できるだけ早くレイク・エデンを離れた。ギアシフトのたびにキャンピングカーがオイルもれを起こすようになるまで、スピードをゆるめなかった。そんなことはこれまでなかったから、空港のそばのトラック・ストップにはいった。整備工に車をまかせ、併設のレストランにはいってコーヒーとサンドイッチを注文した」

「銃はキャンピングカーのなかにおいてきたんですか?」

「いや、防寒コートを着たままだったから、銃もまだポケットのなかだった。リチャードを殺したと自首するときに提出するつもりだ」

「銃の銃身以外の部分に触れましたか?」ハンナは彼にきいた。

「触れていないと思うが、覚えていない。きみは私を警察に突き出すつもりなんだろう?

そして私はリチャード殺害容疑で逮捕される」

「それは……わかりません」ハンナは急いで言った。アパートを出て、まっすぐ保安官事務所に行けることを願いながら。「もう行かないと、ロバート。クッキーを食べれば気分がよくなりますよ。とても顔色が悪いわ」

「ああ」ロバートは同意した。その声は年老いて混乱しているように聞こえた。「そうするよ、ハンナ。クッキーを持ってきてくれてありがとう」

ハンナの手がドアに届こうとしたとき、予想外のことが起こった。

「動くな!」と叫ぶ声がして、ハンナが振り向くと、ブルースがいた。銃をまっすぐハンナに向けている。「どこにも行かせないぞ。父さんがあんたに話したことをだれにも話せないようにしてやる」

「銃をおろしなさい、ブルース」ロバートが息子に一歩近づいた。「エンドテーブルの上に置くんだ」

「いやだ! 彼女はここを出たら警察に話す。父さんは逮捕されるんだぞ! そんなことをさせるわけにはいかない。ぼくには父さんしかいないんだから!」

「銃をおろしなさい」ロバートは言った。その声は力強かった。「私の言うとおりにすれば大丈夫だ。だからこちらに来なさい、息子よ」

「でも……」ブルースは顔をしかめた。今にも泣きだしそうに見えた。「父さんが話してるのを聞いた。ぼくはあんたの息子じゃない！」

「いや、私の息子だ。おまえの母親と結婚し、おまえが生まれたときそこにいたのだから。母さんと私はおまえの成長を見守り、母さんが亡くなって私たちだけになった。あのときと同じだ、息子よ。私たちは正しいことをしなければ。銃をおろしてこっちに来なさい」

ハンナが見守るなか、ブルースはエンドテーブルまで歩いていって銃を落とした。そして向きを変え、ロバートに近づいた。「父さん！」彼はそう言って父親に手を伸ばした。

「大丈夫だ、息子よ」ロバートはそう言うと、ブルースに腕をまわして抱きしめた。「私たちはきっと大丈夫だ」

「あなたがハンナに話したことが事実なら大丈夫ですよ」マイクがキッチンから出てきて言った。そしてエンドテーブルまで歩き、銃を証拠品袋に入れた。

「マイク！」ハンナは声をあげ、信じられずに彼を見つめた。「どうやってここにはいったの？」

「きみからメールをもらってすぐにここに来た。窓が開いているのを見つけて、ベランダから侵入したんだ。会話はすべて録音させてもらった」彼はロバートを見た。「引き金に触れていないのはほんとうか？」

「触れていないと思う」

マイクはブルースを見た。「きみは？」

「絶対に触れてない。銃のことはよく知らないし、引き金に触れたら暴発するかもしれないと思ったから」

「きみも保安官事務所まで来てもらうことになると思う。だがまず、お父さんのすべての容疑を晴らしたほうがいいだろう。引き金にきみの叔父さんの指紋がついていて、お父さんの指紋が銃身にしかついていなかったら、正当防衛を証明できるだけの証拠になるだろう」

ブルースは心からほっとしたようだった。「父さんは刑務所に行かなくていいってこと？」

「そのとおりだよ。地区検事に証拠を提出すれば、起訴されることはまずないだろう」

25

二日後、〈クッキー・ジャー〉でお祝いがあった。地区検事はロバートを起訴しないことに決めたのだ。だれもがお祭り気分だった。

夜になって閉店したコーヒーショップで、事件に関わったすべての人びとが奥の大きな丸テーブルを囲んだ。ナンシーおばさんは特別なケーキを焼き、それが配られようとしていた。

「すごくおいしそうなケーキだ」ノーマンがグラスにシャンパンを注ぎ、みんなにまわしていると、マイクが言った。

「あなたのはふた切れぶんの大きさに切ってあげる」ハンナはナンシーおばさんのトロピカル・バケーション・バントケーキを切ってデザート皿に取り分けながら言った。

「ぼくは、シャンパンは遠慮しておきます」ノーマンにグラスを差し出されると、ブルースは言った。「ひと足早く治療をはじめたいので」

「いい考えだわ」ステファニーはそう言うと、甥(おい)の肩に腕をまわして軽く抱きしめた。

「きみはあのグラスをどうぞ、ブルース」ノーマンが言った。「ぼくもアルコールは飲まないんだ。ぼくたちのグラスにはジンジャーエールを注いでおいた」

「ありがとうございます！」ブルースはノーマンに微笑みかけた。

「治療が終わったらコミュニティカレッジに戻っていいと言われたのよね。うれしい？」

「ええ、でももっとうれしいのは、父さんがレイク・エデンにいっしょに住んでくれることです」

「ウィスコンシンの仕事はどうするんですか？」リサがロバートにきいた。「事情を話せば再雇用してもらえるんじゃないですか？」

「新しい仕事が見つかったんだ」ロバートが説明した。「ハウイー・レヴァインの法律事務所が雇ってくれた。ミネソタの法曹界で弁護士として働くために勉強するあいだ、契約書の下書きや事務仕事をして、忙しくすごすことになりそうだよ。資格が取れたら昇進させてくれるそうだ。そうすれば自分で案件を手がけられる」

ちょうどそのとき、アンドリアの携帯電話が鳴った。「ビルだわ」彼女はディスプレーを見て言った。「出たほうがよさそう。大事なことかもしれないから。失礼、みなさん」

アンドリアは立ちあがって、夫と内密な話ができるように厨房に急いだ。通話は短く、テーブルに戻ってきた彼女はにこにこしていた。

「いくつかニュースがあるの」彼女はみんなに言った。「今町議会の緊急会議が終わったところで、投票の結果、全会一致でステファニーに町長としての夫の任期の残りをお願いすると決定したわ」

「わたしに⁉」ステファニーはひどくびっくりしていた。

「ええ、八カ月間だけだし、そのあとは町長選挙がおこなわれる。やるつもりはありますか？」

「わたし……考えてみないと……」ステファニーはそこで深いため息をついた。「ええ！テリー・ニールソンが残って手を貸してくれるならやるわ。リチャードの秘書なら彼よりもずっと町長の仕事にくわしいでしょうから」

ケーキの皿とシャンパンのグラスがみんなにまわったところで、マイクが立ちあがった。「乾杯しましょう。ブルースとその父親に、ふたりがまたいっしょになれたことに。あなたたちをレイク・エデンに歓迎します。そして、ナンシーおばさんのトロピカル・バケーション・バントケーキに」彼はハンナのほうを見た。「ぼくのふた切れぶんのケーキにも！」

準備:
バント型の内側に〈パム〉などのノンスティックオイルをスプレーして小麦粉をまぶす。
粉をまぶすには型に少量の小麦粉を入れ、ゴミ箱の上で振ってから逆さまにし、
そっとたたいて小麦粉をいきわたらせる。
または小麦粉入りのノンスティックオイルをスプレーしてもよい。
その場合は1度スプレーしたあと乾かしてもう1度スプレーすること。

作り方

① クラッシュパイナップル缶をジュースと実に分け、
ペーパータオルで実の水気を拭く。ジュースは1/2カップ取っておく。
足りない場合は缶入りのパイナップルジュースを足す。

② 中力粉の半量をフードプロセッサーに入れ、
ココナッツフレークを加えたあと、残りの中力粉を加える。
断続モードでココナッツフレークがごく細かくなるまで混ぜる。

③ 電動ミキサーのボウルに卵を割り入れ、色が均一になるまで
低速で混ぜる。

④ 植物油、パイナップルジュース各1/2カップ、サワークリーム、
クラッシュパイナップル、②のココナッツフレーク、
パイナップルエキストラクト、ココナッツエキストラクトを
順に加えてその都度低速で混ぜる。

⑤ 全体がなじむまでよくかき混ぜたらミキサーを切り、
ケーキミックスの約半量を加えて低速で混ぜる。
またミキサーを切り、残りのケーキミックスを加えて低速で混ぜる。

⑥ ミキサーを切って粉末のインスタント・ココナッツクリーム・
プディング&パイフィリングを加え、低速で混ぜる。

⑦ ミキサーを切って粉末のインスタント・バナナクリーム・プディング
&パイフィリングを加え、低速で混ぜる。

トロピカル・バケーション・バントケーキ

●オーブンを175℃に温めておく

材料

クラッシュパイナップル……227グラム入り1缶

ココナッツフレーク……2カップ（きっちり詰めて量る）

中力粉……1/4カップ

卵……大4個

植物油……1/2カップ

パイナップルジュース……1/2カップ

サワークリーム……227グラム（わたしは〈クヌーセン〉のものを使用）

パイナップルエキストラクト……小さじ1（なければバニラエキストラクトでも）

ココナッツエキストラクト……小さじ1（なければバニラエキストラクトでも）

スパイスケーキミックス……1箱
（23センチ×33センチのケーキ1台、または2段の丸形ケーキ1台が作れる
分量のもの。わたしは〈ダンカン・ハインズ〉のものを使用）

粉末のインスタント・ココナッツクリーム・プディング&パイフィリング
……144グラム（わたしは〈ジェロー〉のものを使用）

粉末のインスタント・バナナクリーム・プディング&パイフィリング
……144グラム（わたしは〈ジェロー〉のものを使用）

ホワイトチョコチップまたはバニラベーキングチップ……340グラム
（312グラム入り1パックでもよい。わたしは〈ネスレ〉のものを使用）

失敗しないホワイトチョコ・フロスティング

（加熱して作るフロスティング）

材料

有塩バター……113グラム

グラニュー糖……1カップ

生クリーム……1/3カップ

ホワイトチョコチップまたはバニラベーキングチップ……1/2カップ

ココナッツエキストラクト……小さじ1（バニラエキストラクトでも代用できる）

作り方

① ソースパンに有塩バター、グラニュー糖、生クリームを入れて強火にかける。ときどきかき混ぜながら沸騰させ、中火にして2分煮る。

② ホワイトチョコチップを加えてとけるまでかき混ぜ、火からおろす。

③ ココナッツエキストラクトを加える（跳ねるので気をつけること）。

④ 少し冷ます。ときどき硬さをチェックして、冷ましすぎないように気をつけること。

⑤ トロピカル・バケーション・バントケーキの上にたらし、サイドから流れ落ちるようにする。ナッツやドライフルーツでデコレーションするときは、フロスティングが固まるまえにのせること。

⑥ フロスティングが固まったら、冷蔵庫で15〜20分冷やしてから食卓へ。

⑦ 残ったケーキは（残らないかもしれないけど）アルミホイルでふんわりと覆って冷蔵庫で保存する。

⑧ ミキサーを切り、ゴムべらでボウルの内側をこそげ、
ミキサーからボウルをはずす。

⑨ スプーンでひと混ぜしたあと、ホワイトチョコチップか
バニラベーキングチップを加えてかき混ぜる。

⑩ 用意したバント型にゴムべらで生地を入れ、表面をならしてから、
175℃のオーブンで55分焼く。

⑪ ケーキテスター、細い木串、長楊枝(ながようじ)などを縁と突起のあいだに
刺してみて、何もついてこなければ焼きあがり。生焼けの生地が
ついてくるときは、ついてこなくなるまで5分ずつ焼く。

⑫ ケーキが焼けたらオーブンから取り出してワイヤーラックなどの
上に置く。型のまま20分冷まし、清潔な手でケーキを縁から
離す(中央の突起の周囲も忘れずに)。
タオルの上に置いた大皿の上で型をひっくり返し、大皿に出す。

⑬ ふんわりとアルミホイルで覆い、少なくとも1時間は
冷蔵庫で冷やす。ひと晩冷やすとなおよい。

⑭ お好みで失敗しないホワイトチョコ・フロスティングをかける
(レシピは後述)。

このケーキはとても濃厚。フロスティングを使いたくなければ、
粉砂糖を振りかけるだけでもいいし、甘くしたホイップクリームと
季節のフルーツで飾ってもいい。
半分に切ったイチゴとラズベリーをホイップクリームの上に飾るときれいだし、
スライスした桃や、お好みでマンゴー、パパイヤ、
キウイなどのエキゾチックなフルーツを飾っても。

トロピカルな甘くて濃厚なケーキ、少なくとも10切れ分。

とても濃厚でどっしりしたケーキなので、大きく切り分けるとだれも自分の分を
食べきることができない。よく冷やしたら少なくとも20等分にスライスするとよい。

訳者あとがき

ミネソタ州の架空の町レイク・エデンで、クッキーショップを営むかたわら殺人事件の謎を解くハンナが主人公のこの〈お菓子探偵ハンナ〉シリーズも、邦訳第二十四弾となりました。こんなに長く紹介させていただけているのは、ひとえにシリーズを愛してくださる読者のみなさまのおかげ。本書で初めてこの世界に足を踏み入れてくださったみなさまもウエルカム！　ポットにたっぷりコーヒーを淹れ、お手元にクッキーやケーキを用意して、コージーなミステリーをのんびりお楽しみください。

シリーズが長くなると、おなじみの登場人物がどんなふうに変化・成長していくかを見守るという楽しみもありますが、初登場からずっとトホホなエピソードばかりの人もいます。それはレイク・エデン町長のリチャード・バスコム。とにかく尊大で評判が悪く、とくに愛人関係が派手で、妻のステファニーはもっぱら買い物でストレス解消しています。身内や友人の交通違反などをもみ消すのも日常茶飯事のようですが、甥のブルースが飲酒運転で逮捕されてしまったため、町長の怒りの矛先は、ブルースを逮捕した保安官のビル・トッドへ向かいます。ビルの妻でハンナの妹であるアンドリアはなんとか機嫌を直してもらおうと町長を訪ねますが、夫を罵倒されて思わず手が出てしまい、平手打ちを食らった町長は椅子ごと転倒。結果、ますます怒らせてしまうという事態に。その後、ハンナ特製のトリプルチョコレート・チーズケーキを持って謝罪に行ったアンドリアは、デスクに突っ伏して死んでいる町長を発見してしまいます。このままではアンドリアが第一容疑者になってしまう……ハンナは妹を救うべく犯人探しに乗り出します。

長らくシリーズに登場してきたキャラクターであるバスコム町長が殺人事件の被害者に！　それだけでもけっこうな衝撃でしたが、ハンナたちが調べていくにつれ明らかになっていく町長の過去もなかなかに衝撃的です。本書では触れられていませんが、姉で元女優のトリー・バスコムもレイク・エデンで殺人事件に巻きこまれていました（『バナナクリーム・パイが覚えていた』）。意外だったのは町長の妻ステファニー。夫の愛人が発覚するたびに荒れてブランドものを買いあさり、シャンパンで酔っ払う哀れな妻というイメージでしたが、夫の死を冷静に受け止め、事件の調査にも協力的で、聡明（そうめい）さが際立っていたように思いました。問題の多い夫で苦労させられてきたけれど、それでも愛していたというステファニー。その複雑な思いには説得力があります。

もうひとつ意外だったのは、アンドリアのキャラ変（？）で、料理がまるでダメだったのに、ハンナの仕事を手伝ったりオリジナルのレシピを考案したりして、いつのまにかお菓子作りや料理に興味津々なキャラに。もっとも、今回は殺人事件の容疑者になってしまったことから気をそらしたかったのかもしれません。市販のケーキミックスとクールホイップ（生乳不使用のホイップずみクリーム）を使ったホイッパースナッパー・クッキーだけは失敗したことがなく、以前からずっとアンドリアの十八番だし、今後アンドリアの才能が開花する日が来るのかも。姉妹の母ドロレスは相変わらず料理があまりうまくない（というか、レパートリーがなさすぎ？）ようですが、それが何か？　という感じ。ドロレスといえば、ハンナたち姉妹の父親となる最初の夫ラースとの結婚式のエピソードが初めて語られるのも興味深いです。

気になるハンナの日常ですが、事情により寝室がリフォーム中のためまだ自宅アパートには戻れず、愛猫モシェとともに友人のノーマンの家に間借りさせてもらっている状態。実は、ハンナの寝室は少しまえに死体発見現場になっていたのです。ハンナはだいぶ心の傷が癒えてきたようですが、どうやらモシェはＰＴＳＤを発症しているらしく家に帰りたがりません。ノーマンとカドルズ、ハンナとモシェ、ふたりと二匹の快適そうな暮らしぶりや愛にあふれたエピソードはまるで新婚家庭のようですが、独立心のあるハンナは、保護された暮らしになんとなく居心地の悪さを感じているようでもあります。

今後のシリーズですが、"*Christmas Dessert Murder*"（2021）はこれまでに出たクリスマスストーリー二編をまとめたもの。本書のつづきは"*Caramel Pecan Roll Murder*"（2022）になります。エデン湖でフィッシングトーナメントが開かれることになり、メイン会場および参加者たちの宿泊施設となる〈レイク・エデン・イン〉にデザートシェフとして手伝いに来てほしいとオーナーのサリーからたのまれたハンナ。仕事は昼のビュッフェまでで、空き時間にはエデン湖でボート遊びができるとあって、二つ返事で引き受けたものの、殺人事件が起きてしまい……何やら悩みがあるらしく、いつもと様子がちがうマイクのことも気になります。

ハンナシリーズはこれまでホールマーク・ムービー&ミステリー制作でいくつかの作品がドラマ化されており、日本でもAmazon Prime Videoなどで〈パティシエ探偵ハンナ〉として字幕版を見ることができます。ハンナ役のアリソン・スウィーニーは、トレーラーを見たかぎりではちょっと訳者のイメージとはちがいましたが、実際に映像を見るとまさにハンナそのもの（一軒家に住んでいたり、ジョギングを日課にしていたりするのは原作とちがいますが）！　よく特徴をとらえていて、思わずクスッとしてしまいます。でも、モシェは原作よりも小さくてすごくかわいい（ごめん、モシェ）！　レイク・エデンの町の様子や〈クッキー・ジャー〉の店内など、長いこと本のなかで親しんできたものを映像で見ると、なんだか不思議な気分になります。

二〇二四年一月

〈ハンナ・スウェンセン・シリーズ〉
Chocolate Chip Cookie Murder 2001『チョコチップ・クッキーは見ていた』
Strawberry Shortcake Murder 2002『ストロベリー・ショートケーキが泣いている』
Blueberry Muffin Murder 2002『ブルーベリー・マフィンは復讐する』
Lemon Meringue Pie Murder 2003『レモンメレンゲ・パイが隠している』
Fudge Cupcake Murder 2004『ファッジ・カップケーキは怒っている』
Sugar Cookie Murder 2004『シュガークッキーが凍えている』
Peach Cobbler Murder 2005『ピーチコブラーは嘘をつく』
Cherry Cheesecake Murder 2006『チェリー・チーズケーキが演じている』
Key Lime Pie Murder 2007『キーライム・パイはため息をつく』
Carrot Cake Murder 2008『キャロットケーキがだましている』
Cream Puff Murder 2009『シュークリームは覗いている』

Plum Pudding Murder 2009『プラムプディングが慌てている』
Apple Turnover Murder 2010『アップルターンオーバーは忘れない』
Devil's Food Cake Murder 2011『デビルズフード・ケーキが真似している』
Cinnamon Roll Murder 2012『シナモンロールは追跡する』
Red Velvet Cupcake Murder 2013『レッドベルベット・カップケーキが怯えている』
Blackberry Pie Murder 2014『ブラックベリー・パイは潜んでいる』
Double Fudge Brownie Murder 2015『ダブルファッジ・ブラウニーが震えている』
Wedding Cake Murder 2016『ウェディングケーキは待っている』（ここまでヴィレッジブックス）
Christmas Caramel Murder 2016
Banana Cream Pie Murder 2017『バナナクリーム・パイが覚えていた』（ここからmirabooks）
Raspberry Danish Murder 2018『ラズベリー・デニッシュはざわめく』
Christmas Cake Murder 2018
Chocolate Cream Pie Murder 2019『チョコレートクリーム・パイが知っている』
Coconut Layer Cake Murder 2020『ココナッツ・レイヤーケーキはまどろむ』
Christmas Cupcake Murder 2020

Triple Chocolate Cheesecake Murder 2021 本書
Christmas Dessert Murder 2021
Caramel Pecan Roll Murder 2022
Pink Lemonade Cake Murder 2023

謝　辞

この本を執筆中のわたしにがまんしてくれた拡大家族のみんなに感謝します。

わたしの新作レシピをまたもや勇敢にも試食してくれた、トルーディ・ナッシュとその夫のデイヴィッドにハグを。

以下の友人たちとご近所さんたち：メルとカート、リン、ジーナとジェス、ディー・アップルトン、ジェイ・ジェイコブソン、リチャード・ジョーダン、ローラ・レヴァイン、本物のナンシーとヘイティ、ダン、ウィチタの本物のサリー、フォー・ライブラリーのマークとマンディ、ダリルとグローヴズ会計事務所のみなさま、SDSAのジーンとロン、ホームストリート銀行の友人たちに、ありがとう。

ミネソタの友人たちにハグを：ロイスとその家族、ベヴとジム、ヴァル、ルサーン、ローウェル、ドロシーとシスター・スー、メアリーとジムに。

辛抱強くて働きすぎのわが編集者、ジョン・スコナミリオにはほんとうにお世話になりました。

スティーヴ・ザカリアスの支援と英知に心から感謝します。

つねにわたしを支え、賢明なアドバイスをくれたメグ・ルーリーとジェイン・ロトローゼン・エージェンシーのスタッフにハグを。

ハンナに探偵活動とおいしいもの作りをつづけさせてくれる、ケンジントン出版のすばらしい人たちすべてに、ありがとう。

制作のロビンとジョイス、広報のラリッサに感謝します。あなたたち三人は期待以上よ。

すばらしいトリプルチョコレート・チーズケーキの装画を描いてくれたヒロ・キムラにもお礼を言います。紙だとわかっていても、すごくおいしそうで食べたくなるわ！

いつもハンナの美しい装丁を手がけ、高解像度のグラフィックアートを提供してくれるルー・マルカンジ、ありがとう。

ハンナの動画およびテレビの配信、ソーシャルメディアのプラットフォームの管理を手がけ、わたしの息子でもいてくれるPlaced4Successのジョンに感謝します。

この本のすべてのレシピを試食してくれたキャシー・アレンにビッグハグを！

わたしのウェブサイトwww.joannefluke.comをデザインし、ハンナのソーシャルメディアも手伝ってくれているタミー・チェイスに感謝します。

長いあいだハンナとわたしを助けてくれているJQ、ありがとう。

帽子やバイザーやエプロンやバッグにゴージャスな刺繍(ししゅう)をしてくれるベスと彼女のミシン軍団を賞賛します。

アリゾナ州スコッツデールのポイズンド・ペン書店での出版記念パーティや、フェニックスのKPNXテレビ『アリゾナ・ミッドデイ』の有能な美しい司会者を相手にしたお料理コーナーで手腕を発揮してくれた、フードスタイリスト兼友人兼メディアガイドのロイス・ブラウンに感謝します。

デビー・ライジンガーをはじめとするチーム・スウェンセンのみんなにハグを。

この本に関わる医療および歯科医療関係の質問に答えてくださった、ドクター・ラハール、ドクター・ユーマリ、ドクター・キャシー・ライン、ドクター・レヴィ、ドクター・コスロウスキー、ドクター・アシュリー＆リーに感謝します。

家族のレシピをシェアし、JoanneFlukeのフェイスブックにコメントし、ハンナのスポークスベアであるスヴェンの写真をよろこんでくださるすべてのハンナファンにハグを。

訳者紹介　上條ひろみ

英米文学翻訳家。おもな訳書に本書をはじめとするジョアン・フルーク〈お菓子探偵ハンナ〉シリーズ、エリー・グリフィス『窓辺の愛書家』『見知らぬ人』（東京創元社）、スタン・パリッシュ『強盗請負人』（早川書房）など多数。

トリプルチョコレート・チーズケーキが噂(うわさ)する

2024年1月15日発行　第1刷

著　者　ジョアン・フルーク

訳　者　上條(かみじょう)ひろみ

発行人　鈴木幸辰

発行所　株式会社ハーパーコリンズ・ジャパン
東京都千代田区大手町1-5-1
04-2951-2000（注文）
0570-008091（読者サービス係）

印刷・製本　中央精版印刷株式会社

定価はカバーに表示してあります。

ISBN978-4-596-53419-4

mirabooks

バナナクリーム・パイが覚えていた

ジョアン・フルーク
上條ひろみ 訳

ハネムーンクルーズを満喫中のハンナに、母が死体を発見したとの連絡が入る。大急ぎでレイク・エデンに戻ったハンナは、独自に事件の調査を開始するが…。

ラズベリー・デニッシュはざわめく

ジョアン・フルーク
上條ひろみ 訳

殺人に使われたのは、夫のロスに送られてきた毒入りチョコレート!? ハンナは夫のゆくえと事件の両方の調査を始めるが、思いがけない事実が次々と発覚し…。

チョコレートクリーム・パイが知っている

ジョアン・フルーク
上條ひろみ 訳

ハンナは傷つき悲しみに暮れていた。ロスの最悪な嘘が発覚したのだ。家族や友人たちの優しさに支えられ、なんとか立ち直ろうとしていたその矢先、信じられない事件が起きて…。

ココナッツ・レイヤーケーキはまどろむ

ジョアン・フルーク
上條ひろみ 訳

末妹ミシェルの恋人で保安官助手のロニーが殺人事件の第一容疑者!? 事件の担当刑事がいないという前代未聞の事態のなか、ハンナは独自に事件の調査をはじめたけれど…。

午後三時のシュガータイム

ローリー・フォスター
兒嶋みなこ 訳

小さな牧場で動物たちと賑やかに暮らすオータム。恋はすっかりご無沙汰だったのに、学生時代の憧れの人が、シングルファーザーとして町に戻ってきて…。

午前零時のサンセット

ローリー・フォスター
兒嶋みなこ 訳

不毛な恋を精算し、この夏は〝いい子〟の自分を卒業しようと決めたアイヴィー。しかし出会ったのは、〝ひと夏の恋〟にはふさわしくないシングルファーザーで…。